Jane Yolen
Drachenblut

Jane Yolen

Drachenblut

Aus dem Englischen
von Anja Hansen-Schmidt

anrich

Titel der englischen Originalausgabe:
Dragon's Blood

Für Jeff, Joan, Jim und Scott,
meine ersten Sciencefiction-Freunde

www.beltz.de

DRAGON'S BLOOD erschien in der vorliegenden Version
erstmals bei Delacorte Press, New York

Programm Anrich, Weinheim
Einbandillustration: Peter Knorr
Satz: prima nota, Korbach
Druck und Bindung: Druckhaus Beltz, Hemsbach
ISBN 3-89106-413-6

Gesetzt nach der neuen Rechtschreibung

Die fruchtbaren Jahre eines weiblichen Drachen dauern zweiundzwanzig Jahre, während ein Männchen im Alter von drei bis achtzehn Jahren fortpflanzungsfähig ist. Aus den mehreren hundert Eiern eines Geleges schlüpfen im Durchschnitt fünf Schlüpflinge.

Austar IV ist der vierte Planet eines aus sieben Planeten bestehenden Randsystems in der Erato-Galaxie. Er war einst eine Strafkolonie und wurde auf den Karten der Gefängnisplaneten unter der Nummer KK29 aufgeführt. Der Planet hat eine halbtrockene Atmosphäre, ist arm an Metallen und wird von zwei Monden umkreist.

Auf der Oberfläche von Austar IV erstrecken sich riesige Wüsten, von denen einige von kleinen, unregelmäßig zur Oberfläche stoßenden heißen Quellen durchzogen sind, und mehrere kleine Abschnitte von Sumpfland.

Es gibt nur fünf große Flüsse: Narrakka, Rokk, der Gekrümmte Brokk, Kkar und der Linke Forkk.

In den Wüsten wachsen lediglich verschiedene Fruchtkakteen und einige wenige langstämmige Palmen. Die am meisten verbreiteten Pflanzen sind zwei wild wachsende Sträucher namens Brennwurz und Pustelkraut (siehe Farbteil).

Es gibt eine Vielzahl von Insekten und Pseudoechsen, Letztere reichen von kleinen Felsenläufern bis hin zu Drachen in der Größe von Elefanten (siehe Artikel und Holografieteil in Band 6). Anders als die Reptilien auf der Erde sind die austarianischen Echsen Warmblüter. Sie haben Luftknochen zur Reduzierung ihres Gewichts und ein kielförmiges Brustbein, an dem die Flugmuskeln befestigt sind. Die Hautflügel mit den zusammengewachsenen Schäften werden am Körper gefaltet, wenn die Drachen am Boden sind. Die Flügelspannweite eines ausgewachsenen Drachen beträgt das Zweifache seiner Körpergröße. Man hat Drachen gemessen, die von Kralle bis zur Schulter vier Meter lang waren. Die Drachen waren fast ausgestorben, als Sträflinge und Wärter von der Erde im Jahr 2303 den Planeten besiedelten. Doch einige Generationen später zähmten die Austarianer die wenigen überlebenden Drachen und züchteten sie wegen des Fleischs und Leders und für die Drachenkämpfe.

Die Drachenarenen auf Austar IV dienten nicht nur dem Amüsement der ersten Siedler, sondern entwickelten sich über die Jahre hinweg zum wichtigsten Sektor der austarianischen Wirtschaft. Es entstanden Wettsyndikate, und die Mannschaften von Raumschiffen, die auf langen Reisen in den Randgebieten der Galaxie unterwegs waren, besuchten den Planeten immer häufiger, um sich am eigentlich illegalen Glücksspiel zu beteiligen.

Im Jahr 2485 wurden unter der Aufsicht der galakti-

schen Justiz illegale Glücksspieler von Austar IV nach KK47 verbannt. Eine Verfassung, die die Rolle der Regierung in der Wirtschaft festlegte und die Kontrolle des Glücksspiels regelte, wurde durch eine Wahl verabschiedet. Es entwickelte sich ein Kastensystem mit Herren und Leibeigenen, ein Überbleibsel der früheren Hierarchie zwischen Sträflingen und Aufsehern. Rokk, ein ehemaliger Militärposten, in dem die obersten Wächter mit ihren Familien wohnten, wurde zur Hauptstadt ernannt.
Mittlerweile liegen so viele Generationen zwischen den Bewohnern von Austar und ihren Sträflingsvorfahren, dass der Planet auch von den großen Transportraumschiffen wieder angeflogen wird. Die Erato-Galaxie selbst hat jedoch immer noch den Status eines Protektorats. Doch gerade wegen seiner Kampfdrachen ist Austar mittlerweile einer der bekannteren Vergnügungsplaneten des erforschten Universums.

Auszug aus: *Die galaktische Enzyklopädie, neunundzwanzigste Ausgabe, Band I, AAAL-BASE*

1. Teil

Der Schlüpfling

1. Kapitel

Die Zwillingsmonde warfen Schatten in den Sand, die wie Blutmale aussahen. Jakkin hockte in einer kleinen Vertiefung und lauschte. Im Innern der aus Holz und Stein gebauten Drachenstation konnte er das Wimmern und Kratzen der Schlüpflinge hören, die sich aus ihren Eiern herauspickten. Noch eine Nacht und das Schlüpfen war vorbei. Eine einzige Nacht nur, dann würde er sich hineinschleichen und einen Schlüpfling auswählen, um ihn heimlich draußen in den Dünen großzuziehen.

Während Jakkin lauschte, streichelte er den ledernen Knechtsbeutel, der an seiner Halskette baumelte. Noch enthielt sein Beutel nur wenige Münzen. Aber Jakkin wusste, dass er bald mit klingenden Goldstücken prall gefüllt sein würde, wenn er erst einmal seinen Drachen für den Kampf in den Arenen ausgebildet hatte. Niemand durfte ihn dann noch einen Knecht nennen, und nie wieder würde er dem Befehl eines Herrn gehorchen, sondern nur noch auf sich selbst hören. Dann endlich wäre er kein Junge mehr, sondern ein Mann.

Das Rascheln in den Brutkammern wurde immer lauter, weil immer mehr Schlüpflinge Jakkins Geruch witterten. Mit hohen Pieptönen, die sich schnell vervielfachten, verkündeten die Küken ihre Unruhe. Aus den nahe gelegenen Boxen war das Stampfen der Drachenweibchen zu hören. Sie waren zwar an Menschengeruch gewöhnt, aber die Angst unter den neugeborenen Nestlingen machte sie unruhig. Mit wuchtigen Trommelschlägen ihrer riesigen, klauenbewehrten Füße drohten sie dem Eindringling bei den Nestern der Küken. Jeden Moment konnte eines der Weibchen einen Schrei ertönen lassen und damit alle schlafenden Knechte im Umkreis aufwecken.

Jakkin wagte nicht, noch länger zu bleiben, aber er hatte bereits genug gehört. Das Rascheln der Schlüpflinge zeigte ihm, dass das Picken bald beendet sein würde. Als niederer Stallbursche war es ihm verboten, die Brutstation zu betreten. Seine Aufgabe war es, die Boxen der Zuchtdrachen zu säubern und die großen, männlichen Drachen zu baden – nichts als Staub und Drachendreck, Drachendreck und Staub. Im Grunde war er nicht mehr als ein Müllsauger, doch im Gegensatz zu den Maschinen arbeitete er ohne zu klappern und störte so die großen Drachenmännchen in ihren Boxen nicht. Nur wenige der Zuchtbullen konnten den Klang und den Geruch eines Müllsaugers ertragen, ohne in Wut zu geraten und ihren Kragen aus hartem Fleisch und Hornhaut kampfbereit aufzuplustern. Ein wütender Drache aber brauchte Tage, bis er sich wieder

beruhigt hatte. In dieser Zeit war er nicht paarungsbereit und deshalb nicht für die Zucht zu gebrauchen. Darum wurden auch auf den modernsten Drachenfarmen nach wie vor Menschen – Knechte – für die Reinigung der Ställe eingesetzt.
Jakkin kannte jeden Winkel des Gebäudes, in dem die männlichen Zuchtdrachen untergebracht waren, aber das Innere der Brutscheune konnte er sich nur anhand der Geräusche vorstellen, die er von außen hörte. In der nächsten Nacht, wenn das Schlüpfen vorbei war, würde er sich einen Weg zu den schwach beleuchteten, gemütlichen Brutkammern suchen, in denen die Temperatur ständig bei vierunddreißig Grad lag. Er würde den Weg finden und sich einen Schlüpfling holen. Mit dieser schnellen, geheimen und lautlosen Tat sollte seine Verwandlung vom Knechtsjungen zum Herrn beginnen.
Jakkin drehte sich um und rannte gebückt zur nördlichsten Ecke des Gebäudes. Dort stieg er in das Steinwehr und watete knietief durch das Wasser, das durch einen Kanal vom Narrakka-Fluss durch die Drachenfarm geleitet wurde. An der dritten Abzweigung kletterte er hinaus, lief aber noch ein Stück geduckt weiter, bis er zu den Dünen kam – nur ein weiterer Schatten in einer Nacht voller Schatten.
Seine Beine trockneten rasch in der Wüstenluft. Das Wasser war nicht hoch genug gewesen, um die Knechtshose zu durchnässen, die ihm bis zu den Kni-

en reichte. Prüfend suchte er den Horizont nach unbekannten Gestalten und nächtlichen Beobachtern ab, dann richtete er sich auf, doch nur für einen kurzen Augenblick. Er zog einen kleinen Strohbesen aus der Schlaufe an seinem Gürtel und begann, die Fußabdrücke hinter sich zu verwischen. Zwar kam er dadurch nur langsam voran, und auch sein Rücken schmerzte bald vor Anstrengung, aber er wollte nicht riskieren, dass jemand am anderen Tag verräterische Fußabdrücke in den Dünen fand. Für Knechte gab es nur wenig Möglichkeiten, sich zu vergnügen, darum tratschten sie sehr gerne. Wenn nachts im Gesindehaus das Licht gelöscht wurde, war der Klatsch über andere ihre einzige Zerstreuung, bevor sie einschliefen.

Jakkin hatte ein paar Stunden Zeit, bevor die Kälte der Mondhelle einsetzte. Er plante, die Zeit zu nutzen und noch einmal nach dem Pustelkraut- und Brennwurzfeldern zu schauen, die er in seiner versteckten Oase angelegt hatte. Alles war für die Ankunft des Schlüpflings vorbereitet. Er hatte nichts dem Zufall überlassen.

Nicht zum ersten Mal bedauerte Jakkin, dass ihm das Gespür dafür fehlte, ein lebendes Ei zu erkennen. Das erschwerte den Diebstahl eines Drachen sehr, denn Eier wurden nie gezählt, Schlüpflinge dagegen schon. Das lag daran, dass nur aus ganz wenigen Eiern tatsächlich ein Drachenküken schlüpfte. Jeder konnte unbemerkt ein Ei stehlen. Doch wenn der Dieb den

lebenden Drachen in der Schale nicht fühlen konnte, waren seine Erfolgsaussichten sehr gering.
Jakkin fehlte dieses Gespür. Stattdessen konnte er gut mit erwachsenen Drachen umgehen, so wie auch schon sein Vater vor ihm. Leider hatte sein Vater keine Zeit mehr gehabt, Jakkin in die Kunst der Drachenausbildung einzuweihen. Er war draußen in den Dünen gestorben, als Jakkin noch sehr klein war, unter den Klauen eines Wilddrachen, den er zu zähmen versuchte. Jakkins Mutter hatte ihren Mann begraben und dann Jakkin und sich selbst für Kost und Unterkunft in die Knechtschaft verkauft. Einen Monat später war sie vor Trauer gestorben. Jakkin blieb allein zurück, mit nichts weiter als ein paar spärlichen Erinnerungen, halb vergessenen Geschichten von seiner Mutter, und einem Knechtsbeutel, den zu füllen er noch viel zu jung war.
Während Jakkin seine Fußabdrücke verwischte, dachte er an seine Vergangenheit zurück, jedoch ohne Bitterkeit. Was geschehen war, war geschehen. Unter Knechten hieß es: „Mit Reue füllt man keinen Beutel." Nun kam es darauf an, ein Ei zu stehlen, ohne erwischt zu werden, ein Ei mit einem lebenden Drachen. Er musste es nur behüten, bis das Küken schlüpfte und den Nestling heimlich zu einem richtigen Kämpfer ausbilden. Denn nur durch einen Sieger in der Arena könnte Jakkin sich aus der Knechtschaft freikaufen – ein großer, strahlender Roter müsste es sein, mit

einem Furcht erregenden Brüllen und feurigen Flammen, die sechs oder sieben Meter hoch loderten, und dessen Gedanken er im Geiste fühlen konnte. Seit Jakkin denken konnte, hatte man solch einen Drachen nicht mehr auf Austar gesehen. Aber der Junge war fest entschlossen, diesen Drachen zu finden, ihn großzuziehen und zu einem Champion auszubilden. Dann würde er seinen Beutel füllen und ein Herr werden – ein Herr und endlich auch ein Mann.

Jakkin war so in seine Träume versunken, dass er die Oase schneller erreichte als erwartet. Sie war gerade breit genug, dass eine Wasserquelle und ein einfacher Unterschlupf aus Schilfrohr darin Platz fanden. Er war ganz zufällig auf den Bach gestoßen, als er einmal am Todestag seines Vaters allein durch die Dünen streifte. Damals war er noch nicht so schlau gewesen, seine Fußspuren zu verwischen. Jeder hätte ihm folgen und an seiner Entdeckung teilhaben können. Er hatte jedoch Glück gehabt. Seine Spuren waren verweht worden, vom Atem der wilden Windteufel, die hier in diesem Teil des Planeten ihren Schabernack trieben.
Die warme Quelle entsprang scheinbar aus dem Nichts und verschwand ebenso schnell wieder – ein helles Band aus weißblauem Wasser, das gerade mal zehn Meter von Osten nach Westen durch den Sand floss. In dem Bachbett lagen keine Steine oder Untiefen, die das Wasser sprudeln ließen; ruhig und gleichmäßig ström-

te es das kurze Stück über den Sand. Und doch leuchtete es ganz unerwartet wie Drachenschuppen in der Sonne vor einem zufälligen Spaziergänger auf. An einem Ende war der kleine Wasserlauf von sandfarbenem Kkhanschilf umgeben.

Nachdem Jakkin damals die Quelle entdeckt hatte, begann er mit den Händen darin zu graben. Bei den folgenden Ausflügen hatte er immer eine kleine Schaufel mitgebracht, die er sich aus der Gerätekammer der Farm ausgeliehen hatte und die mittlerweile schon längst wieder an ihrem Platz lag. Langsam und mit viel Ausdauer hatte er das westliche Ende des Bächleins erweitert und ein kleines Becken angelegt. Es war groß genug, dass ein Junge darin schwimmen konnte, aber zu seicht um darin zu tauchen. Seit vier Jahren schon war die Oase sein geheimes Versteck. Er ging nach der Arbeit dorthin oder am Knechtsfrei, dem arbeitsfreien Tag, der jedem Knecht auf der Drachenfarm zweimal im Monat zustand. Jakkin hatte niemandem davon erzählt, nicht einmal Slakk oder Errikkin, seinen beiden besten Freunden.

Die zwei verbrachten ihre freien Tage lieber mit den anderen, stopften sich in den Garküchen Krakkows den Magen voll oder amüsierten sich in den kleineren Arenen. Als Jungknechte konnten sie in den Arenen meistens nur zuschauen, da sie nicht genug Münzen hatten, um zu wetten. Einige der älteren Jungen verbrachten ihre Zeit auch in den Freudenhäusern, wo die

Mädchen nur darauf warteten, ihnen das Geld aus der Tasche zu ziehen. Jakkin dagegen zog die ruhigen, einfachen Freuden seiner Oase vor, mit dem beruhigenden Wissen, dass die paar Münzen in seinem Beutel nicht in Gefahr waren, durch Ausflüge in die Stadt immer weniger zu werden.

Die Tatsache, dass er die Wasserquelle gefunden hatte, machte ihm die Entscheidung, ein Ei zu stehlen, leichter. Sie bot Schutz und die Aussicht auf Futter. Darum hatte Jakkin jeden freien Abend und Tag in der Oase verbracht.

Er hatte neben der Quelle ein kleines Feld mit Pustelkraut und Brennwurz angebaut und die wilden Pflanzen im Sukkersumpf gemolken, um an ihre Samen zu kommen. Fast ein ganzes Jahr hatte er gebraucht, um so viel zu säen, dass die Ernte für seinen Drachenwurm ausreichte.

Jakkin ging das Kraut- und Wurzfeld entlang. Im blassen Mondlicht stießen die Pflanzen dünne Rauchschwaden aus, ein Zeichen für gutes Wachstum. Er gab Acht, die emporschießenden roten Stängel nicht zu berühren, da sie schmerzhafte Brandwunden hinterließen.

Nur wenn die Pflanzen nicht mehr schwelten und ihre Blätter trieben, konnte man sie ohne Gefahr anfassen. Dann wurden sie entweder wegen ihrer Samen gemolken, oder man pflückte und zerstieß sie als Futter für die Drachen, oder man rollte die Blätter für Raucher wie den alten Likkarn, die ohne das Kraut nicht leben konnten.

Jakkin betrachtete das Feld prüfend und war erfreut. Es war mehr als genug für seinen Frischling, schließlich würde der kleine Drache nichts fressen, bis er die Eihaut nach drei oder vier Tagen abstreifte. Bis dahin würden die Pflanzen reif sein. In den Adern ihrer blassroten, gezahnten Blätter pulsierte der proteinreiche Sirup, der in der Reife später ein tiefes Dunkelbraun annehmen würde.

Jakkin blickte schnell zum Himmel hinauf und sah, dass der zweite Mond Akka bereits seinen größeren Bruder Akkhan den Horizont entlangjagte. Wie zwei riesige Eier saßen sie dort am Rand der Welt. Bald würden sie auseinander driften und einen fahlen Glanz über die Linie werfen, an der Erde und Himmel aufeinander stießen – eine kalte, falsche Morgendämmerung. Dann brachen die vier Stunden der Mondhelle an, diese verfluchten Stunden, in denen es für Menschen zu kalt war, um ungeschützt draußen im Sand zu bleiben.

Bei Tag bot das Schilf dem kleinen Schlüpfling Schutz und schirmte seine empfindliche Eihaut ebenso gut vor der Sonne ab wie ein Drachenweibchen.

Und wenn der Drache erst einmal seine Schuppen bekommen hatte, würde ihm die Sonne sowieso nicht mehr schaden.

Vor der nächtlichen Eiseskälte jedoch boten die Pflanzen keinen Schutz. Für die Drachen spielte das zum Glück keine Rolle, weil ihnen die Kälte nichts ausmachte. Jakkin aber wusste, dass er sich nun schleunigst auf den Rückweg machen und seine Fußspuren verwischen musste, bevor die Mondhelle ihre eisige Klaue auf die Welt legte.

2. Kapitel

Jakkin befand sich noch im Tiefschlaf und träumte von riesigen Eiern, aus denen geräuschlose rote Rauchfäden aufstiegen, als das Läuten der Frühstücksglocke ihn aus dem Schlaf riss. Automatisch griff er unter sein Bett und zog Hemd und Hose hervor. Im Liegen und mit geschlossenen Augen zwängte er sich in seine Kleider. Dann setzte er sich an die Bettkante und schob die Füße in seine Sandalen, ohne auf Slakks Beine zu achten, die vom oberen Stockbett herabbaumelten.
„Pass doch auf, du Wurmgeziefer", rief Slakk und hüpfte knapp an Jakkins Kopf vorbei vom oberen Bett hinunter. „Diesmal wäre ich fast auf deinem Kopf gelandet." Er drehte sich um und knuffte kameradschaftlich gegen Jakkins Beutel. „Ehrlich, du bist der verschlafenste Knecht, den ich kenne. Was ist denn los? Ist dein Beutel leer?" Als wolle er die Frage noch unterstreichen, versetzte er Jakkins Beutel einen weiteren Stups, woraufhin ein kurzes Klimpern zu hören war. Der dunkle Slakk mit seinem Frettchengesicht bückte sich nach seinen Sandalen und redete währenddessen weiter mit seiner durchdringenden und weiner-

lichen Stimme auf Jakkin ein. „Jeden Morgen kommst du schwerer aus dem Bett. Wo bist du bloß immer die halbe Nacht unterwegs. Treibst du dich etwa in den Kampfarenen herum? Aha, er antwortet natürlich nicht. Oder in den Garküchen? Ob er vielleicht jetzt mal etwas dazu sagt? Wie wäre es mit ..." Er richtete sich auf und stand nun wieder Jakkin gegenüber.

Jakkin grunzte nur. Sollte Slakk doch denken, was er wollte. Das Bild von den Rauchfäden, die aus den Pustelkraut- und Brennwurzbeeten aufstiegen, saß immer noch in seinem Kopf. Jakkin gab einen zweiten, unverständlichen Laut von sich und stand auf. Das Sprechen fiel ihm immer schwer, ehe er den ersten Becher Takk hinuntergestürzt hatte.

„Lass ihn doch in Ruhe, Slakk", rief der Junge aus dem Nachbarbett. „Du weißt doch, wie er morgens immer ist." Der Junge sprang leichtfüßig vom Bett und streckte Jakkin die Hand entgegen. „Hör nicht auf diese sprechende Eidechse, Stummer. Ich bringe dich jetzt erst mal zum Takkkessel. Vielleicht wirst du uns dann mit deinen Worten beehren."

Jakkin weigerte sich, Errikkins Hand zu nehmen, doch dieser war ihm deswegen nicht böse. Errikkin wurde eigentlich niemals böse. Nichts konnte ihn von seiner freundlichen Art abbringen, eine Eigenschaft, die Jakkin manchmal richtig wütend machte. Er band seine Sandalen zu, dann machten sich die drei Jungen auf den Weg zum Gemeinschaftsraum, wobei Slakk, der in der Mitte ging, einen nicht enden wollenden Monolog über die Arenenkämpfe hielt, der erst abbrach, als sie am Tisch saßen.

Insgesamt gab es zwölf Tische und fast alle waren voll besetzt. Jakkin, Slakk und Errikkin saßen mit sechs anderen Jungknechten zusammen.

Es gab auch drei Tische für die Mädchen. Der Rest war für die älteren Knechte, von denen es die meisten aus den verschiedensten Gründen nicht geschafft hatten, ihre Beutel mit genügend Gold zu füllen, um sich aus der Knechtschaft freizukaufen. Nur an einem Tisch saßen freie Männer und Frauen beisammen: diejenigen, die zusammen gingen oder vermählte Paare waren.

Dort war auch Akkhinas Platz – die kleine, geschmeidige, schwarzhaarige Akki, die – so Slakk – eigentlich in einem der Freudenhäuser sein müsste, die aber lieber mit Drachen arbeitete und sich ihre Männer selbst wählte. Slakk sagte dies immer mit einem verschlagenen Grinsen, so als wäre er bereits einmal mit ihr zusammen gewesen und als könnte er noch viel mehr erzählen, wenn er nur wollte. Doch Jakkin war davon überzeugt, dass dies reine Angeberei war und nichts dahinter steckte. Obwohl Slakk schon sechzehn Jahre alt war, bezweifelte Jakkin, dass sein Freund jemals irgendeinem Mädchen nahe gekommen war, nicht einmal einem der Mädchen aus dem örtlichen Freudenhaus.

Die Tische waren mit Schüsseln, Tassen und Besteck gedeckt. Im Gegensatz zu vielen anderen Züchtern stellte Master Sarkkhan seinen Knechten immer sowohl Messer als auch Gabel und Löffel zur Verfügung. Die Knechte waren wohl genährt und gut untergebracht und es gab kaum Streitereien unter ihnen. Auf jedem Tisch stand in der Mitte eine Kanne, die bis an den Rand mit dem starken, heißen, weinroten Takk gefüllt war. Die Köchin, die alte Kkarina, kochte das Getränk stets so, dass es zähflüssig war wie der Schlamm in den Drachenscheunen; sie behauptete, dass die Flüssigkeit einen Großteil der Proteine und jeglichen Geschmack verlieren würde, wenn sie dünnflüssiger wäre. Platten voller hart gekochter Echseneier und dicker Scheiben Echsenfleisch standen neben der Takkkanne. Die Jungen verloren keine Zeit und luden sich ihre Schüsseln voll.
Jakkin war plötzlich fast am Verhungern. Er fragte sich, ob dies am Schlafmangel lag oder an seinen Ängsten.
„Ich wette, dass heute Blutroter Morgen und Blutsbruder an der Reihe sind", sagte Slakk, den Mund voll mit saftigem Fleisch. „Es wäre mal wieder Zeit. So ein Drachendreck, ich hasse diesen verflixten Blutsbruder. Sein Stall ist immer am dreckigsten und außerdem beißt er gerne.
„Ich übernehme ihn für dich", sagte Jakkin. Die erste Tasse Takk hatte seine Zunge gelöst und eine heiße

Welle von Mut durch seinen Körper gebrannt. „Mich beißt er nie."

„Du wirst sowieso nie gebissen", sagte Errikkin freundlich. „Du musst irgendetwas an dir haben. Trainerblut wahrscheinlich. Wie dein Vater. Ich wette, selbst der alte Sarkkhan kann nicht so gut mit den Biestern umgehen wie du."

Jakkin blickte in seine zweite Tasse Takk und rührte langsam mit dem Löffel in der Flüssigkeit. Das dunkelrote Getränk schwappte zäh. Er wusste, dass Errikkin nur nett sein und ihm mit diesen Worten eine Freude machen wollte, aber Jakkin hatte wirklich das Gefühl, dass das stimmte. Er würde es jedoch nie wagen, das laut auszusprechen. Mit Angeberei ließ sich ein Knechtsbeutel ebenso wenig füllen wie mit Reue.

„Kannst du Blutsbruder auch zum Baden bringen?" Slakk verlor in einem Gespräch nie seine eigenen Interessen aus dem Auge. „Seine Haut wird schorfig, und seine Schuppen glänzen nicht mehr. Errikkin und ich haben das schon beim letzten Mal bemerkt. Und der alte Likkarn sagt ..." Slakk unterbrach seinen Satz und spuckte gekonnt zwischen dem erhobenen Zeige- und Mittelfinger hindurch – das abwertende Zeichen der Drachenhörner. Keiner der Jungen mochte Likkarn, der die Aufsicht über die Knechte führte. Er war zu pingelig, verzieh keinen Fehler und verhängte harte Strafen. „Der alte Likkarn sagt immer: ‚Dreckige Schuppen muss man gut schrubben; strahlen sie voller

Glut, war die Arbeit gut.‘ Die alte Krautnatter hat lauter solche Sprüche auf Lager.“
Jakkin lächelte in seine Tasse.
„Still“, zischte Errikkin. „Er könnte dich hören. Und was würde dann mit uns passieren?“
„Nichts, was schlimmer wäre als das hier“, erwiderte Slakk.
Errikkins Sorge war vollkommen unbegründet und wurde aus reiner Gewohnheit geäußert. Likkarn saß viel zu weit weg, um Slakks Klagen und Jakkins Antworten zu hören oder um Errikkins verzweifeltes Flüstern wahrzunehmen. Er hockte bei den älteren Knechten und den Freien, den Männern, die eigentlich die Drachenfarm für den oft abwesenden Sarkkhan leiteten. Sie stellten jeden Morgen beim Frühstück einen Tagesplan auf, den Likkarn dann auf eine Tafel schrieb. Alle kannten das ihm oder ihr zugehörige Zeichen ebenso wie die Symbole für die einzelnen Drachen, doch nur wenige konnten darüber hinaus lesen oder schreiben. Es hieß, dass Likkarn als Freier geboren worden war und deswegen auch schreiben konnte. Darum war es seine Aufgabe, den Tagesplan mit grazilen Buchstaben aufzuzeichnen, auch wenn dies aufgrund der mangelnden Lesekenntnisse der Knechte im Grunde nur eine Art Ritual darstellte. Während die Knechte den Raum verließen, las Likkarn die Arbeitseinteilung laut vor und hing dann den Plan an die Wand. Obwohl er ein Krauter war und Pustelkraut-

blätter rauchte, wurde er von Sarkkhan geduldet, weil er lesen und schreiben konnte. Nur ganz wenige Knechte konnten lesen – und noch weniger schreiben. Das lernten sonst nur freie Männer und Frauen.
Die Jungen erhoben sich gemeinsam vom Tisch. Errikkin ging voraus zur Tür, Jakkin folgte dicht hinter ihm. Mehrere der kleineren Jungen drängten sich zwischen ihn und Slakk.
Dieser flüsterte Jakkin von hinten zu: „Und? Hab ich Recht? Der Plan! Hab ich Recht?"
Jakkin prüfte die Zeichen neben seinem und Slakks Namen und las sie unter Likkarns finsterem Blick von der Tafel ab. Seine Mutter hatte ihm schon als kleinem Jungen das Lesen beigebracht, bevor sie in die Knechtschaft gekommen waren. Er konnte sich immer noch an den singenden Tonfall erinnern, in dem sie die Buchstaben mit ihm geübt hatte. Jakkin hatte immer fleißig gelernt, weil er ihr keine Schande machen wollte. Von den wenigen Münzen, die er ausgab, kaufte er Bücher, die er zwischen den Kleidern unter seinem Bett versteckte. Die Tatsache, dass Jakkin lesen konnte und dies auch offen zeigte, war einer der Gründe, warum Likkarn ihn hasste. Der alte Krauter wachte voller Eifersucht über sein Recht, den morgendlichen Arbeitsplan aufzuschreiben. Dabei gab es dafür keinen Grund, denn Jakkin konnte zwar lesen, aber nicht schreiben.
Jakkin drehte sich um und rief leise über die Köpfe der jüngeren Knechte hinweg: „Du hattest Recht, Slakk."

Likkarn blickte grimmig und las Jakkins Aufgaben dennoch vor, mit vor Wut ganz schneidender Stimme. „Jakkin: Blutroter Morgen und Blutsbruder. Stall und Bad. Und pass ja auf, dass sie ganz ruhig sind. Wenn einer von ihnen sich aufplustert, kannst du was erleben."

„Vergiss nicht" – Slakk fing schon an zu jammern, bevor sie aus der Tür hinaus waren – „was du versprochen hast. Du hast versprochen, dass du ..."

Jakkin nickte und beschleunigte seine Schritte, um Slakks nörgelnder Stimme zu entkommen. Er zwang sich, an die Oase zu denken und an die Geräusche in den Brutkammern. Er war schon fast bei der Scheune, in der die Drachenbullen untergebracht waren, als Slakk ihn wieder einholte.

„Du hast es versprochen, das weißt du."

„Ach, du Schlangenbein, sei doch endlich ruhig. Ich weiß, dass ich es versprochen habe." Jakkin wurde nur selten wütend auf jemanden, außer auf Slakk. Doch als er den niedergeschlagenen Gesichtsausdruck seines Freundes sah, tat es ihm sofort wieder Leid. „Entschuldige, Slakk. Ich wollte dich nicht anschreien. Ich bin nur ..." Völlig entsetzt über sich selbst hielt er inne. Eben hätte er Slakk fast gestanden, wie müde er war und warum.

Errikkin drehte sich zu ihnen und unterbrach ihr Gespräch.

„Dein letzter Knechtsfrei ist einfach schon zu lange

her“, mischte er sich hilfreich ein und legte den Arm um Jakkins Schulter. „Das ist alles.“
Jakkin nickte. Alle drei akzeptierten die Erklärung und gingen in die Scheune.
Die Bullenscheune war doppelt so hoch wie das Haus der Knechte, damit die großen männlichen Drachen darin genug Platz hatten. An der südlichen Wand im Innern befanden sich einzelne Boxen. Sie waren wie die Bimssteinhöhlen geformt, in denen die erwachsenen Bullen in der Wildnis hausten. Da sich die Männchen außerhalb der Brunftzeit immer zu zweit zusammentaten und den Drachenweibchen die Aufzucht der Schlüpflinge allein überließen, waren die Boxen durchgehend miteinander verbunden. Ein Zuchtbulle, der keine anderen Drachen zur Gesellschaft hatte, verlor sein Feuer und taugte nicht mehr für die Paarung. In den Boxen an der Nordwand dagegen waren die männlichen Kampfdrachen untergebracht.
In der Mitte der Scheune lag die große Halle, wo die brünftigen Drachenweibchen zu den Zuchtbullen geführt wurden. Die Halle war so groß wie eine Kampfarena und wie eine Art Hof ohne Dach angelegt, für die wilden, wirbelnden Flüge der Liebeswerbung. Der Boden war weich und moosbewachsen für den Paarungsakt selbst.
Durch die ganze Scheune zogen sich steinerne Wasserrinnen, die Wasser aus dem Narrakka-Fluss zur Farm leiteten und wieder dorthin zurückbrachten.

Der Hauptkanal teilte sich im Innern des Gebäudes in drei Abzweigungen. Ein Wasserlauf brachte nicht nur Trinkwasser in die einzelnen Stallboxen, sondern führte auch einen Strom sauberen Wassers in die Paarungshalle. Der zweite Kanal spülte das Abwasser nach der Reinigung der Ställe wieder hinaus. Der dritte Lauf führte direkt in die Bäder, jene riesigen Schlammbecken, in denen sich die Drachen herumwälzen und bis zu den Augen hineinsinken lassen konnten, um sich nach der Paarung oder nach einem Kampf abzukühlen. Außerhalb der Brunftzeit wurden die Tiere zweimal im Monat zum Waschen hierher geführt. Dieser dritte Wasserlauf füllte auch die Zisternen in den Duschräumen und brachte schließlich das Abwasser zurück in die umliegenden Sümpfe.

Als die Jungen in die Scheune kamen, schlug ihnen sofort die kühle, nach Moschus riechende Luft entgegen. Jakkin holte tief Luft und lächelte. Drachengeruch und Drachen waren ihm das Liebste auf der Welt.

„Puh“, sagte Slakk. „Wenn ich mich aus der Knechtschaft freigekauft habe, werde ich als Erstes feiern, dass ich diesen Gestank nicht mehr ertragen muss. Dann werde ich nie wieder mit Drachen arbeiten.“

„Was willst du denn dann machen?“, fragte Errikkin. „Sonst kannst du doch nichts.“

„Ach, ich weiß eine Menge über Essen“, antwortete Slakk. „Vielleicht gehe ich bei einem Koch in die Lehre. Oder ich leite ein Freudenhaus. Das wäre eine gute

Arbeit für einen Mann. Aber alles ist besser, als der Sklave eines Wurmes zu sein."

Jakkin schüttelte den Kopf und wollte gerade darauf antworten, als ein unglaubliches Gebrüll durch den Gang dröhnte. Es begann auf einer tiefen Bassnote und schraubte sich dann ohne zu stocken immer höher und höher, bis es jenseits des menschlichen Gehörs seine Verachtung laut herausschrie.

„Das ist Blutsbruder", bemerkte Jakkin. „Er weiß, dass er heute an der Reihe ist."

„Solange er sich nur nicht aufplustert", sagte Errikkin.

„Viel Gebrüll, aber kein Kampfgeist", spöttelte Slakk. „Darum ist er ja auch hier. Nach seinen ersten zwei Siegen weigerte er sich, wieder in die Arena zu gehen."

Dieses Urteil über den großen Drachen war zwar recht zynisch, aber auch Errikkin konnte nicht anders, als dem zuzustimmen. Selbst die Stalljungen kannten Blutsbruders Geschichte. Nach zwei unglaublichen Kämpfen gegen ältere und listige Drachen war Blutsbruder einfach am Scheunentor zusammengebrochen, als die Trainer ihn zu seinem dritten Kampf bringen wollten. Ein tonnenschwerer, massiver Drachen, der auf dem Boden liegt, ließ sich nicht einfach so bewegen. Likkarn hatte es mit den Stachelstöcken versucht und sogar mit einem Schuss aus der Stichflinte, die allerdings nicht auf „Betäubung" eingestellt war. Doch

Blutsbruder hatte sich nicht gerührt, bis der Laster ohne ihn abgefahren war. Erst dann war er wieder aufgestanden und seelenruhig ganz von allein zurück in die Scheune gestapft.
„Aber er ist ein großartiger Zuchtbulle“, erinnerte Jakkin seine Freunde. „Seine Schlüpflinge haben schon in allen Arenen der Welt gewonnen.“
Slakk zuckte nur mit den Schultern und Errikkin lächelte. Dann trotteten sie den Gang hinunter zu den Drachenboxen.

3. Kapitel

Blutsbruder blickte die Jungen mit seinen großen, schwarz verschleierten Augen an, während Blutroter Morgen im Nachbarstall weiterhin unbekümmert an seinem Pustelkraut kaute. Blutsbruder zeigte seine Missstimmung, indem er seinen massiven Körper vor- und zurückschaukelte und dabei dumpf grollte.

Jakkin fuhr sich mit den Fingern durch das Haar und berührte dann das Grübchen in seiner Wange, das so tief war wie eine Blutnarbe. Das tat er immer, wenn er nervös war, denn obwohl er das Slakk und Errikkin niemals wissen lassen würde, so war Blutsbruder doch der einzige Drache, dem er nicht richtig traute. Blutsbruder war so unberechenbar – in der einen Minute gab er das tief aus der Kehle aufsteigende Schnurren eines zufriedenen Drachen von sich, nur um dann im nächsten Moment warnende Rauchfontänen durch seine Nüstern zu schicken. Dennoch, man durfte einen Drachen die eigene Nervosität niemals spüren lassen. Einige Knechte behaupteten sogar, dass Drachen die Furcht eines Menschen riechen könnten. Jakkin vermutete, dass auch sein Vater damals auf diese Weise von dem Wilddrachen in den Dünen getötet worden war. Er erinnerte sich dabei auch an die alte Trainerweisheit, dass alle Drachen im Grunde wild waren, auch wenn sie nun schon seit über zweihundert Jahren gezähmt und gezüchtet wurden. Und das galt besonders für Drachen wie Blutsbruder.

Blutsbruders Kopf schoss nach oben, als hätte er seinen Namen gehört. Tief im Innern seiner schwarzen Augen flackerte ein kurzes Leuchten auf, das Zeichen eines Kämpfers. Unwillkürlich wich Slakk einen Schritt zurück, Errikkin blieb stehen und nur Jakkin kam nach vorne und streckte die Hand aus.

„Ruhig, ruhig, mein Schöner“, schmeichelte er und ließ den Drachen an seiner Hand schnüffeln. „Du wirst heute gebadet.“

Jakkin redete so lange beruhigend auf den Drachen ein, bis das Tier damit begann, den Kopf hin und her zu wiegen, und die Jungen durch den Boden die Vibrationen seines zufriedenen Schnurrens fühlen konnten.

Errikkin öffnete die Stalltür. Jakkin hakte seine Finger um das Ohr des Drachen und führte ihn aus seiner Box.

Während Jakkin den Drachen durch die Halle führte, rannte Slakk voraus zur Stallglocke, deren Läuten durch die anderen Hallen dröhnte und signalisierte, dass ein Drache frei herumlief. Niemand wollte diesen riesigen Hinterfüßen in die Quere kommen oder den verkürzten Vorderbeinen mit ihren Krallen, die

hart und gelb waren wie alte Knochen. Wenn die Glocke ertönte, drückten sich alle in der Scheune in die gleichmäßig im Gang verteilten Nischen, bis der Drache vorbeigestapft war. Nur der Trainer, der den Drachen am Ohr oder Halfter führte und neben ihm lief, konnte sich einigermaßen sicher fühlen, aber sogar ein guter Trainer konnte versehentlich von den Klauen getroffen werden. Den alten Likkarn zierten ein Dutzend Narben, die das lang gezogene, fadenartige Aderngeflecht auf seinen Beinen durchzogen. Gerüchte besagten, dass Sarkkhan selbst von Beulen und Narben bedeckt war und einer Landkarte von Austar ähnelte. Aber das hatte Jakkin nur gerüchteweise gehört. Er selbst hatte Master Sarkkhan noch nie aus der Nähe gesehen. Seines Wissens nach könnte der Körper des Mannes so glatt sein wie der eines Freudenhausmädchens, obwohl das sehr unwahrscheinlich war. Jeder, der über längere Zeit mit Drachen arbeitete, trug Blutmale.
Jakkin schnalzte mit der Zunge, damit der Drache merkte, dass er immer noch neben ihm ging. „Komm, sei nett zu uns heute“, sang Jakkin für Blutsbruder, während sie den Gang entlangtrotteten. Es war noch früh und in den Nischen standen keine anderen Knechte. Es gab also nichts, was sie auf dem Weg zu den Bädern ablenken konnte. Jakkin wusste, dass Slakk und Errikkin die Zeit nutzen würden, um den Stall zu säubern und den alten Drachendreck rauszu-

fegen, den Bodenstaub festzuklopfen und neues Stroh für das Schlaflager aufzuschütten. Sie würden frisches Pustelkraut und Brennwurz im Futtertrog zerstoßen und vielleicht, wenn sie genug Zeit hatten, Blutsbruders Namensschild polieren. Sarkkhan war so reich, dass er sich Schilder aus Metall leisten konnte.

Die Drachen wurden alle zwei Wochen gebadet, aber die Boxen mussten jeden zweiten Tag gesäubert werden. Staub und Drachendreck, Drachendreck und Staub. Daraus bestand gewöhnlich das Leben eines Stallburschen. Darum begrüßte Jakkin die seltene Gelegenheit, mehr zu sein als nur ein menschlicher Grubenputzer, und begleitete die Drachen gerne zu ihrem Bad.

Blutsbruder roch den Schlamm und warf den Kopf nach oben, sodass das Drachenohr Jakkins Griff entglitt.

„Wurmgezücht“, murrte Jakkin leise vor sich hin, als der Drache sich leicht aufbäumte und mit den Vorderklauen durch die schwüle Luft strampelte. Es war zu eng für Blutsbruder, um sich ganz auf die Hinterbeine zu stellen, aber Jakkin konnte den Luftstrom fühlen, während der Drache mit seinem Schwanz hin- und herschlug. Das heftige Schlagen, das ertönte, wenn der Schwanz gegen die festen Holzwände knallte, hallte in Jakkin Brust wieder. Er musste Blutsbruder schnell in sein Bad bringen und ihn beruhigen, bevor der Drache dem Gebäude oder sich selbst Schaden zufügen konnte. Denn in beiden Fällen würde der alte Likkarn Jakkin einen Monat lang draußen auf den Kraut- und Wurzfeldern Drachenmist verteilen lassen. Das war zwar keine allzu schlimme Arbeit, aber Jakkin wollte lieber bei den Drachen bleiben.

Der Junge huschte zwischen Blutsbruders Vorderklauen hindurch und sprang vor die Tür des Bades. Das war zwar ein gefährliches Manöver, kam aber so unerwartet, dass der Drache erschrocken zurückwich. Jakkin lüpfte den Riegel und schwang sich auf einer Drehplattform mit der sich öffnenden Tür in den Raum über das Badebecken.

Blutsbruder drängte sich hinter ihm herein und stürzte sich sofort in das tiefe Schlammloch. Seine schlechte Laune kühlte sich sogleich ab und er plantschte und schnüffelte wie ein Schlüpfling in dem Becken herum. Jakkin lächelte von seinem Sitz auf der Drehplattform auf ihn herab. Die Wildheit des Drachen schien gänzlich verschwunden zu sein; übrig geblieben war eine ziemlich alberne, überdimensionale Echse, die sich in einem Schlammbecken wälzte und herumplantschte.

„Und davor habe ich nun Angst gehabt?“, sagte Jakkin zu Blutsbruder, doch der Drache beachtete ihn nicht weiter.

Jakkin zog eine große Drahtbürste von ihrem Halter an der Tür und setzte sich auf die Plattform, sodass seine Beine an der Seite herunterbaumelten. Sein Sitz schwang hin und her. Er wusste, dass der Drache nach einer Weile genug davon haben würde, im Schlamm herumzutollen, und man ihm dann die Schuppen schrubben musste. In der Wildnis pflegten sich die Drachen gegenseitig mit ihren Zähnen und Klauen und den rauen Zungen, die ebenso hart wie die Borsten einer Drahtbürste waren. Aber gezähmte Drachen wurden nicht zusammen in die Bäder gelassen, auch wenn sie in den Ställen paarweise untergebracht waren. Ihr Spiel war selbst für die stabilsten Gebäude aus Holz oder Stein zu wild. Außerdem zogen die meisten Drachen die Drahtbürste vor, weil diese auch die empfindlichsten und angenehmsten Stellen erreichte, wenn sie von einem aufmerksamen menschlichen Pfleger gehandhabt wurde.

Blutsbruder ließ sich auf den Grund des Schlammbads sinken. Nur seine Augen, die von ihrem zweiten Membranlid verschlossen waren, ragten aus der braunen Brühe hervor. Seine Ohren zuckten unaufhörlich. Nach einer Minute bewegten sich jedoch auch diese nicht mehr und Blutsbruder schlief.

„Träum schön", murmelte Jakkin. Schließlich wusste er ganz genau, dass es der Drache war und nicht der Mensch, der bestimmte, wann das Striegeln mit der Bürste beginnen konnte. Und obwohl er sich alle Mühe gab, dagegen anzukämpfen, döste auch er schließlich ein.

Jakkin hatte keine Ahnung, wie lange sie schliefen. In einem Moment träumte er noch von der Oase, die sauber und hell in der Wüstensonne leuchtete, im nächsten wurde er durch einen spielerischen, schlammigen Schubs von Blutsbruders Nase aufgeweckt. Der kräftige Stoß hätte ihn fast von seinem Sitz gestoßen, wenn die Plattform nicht nach hinten zur rückwärtigen Wand des Bades geschwungen wäre.

Jakkin griff nach der Metallkette, die entlang der Wand befestigt war, und sprang auf den Laufsteg. Er schubste die Tür mit dem Fuß zurück und beobachtete, wie sie sich mit einem beruhigenden Klicken schloss. Sein Herz raste. Es war sehr dumm von ihm gewesen, auf der Türplattform einzuschlafen, besonders mit Blutsbruder unter ihm im Becken. Wenn er in den tiefen Schlamm zu dem Drachen gefallen wäre, hätte er kaum eine Chance gehabt, wieder heil herauszukommen. Erst kürzlich war ein Knecht auf einer Drachenfarm auf der anderen Seite Krakkows auf diese Weise ums Leben gekommen. Und das war bestimmt kein angenehmer Tod.

„Also komm, Wurm", sagte er laut und wunderte sich, dass seine Stimme nicht zitterte. Er hielt die Bürste hinter sich und lief den Steg entlang in den Duschraum. Der Drache folgte ihm brav, nachdem er sich aus dem Schlamm erhoben und mit einem lauten, schmatzenden Geräusch auf die Rampe gewuchtet hatte.

Im Duschraum streifte Jakkin seinen Kittel und die Sandalen ab, sodass er nur noch seine Shorts trug. Und seinen Beutel. Kein Knecht durfte seinen Beutel ablegen, ehe er nicht voll war. Jakkin griff nach oben und zog an der Schnur, die das Wasser der Dusche in Gang setzte. Blutsbruder war nun nach dem Schlammbad so besänftigt, dass Jakkin keine Angst mehr vor ihm hatte.

Als das Wasser auf sie herabströmte, ging Jakkin um das riesige Tier herum, ohne auf die Klauen zu achten. Er kratzte und polierte die schlammigen Schuppen. Zuerst kam der Schlamm herunter, dann das schmutzige Braun des Stalldrecks. Darunter befanden sich orangerote Schuppen, die im flackernden Licht des Duschraums aufleuchteten.

„Komm, mein Schöner", gurrte Jakkin.

Blutsbruder trug nicht jenes dunkle Weinrot, das als beste Farbe für einen Kampfdrachen galt (denn Farbe und Wildheit waren genetisch verbunden). Aber seine Farbe war kräftig und seine geputzten Schuppen hatten den Glanz und den Schliff von Hunderten kleiner Regenbogenspiegeln. Sie waren nicht fleckig oder matt wie die Schuppen anderer Drachen.

Während er arbeitete, lächelte Jakkin und pfiff sogar durch die Zähne. Er genoss das Striegeln genauso wie der Drache.

Träge streckte Blutsbruder seine Flügel aus. Ausgebreitet reichten sie fast von einer Wand des Raumes bis an die andere. Er hatte die größte Flügelspannweite auf der Drachenfarm, und es kam Jakkin so vor, als brüstete sich der Drache auch gerne damit. Wenn er nicht in seinem Stall eingesperrt war, ergriff er jede Gelegenheit, seine prächtigen Flügel zur Schau zu stellen.

Jakkin nahm ein weiches Tuch vom Haken und rubbelte die seidenen, festen Häute zwischen den steinharten Flügelrippen. Er achtete besonders auf die Haut neben dem zweiten, rechten Glied, wo vier tiefe Narben noch an Blutsbruders Zeiten in der Kampfarena erinnerten.

Blutsbruder zuckte, als das Tuch den Narben zu nahe kam. Jakkin behielt den Flügel jedoch fest in seiner Hand. „Ich werde ganz vorsichtig sein, Kumpel. Du willst mir doch nicht erzählen, dass sie dir nach so langer Zeit immer noch wehtun. Aber ich passe schon auf."

Bei sich dachte er, dass nur ein Narr keine Rücksicht auf die Narben nehmen würde. Vor einem Jahr hatte Blutsbruder einen der älteren Knechte bewusstlos geschlagen und gegen die Duschwand geschmettert, nur weil dieser zu grob an dem Flügel gerieben hatte.

Jakkin hängte das Tuch an den Haken und griff wieder zur Bürste. Er stellte sich auf die Zehenspitzen, lehnte sich gegen den Drachen und schnalzte mit der Zunge. Wie immer versuchte er, Blutsbruder mit seinen Gedanken zu erreichen. Trainer hatten oftmals eine sehr enge mentale Verbindung zu ihren Drachenwürmern. Doch alles, was Jakkin bei Blutsbruder jemals erahnen konnte, war ein dunkles, träges Grübeln in der Farbe von blutigem Schlamm.

Jakkin schnalzte noch einmal und gab Blutsbruder einen Schubs mit der Schulter. Langsam drehte der Drache den Kopf und schaute ihn an. Jakkin streckte sich, so weit es ging, und klopfte mit der Bürste gegen Blutsbruders Rücken. Mit einem Seufzer ließ sich der Wurm nieder, indem er zuerst seine kurzen, starken Vorderbeine einknickte und sich dann auf die Hinterbeine niederließ. Jakkin scheuerte die Schuppen oben am Rücken mit sanftem Druck. Er arbeitete sich zuerst die Halsbeuge hinunter und sparte den Kopf bis zuletzt aus.
Dann setzte er sich vor Blutsbruder auf den Boden und nahm den Kopf des Drachen in seinen Schoß. Er summte ein dummes, kleines Lied, das in diesem Monat immer im Knechtshaus gesungen wurde, eine Art Wiegenlied für Drachen:

Kleiner Flammenmund,
Kühle deinen Schlund,
Bald holt dich der Schlaf,
Drum weine nicht, sei brav.

Leg die Flügel nieder,
Den Kopf unters Schuppengefieder,
Ab in die Höhle geschwind,
Die Mutter ruft ihr Drachenkind.

Die Nacht bricht herein,

Zieh deine Klauen ein.
Kleine Drachen träumen schön
Von Monden, die vorüberziehn.

Schlaf, Drache, schlaf.

Während er sang, bürstete Jakkin Blutsbruders Ohren und die Haut um seine Hörner, über der Nase und unter dem Kinn. Das Biest schnurrte wieder, im gleichen Rhythmus wie das Lied. Als wolle er Jakkin für die Pflege danken, versuchte Blutsbruder dann, auch ihn zu säubern. Er drückte den Jungen mit einer Vorderklaue zu Boden und leckte ihm mehrmals mit seiner langen Zunge über das Bein. Diese Liebkosung war so grob und schmerzhaft, dass Jakkin aufhörte zu singen und schrie:
„Hör auf damit, du Würmerhaufen!" Wütend schlug er Blutsbruder mehrere Male mit der Drahtbürste auf die Nase.
Mit einem lauten Grollen ließ ihn der Drache wieder aufstehen.
Jakkin stellte die Dusche ab und streifte hastig seine Kleider über. Dann nahm er Blutsbruders Ohr und zog ihn hoch. Weil sein Bein so schmerzte, vergaß er die Warnglocke zu läuten und führte Blutsbruder hinkend zurück in seine frisch gesäuberte Box. Glücklicherweise befanden sich gerade keine anderen Menschen in den Gängen.

Slakk und Errikkin saßen neben der Box auf dem Boden. Slakk spielte an seinem Beutel herum und erzählte etwas. Errikkin lächte und nickte mit dem Kopf. Beide sprangen auf, als sie den Drachen kommen sahen.

„Drachendreck!“, schrie Slakk. „Warum hast du uns nicht gewarnt. Dieser Riesenbrocken hätte uns zertreten können, und was wäre dann wohl mit uns passiert?“

Jakkin entgegnete nichts und schob den Drachen in seinen Stall. Blutsbruder roch das frische Futter und gehorchte bereitwillig. Jakkin verriegelte die Tür und drehte sich zu seinen Freunden um.

Errikkin sah als Erster auf Jakkins Bein. „Oje, das ist ja ganz schön rot. Sieht so aus, als wäre die Haut abgeschürft. Tut es weh?“, fragte er und zeigte darauf, während sich sein sanftes, hübsches Gesicht sorgenvoll in Falten legte.

Bevor Jakkin antworten konnte, sagte Slakk: „Ich habe dir doch gesagt, dass er gefährlich ist. Sie sollten ihn in die Garküchen bringen, bevor er noch jemanden umbringt.“

Jakkin antwortete verärgert: „Er wollte nur spielen, weil er mir danken wollte. Und – ach, Wurmgeziefer!“

„Was ist denn?“, fragte Errikkin und zeigte erneut seine Besorgnis.

„Ich habe die blöde Bürste in der Dusche vergessen.“

„Ich hole sie!“, rief Slakk und sprang auf.

Und bevor Jakkin ihn aufhalten konnte, rannte Slakk schon den Gang entlang, sodass sein Beutel wie wild gegen seinen Kittel schlug. Doch sobald er um die Ecke gebogen war, verringerte er sein Tempo. Von hier aus würde er ganz gemächlich gehen. Wenn er lang genug brauchte, würden die anderen schon einmal ohne ihn mit der nächsten Box und dem nächsten Bad anfangen.

4. Kapitel

An der Tür zum Duschraum zögerte Slakk, bückte sich dann und zog seine Sandalen aus. Nasse Füße trockneten schneller als nasse Schuhe. Da hörte er ein Geräusch und sah auf. Likkarn beugte sich finster blickend über ihn und hielt die Bürste in der Hand.
„Ich – das – war ich nicht ...“, stotterte Slakk unter dem wutverschleierten Blick des Mannes.
„Das spielt keine Rolle mehr, wenn ich erst einmal mit dir fertig bin, du Tagedieb mit leerem Beutel. Master Sarkkhans Besitz in der Gegend herumschleudern und sich vor der Arbeit drücken – ich kenne dich, Knecht.“ Likkarn sagte dies mit einer Ruhe, die seinen Zorn nur umso stärker zum Ausdruck brachte, und seine vom Kräuterqualm geröteten Augen schienen mit jedem Wort dunkelroter zu werden. Er packte Slakks Kittel und hob den Jungen langsam in die Höhe, bis nur noch seine Zehen die Erde berührten. Er schüttelte ihn dreimal kräftig hin und her und ließ ihn dann einfach wieder fallen. Slakk stürzte schwer zu Boden, verdrehte sich dabei das Bein und schrie laut auf vor Schmerz.

„Wenn du es nicht warst, wer dann?", fragte Likkarn. Er wusste, dass er die Knechtsjungen mit Angst und Schmerz am besten im Griff hatte, und nutzte dieses Wissen gezielt. Und in seiner vom Kräuterrausch angefachten Wut war Likkarn – wie alle Krauter – nicht mehr zu bremsen. Tagsüber allerdings verkniff er sich den Genuss des Krauts. „Wer – war – es?", fragte er noch einmal mit kalter Stimme, wobei er die Worte ohne erkennbare Gefühlsregung in die Länge zog. Gefühle sparte er sich lieber für die Drachen auf, die er trainierte, und für seine Nächte im Rausch des Pustelkrauts.

Wieder schluchzte Slakk laut auf. „Ich war es nicht." Und dann, ganz leise, so als könne das Flüstern seinen Verrat entschuldigen, fügte er hinzu: „Jakkin war's. Nicht ich. Jakkin."

Likkarn stieg einfach über ihn hinweg und eilte den Gang hinab, ohne Slakks Schluchzen weiter zu beachten. Er ging mit raschen Schritten und bemühte sich gar nicht erst, seine Freude verbergen. Denn Jakkin war derjenige unter den Knechtsjungen, der in ihm stets eine grenzenlose Wut auslöste – Jakkin mit seiner sicheren Hand im Umgang mit den Drachen, seiner zurückhaltenden Art und seiner Fähigkeit zu lesen. Jakkin war selbst Sarkkhan schon aufgefallen.

Der Farmbesitzer hatte sich bereits ein- oder zweimal nach dem Jungen erkundigt. Ein Junge, der hart arbeitete und sich von den anderen Knechten und ihren Zer-

streuungen fern hielt, ließ sich nicht so leicht beeinflussen. „Was für ein Vergnügen, diesen Jakkin aus so einem Anlass in seine Schranken zu weisen“, frohlockte Likkarn innerlich. Er wusste, dass dies den anderen Knechten eine Lehre sein würde, und außerdem war es für ihn eine noch größere Genugtuung, den Beutel des Jungen wegen einer solchen Kleinigkeit zu leeren, anstatt auf einen wirklich gravierenden Fehler zu warten. Bei diesem Gedanken gestattete er sich ein kleines Lächeln.
Errikkin stand bereits in der Stallbox von Blutroter Morgen und beruhigte den Drachen, um ihn für sein Bad vorzubereiten. Blutroter Morgen war ein phlegmatisches Tier, das sich sogar für die Paarung nur schwer antreiben ließ. Sarkkhan hoffte, diese Gelassenheit auf künftige Generationen zu vererben, allerdings ohne die Trägheit des Drachen. Zwar war die Zucht eine recht ungenaue Wissenschaft, doch Sarkkhan hatte bei seiner Arbeit schon immer einen hohen Prozentsatz an Erfolgen erzielt.
Jakkin stand immer noch bei Blutsbruder im Stall und vollendete die Pflege, indem er die Nägel des Drachen mit einer großen Feile behandelte. Diese Tätigkeit konnte nur in der Enge der Box ausgeführt werden, damit der Drache nicht ausschlagen konnte, wenn eine der empfindlichen Klauen unachtsam behandelt wurde. Viele Züchter ließen ihren Zuchtdrachen die Krallen ziehen; schließlich wurden die Tiere nicht mehr in den Arenen eingesetzt. Doch Sarkkhan war der Ansicht,

dass ein Drache ohne Krallen seine Partnerin im Flug nicht so gut packen konnte und dass die zusätzliche Energie, die der Bulle deswegen bei der Jagd nach dem schwer zu fangenden Weibchen aufwenden musste, seine Potenz verringerte.
Jakkin wusste nicht, ob das stimmte, aber er dachte dennoch: *Wenn Blutroter Morgen keine Krallen mehr hätte, käme er für die Zucht gar nicht mehr infrage. Nicht, wenn die Jagd dadurch eine noch größere Anstrengung von ihm verlangte.* Offenbar hatte er Letzteres unwillkürlich laut gesagt, denn aus dem Nachbarstall ertönte Errikkins Kichern.
Keiner der beiden Jungen hörte Likkarn durch den Gang näher kommen. Der alte Trainer lief lautlos zu Blutsbruders Box, während er seinen Zorn und seinen Eifer hinter einem angespannten Lächeln versteckte. Die Drachen konnten seine aufgewühlte Stimmung fühlen. Blutroter Morgen hustete einmal auf und verstummte dann wieder. Blutsbruder dagegen begann, seinen Körper unruhig hin und her zu schaukeln.
Jakkin stand auf. Er hatte keine Ahnung, was mit dem Drachen los war, und versuchte, ihn zu beruhigen, indem er ihm über die Nase streichelte und ihm leise Worte zuflüsterte. Aber der Drache ließ sich nicht besänftigen. Rauch schoss aus seinen Nüstern. Jakkin schloss wieder die Augen und versuchte noch einmal, die Gedanken des Drachen zu erreichen, doch der dunkle, rote Schlamm, den er dabei sah, war nun

von grellen, gelben Blitzen durchzogen. Blutsbruder schien ernstlich verstört zu sein. Jakkin wusste, dass ihm nun nichts anderes übrig blieb, als so schnell wie möglich aus dem Stall zu fliehen und die Tür zu verriegeln. Dann würde er eines der Gewehre, einen Drachenkarabiner holen müssen, die neben dem Haupttor hingen. Wenn nötig, musste er vielleicht sogar einen Stichschuss abfeuern, um Blutsbruder für eine Weile ruhig zu stellen. Denn wenn ein Drache erst einmal um sich schlug, war niemand mehr vor ihm sicher.

Jakkin tauchte unter Blutsbruders Hals hindurch und glitt an der Flanke des Tieres entlang. Er stürzte zur Tür, wobei er versuchte, möglichst dem peitschenden Schwanz auszuweichen. Gerade als Jakkin die Tür erreichte, grunzte Blutsbruder, warf den Kopf nach oben und gab ein gedämpftes Jammern von sich. Es klang wie die Schreie der Kampfdrachen, wenn sie sich vor ihrem Kampf aufwärmten. Innerhalb von wenigen Minuten würde der Drache nun seinen Halskragen aufrichten, wenn Jakkin ihn nicht rechtzeitig betäubte.

Der Junge schob den Riegel zurück und stieß die Tür auf. Er stürmte hinaus und stieß geradewegs mit Likkarn zusammen, der vor der Tür auf ihn wartete.

„Unordentlich“, höhnte der alte Knecht. „Unachtsam und unordentlich.“ Er hielt die Bürste wie eine Waffe in seinen ausgestreckten Armen und war so begierig darauf, den Jungen zu schlagen, dass er das Gejammer des Drachen überhörte.

„Blutsbruder ...“, sagte Jakkin und wollte den Trainer warnen, von der Tür wegzutreten.
Aber Likkarn hob die Bürste hoch über seinen Kopf und ließ sie mit gezügeltem Zorn auf Jakkins Schulter hinabfahren. Dort, wo die Borsten von Jakkins Kittel abrutschten und in seine Haut stachen, hinterließen sie ein blutiges Muster. Jakkin schrie auf.
Der Drache antwortete ihm Schrei für Schrei und bäumte sich auf seinen Hinterbeinen auf, sodass der lederne Haltegurt aus dem Eisenring an der Wand gerissen wurde. Als Blutsbruders Kopf die hölzernen Deckenbalken berührte, ließ er sich verwirrt und verärgert wieder nach unten fallen. Ein rötlicher Lichtpunkt leuchtete in seinen Augen auf. Seine Hinterbeine schlugen aus und trafen Jakkin, der durch den Stoß gegen Likkarn geschleudert wurde. Gemeinsam stürzten sie zu Boden, wobei der Junge oben zu liegen kam.
Unter lautem Gebrüll schob sich Blutsbruder nun rückwärts aus seiner Box. Dabei stieg er mit seiner großen Pranke auf den oberen Teil von Jakkins Rücken, wodurch der Jungen schwer gegen den Trainer gepresst wurde. Ohne dies zu bemerken, stapfte der Drache weiter in den Gang. Dort breitete er seine Schwingen aus, bis die Flügelspitzen an die Scheunenwände stießen. Der narbige Flügel scheuerte an einigen Haken vorbei. Einer davon verfing sich in der empfindlichen Flugmembran und riss sie auf. Panisch versuchte der

Drache, den verletzten Flügel wieder zu befreien, und schrie seine Wut wieder und wieder durch die vielen Höhlen der Scheune. Die anderen Drachen in den Boxen entlang des Flures antworteten ihm mit lautem Gebrüll und jagten den Knechten, die bei ihnen arbeiteten, eine Todesangst ein. Errikkin duckte sich in Blutroter Morgens Stall und presste seinen Rücken gegen die Wand des Verschlags.
Mit einem letzten, gewaltigen Ruck befreite Blutsbruder seinen Flügel. Heißes Blut tropfte in den Staub und brannte Löcher in die Bodenbretter. Drei Blutstropfen spritzen auch auf Jakkins Rücken und hinterließen tiefe Wunden. Doch der Junge war bereits seit dem ersten Schlag bewusstlos und fühlte die Verbrennungen nicht.
Der Drache brüllte noch einmal laut auf und hielt dann zitternd inne, als ihm der Geruch seines eigenen Bluts in die Nase stieg.
Likkarn krabbelte unter dem Körper des Jungen hervor und presste sich gegen die Wand. Vorsichtig kroch er auf die Scheunentür zu, wo die Drachenkarabiner hingen, je drei auf jeder Seite. Er bewegte sich ganz langsam, weil er fühlen konnte, dass einige seiner Rippen gebrochen waren, und weil er wusste, dass eine plötzliche Bewegung die Wut des Drachen wieder neu entfachen konnte. Als der Alte die Tür endlich erreicht hatte, schnappte er mit keuchenden Atemzügen nach Luft. Seine Finger fanden das Gewehr, während seine

Augen den Drachen ständig im Blick behielten. Zitternd hob er den Lauf und zielte zwischen Blutsbruders Augen, während er den Stärkeregler auf „Betäubung“ einstellte.
Bei der Bewegung des Gewehrs warf der Drache den Kopf in den Nacken und gab ein Winseln von sich. Dann ließ er den Kopf wieder sinken und starrte Likkarn mit verschleierten Augen an. Offenbar erahnte er dunkel die Absicht des Mannes. Noch einmal heulte er laut auf.
Likkarns rechte Hand am Regler zögerte kurz und rammte den Hebel dann auf „Töten“. Er feuerte einmal in den Kopf des Drachen, woraufhin die schwarzen Augen brachen, und dann noch einmal vorne in seinen Hals. Die Brustmuskeln wurden durchtrennt, eine karminrote Blume explodierte und tröpfelte auf die Brust der Echse. Zuerst knickten die riesigen Flügel an den Seiten des Drachen hilflos ein. Dann fiel das große Tier langsam um. Der Boden der Scheune bebte. Nach seinem Zusammenbruch fingen auch die anderen Drachen in der Bullenscheune an zu brüllen.
Tränen, die keineswegs so rot waren wie Drachenblut, aber dennoch vom Brennwurz rötlich gefärbt, rannen langsam über die tiefen Kerben in Likkarns Wangen.
„Du feige Echse“, zischte er. „Du nichtsnutziges Stück Dreck. Glaubst wohl, du könntest mir etwas vorjaulen, ja? Ich habe alles, was ich hatte, auf deinen dritten Kampf gesetzt. Du hättest der Champion werden kön-

nen und ich wäre endlich wieder ein Mann gewesen. Doch du hast mich ruiniert."
Likkarn senkte das Gewehr, ging zu dem Drachen und trat dem sterbenden Tier voller Hass in die Seite. Der Rhythmus dieser Schläge hallte durch den ganzen Gang. Tritt um Tritt versetzte er dem Drachen, bis er von der Anstrengung langsam müde wurde. Ihn überkam ein heftiges Zittern, entweder das erste Anzeichen von Kräutergier oder von Schock. Abrupt drehte er sich um und lief aus der Scheune, das Gewehr ließ er am Eingang einfach fallen. Dem ersten Knecht, den er sah, befahl er: „Bring Blutsbruders Kadaver zu den Garküchen. Und handle einen guten Preis für ihn aus. Es ist erstklassiges Fleisch. Und dann kümmere dich um dieses andere Stück Dreck, den Jungen Jakkin. Falls er überhaupt noch am Leben ist."
Mit einem Achselzucken wies er jede Hilfe zurück und lief, sich die Seiten haltend, zum Knechtshaus, ohne noch einmal zurückzuschauen.

5. Kapitel

Jakkin trieb durch konfuse Albträume und wachte zwischendurch einige Male auf. Jedes Mal zogen ihn die Schmerzen und die Medikamente wieder zurück in die wirbelnden blutroten Sümpfe, von wo er sich ein weiteres Mal mühsam in Richtung des Lichts schleppte.

Als er endlich wieder zu sich kam, starrte er auf einen gestärkten, weißen Kopfkissenbezug, auf dem er mit dem Gesicht lag und durch den er nur mit Mühe genügend Luft bekam. Da sein Stockbett in der Schlafbaracke solche Annehmlichkeiten nicht bot, dämmerte ihm allmählich, dass er sich wohl in der Krankenstation der Farm befinden musste. Er versuchte, sich umzudrehen, doch die Schmerzen in Schultern und Rücken waren so heftig, dass er leise aufschrie und sein Gesicht wieder im Kissen vergrub.

„Ich denke, du wirst es überleben", sagte eine amüsierte Stimme kühl und freundlich zu ihm.

Jakkin hob den Kopf und drehte ihn ganz langsam, bis er wegen der Schmerzen innehalten musste. Nun konnte er sehen, wer gesprochen hatte. Es war Akki, das Mädchen, von dem Slakk behauptet hatte, sie gehöre eigentlich in eines der Freudenhäuser. Sogar in seinem elenden Zustand konnte Jakkin verstehen, wieso Slakk das gesagt hatte: Das schwarze Haar hing ihr glatt über den Rücken und ihre Haut schimmerte in dem milchweißen Farbton eines Schlüpflings. Sie hatte volle Lippen und einen lebhaften Mund, der ihn in diesem Moment gerade anlachte. Jakkin zuckte wieder zusammen, und Akki stellte sich an das Kopfende des Betts, damit er sie besser sehen konnte. Sie hielt ihm ein Glas mit geeistem Takk entgegen.

„Hier, trink. Und jetzt, da wir beide wissen, dass du wieder gesund wirst, muss ich zurück an meine Arbeit. Schließlich liegen hier auch einige wirklich kranke Leute. Nicht nur so welche wie du, die sich mit Abdrücken von Drachenfüßen auf ihrem Rücken schmücken."

Jakkin stöhnte und presste schließlich hervor: „Das also tut so weh." Seine Erinnerung an die ganzen Vorfälle war nur sehr verschwommen und endete mit Blutsbruders Tritt.

„Drachenspuren und drei schöne, tiefe Blutmale", erklärte ihm Akki fröhlich. Ihr Lächeln war ein kleines bisschen schief. Jakkin gefiel das sehr, auch wenn es dadurch ein wenig so aussah, als würde sie sich über sein Unbehagen lustig machen. „Wirklich schade. Die einzigen Löcher in einem sonst makellosen Körper."

Jakkin fühlte, wie er rot wurde, und drückte ihr das Glas wieder in die Hand. Dann vergrub er das Gesicht

im Kissen. Als er den Kopf wieder hob, war Akki gegangen. Er konnte sich nicht entscheiden, ob er über ihr Verschwinden froh sein sollte oder nicht.
Er warf einen Blick aus dem Fenster. Es war fest verschlossen und die Schwärze draußen ließ ihn erschrocken nach Luft schnappen. Die Zeit der Mondhelle war schon fast angebrochen. Verletzt oder nicht – er musste unbedingt das Bett verlassen und sich von der Krankenstation zur Brutscheune schleichen. Das Schlüpfen war mittlerweile sicher schon fast beendet. Wenn er sich vor der morgendlichen Zählung nicht ein Ei oder einen neugeborenen Schlüpfling holte, würde er ein ganzes Jahr warten müssen, ehe er es erneut versuchen konnte.
Vorsichtig und mit geöffnetem Mund setzte er sich langsam auf. Er atmete tief ein und aus und zwang sich, den pochenden Schmerz in seinem Rücken zu vergessen und auch die drei heißen Punkte der Blutmale, die ihm höllische Qualen bereiteten. Er ließ seine Beine über die Bettkante hängen und wartete, bis die nächste Schmerzwelle vorüber war. Außer seinem Knechtsbeutel und den Verbänden an seinem Rücken trug er nichts am Leib. Seine Hose und sein Kittel lagen sauber zusammengefaltet auf einem Stuhl neben dem Bett. Unter Mühen gelang es ihm, den Stuhl zu erreichen, vornübergebeugt wie ein alter Mann und vorsichtig tastend, damit seine Wunden nicht zu sehr schmerzten.
„Drachendreck“, fluchte er. „Wenn das so weitergeht,

schaffe ich es gerade mal, bis zum Morgengrauen überhaupt aus dem Haus zu kommen.“

Irgendwie gelang es ihm schließlich, seine Hosen überzuziehen. Die Sandalen und den Kittel musste er tragen. Er humpelte langsam zur Zimmertür und lauschte nach Fußtritten im Gang. Als er nichts hörte, öffnete er die Tür und seufzte vor Erleichterung, als er sah, dass sein Zimmer nur etwa zehn Meter von der Eingangstür entfernt lag. Seine Fortbewegung als Laufen zu bezeichnen wäre eine grobe Übertreibung, dachte er. Er bewegte sich eher wie ein verletzter Hundertfuß, jenes tollpatschige Insekt, das nur noch im Kreis laufen konnte, wenn es auch nur ein einziges Bein verlor. Leider würde sein Rücken nicht so schnell verheilen wie das Bein eines Hundertfußes. Er würde die Schmerzen noch lange ertragen müssen und die Blutmale sogar für immer.

An der Glastür, die ins Freie führte, zögerte er. Um sie zu öffnen, war noch einmal eine besondere Anstrengung notwendig. Er konnte sehen, dass die Mondhelle zwar noch nicht ganz herangezogen war, doch die zwei Monde hockten bereits am Horizont und Akkhan verströmte schon seine Farbe entlang der Linie, die Himmel und Erde trennte. Die ganzen Schmerzen, sein unbeholfenes, qualvolles Kriechen – alles war umsonst gewesen. Ohnmächtig hämmerte er mit seiner Faust gegen die Scheibe und hoffte dabei fast, dass die Glastür zerbrechen würde. Inmitten seiner wütenden Schläge fühlte er plötzlich, wie etwas an seinem Rücken wieder aufriss. Der neue Schmerz ließ ihn aufstöhnen. Langsam rutschte er an der Glastür nach unten und brach zusammen.

Jakkin wachte wieder mit seinem Gesicht auf dem Kissen auf und fragte sich, ob er seinen Gang durch den Flur nur geträumt hatte.
„Was sollte das denn werden, kleiner Held?“ Als er Akkis amüsierte Stimme hörte, wusste er, dass es kein Traum gewesen war. „Du hast es geschafft, deinen Verband zu zerreißen, und deine Wunde hat wieder angefangen zu bluten. Und ich bin die Einzige hier während der Nachtschicht. Weißt du eigentlich, wie schwer du bist?“
Jakkin hob den Kopf so hoch, dass er sehen konnte, wie Akki etwas auf die Tafel am Ende seines Bettes schrieb. Er sah, dass seine Hose und der Kittel wieder auf dem Stuhl lagen. Seine Verlegenheit war so groß, dass er diesmal nicht einmal mehr rot wurde, sondern nur den Kopf wieder auf das Kissen sinken ließ und kein Wort sagte.
Akki redete weiter, als hätte sie seine Bewegung nicht bemerkt. „Wolltest du etwa während der Mondhelle draußen rumlaufen? Hier und dort ein wenig herumhüpfen? Aber warum? Genieße lieber die Ruhe hier. Du wirst schon früh genug wieder bei den Drachen sein. Du erinnerst mich an ... Aber selbst Lik-

karn, die alte Krautnatter, gönnte sich drei Tage Ruhe wegen seiner gebrochenen Rippen. Er lag hier herum und genoss jede Minute, die wir ihn verhätschelten. Das heißt, er genoss es so lange, bis Sarkkhan voller Wut hier hereingestürmt kam und den ollen Krauter wieder zum Stallburschen degradierte. Stell dir vor, einen Zuchtdrachen wie Blutsbruder einfach auszulöschen, obwohl er den Wurm doch nur hätte betäuben können. Er hätte nur den Hebel –"

Jakkin zog sich auf die Seite und ignorierte die tanzenden Messer in seinem Rücken. „Drei Tage? Likkarn lag drei Tage hier? Das verstehe ich nicht. Die Mondhelle hat doch eingesetzt. Wieso sind es dann drei Tage? Wie lange bin ich schon hier?"

Akki kam mit einem neuen Glas Takk zu ihm, aus dem es diesmal heiß dampfte, und hielt es ihm entgegen. Ihr Mund war ernst. „Du bist fast eine Woche lang zwischen Wachsein und Schlafen gedämmert", sagte sie. „Eine Zeit lang dachten wir sogar, wir würden dich verlieren. Aber Sarkkhan sagte, du hättest zu viel Kampfgeist in dir, um jung zu sterben, und einen Kopf, der härter sei als Drachenknochen. Und er muss es wissen. Schließlich hat er selbst so einen Dickschädel."

„Eine Woche! Mondhelle – eine Woche!" Jakkins Gesicht verlor nun auch noch den letzten Rest an Farbe, und er stieß Akkis Hand zur Seite. Das Glas fiel herunter und zersplitterte auf dem Boden. Der Takk spritzte durch den Raum. Jakkin warf sich auf sein Kissen und begann zu schluchzen, ohne Akkis Händen in seinem Haar und ihrer beruhigenden Stimme Beachtung zu schenken. Er war fünfzehn und konnte sich nicht daran erinnern, vorher jemals geweint zu haben – nicht als Kind, als sein Vater so grausam starb; nicht in der Knechtschaft, als seine Mutter leise im Schlaf von ihm ging; nicht einmal, als Likkarn ihn mit der Erinnerung an den Tod seines Vaters unter den Klauen eines Wilddrachen gepeinigt hatte. Er schluchzte laut wegen der verlorenen Chance, wegen Blutsbruders Tod, wegen der schmerzenden Wunden auf seinem Rücken und auch wegen der quälenden Erinnerung an den Verlust seiner Eltern.

Akkis Stimme drang von ganz weit weg zu ihm durch. „Das sind die Medikamente, Jakkin. Die Arznei macht dich schwach und bringt dich zum Heulen."

Er beachtete sie jedoch nicht und ließ sich von den Wellen ungezügelter Trauer mitreißen, bis er in einen tiefen, unruhigen Schlaf fiel. Als er wieder aufwachte, war es Nachmittag und Akki war weg.

Aus dem Bett zu steigen und sich anzuziehen ging nun schon viel leichter als am Tag zuvor. Jakkins Rücken war steif und er hatte Kopfweh, aber der Schwindel, die Depressionen und die spitzen Nadeln des Schmerzes waren verschwunden. Er beschloss, nicht auf den Besuch des Arztes zu warten. Lieber wollte er herausfinden, was in der Woche geschehen war, die seinem

Leben fehlte. Er musste wissen, ob die Schlüpflinge bereits alle gezählt und in den Nestern bei den Weibchen untergebracht worden waren.

Die Sonne schien grell und heiß vom Himmel herab, und kein Lüftchen bewegte sich, als Jakkin die kurze Strecke von der Krankenstation zu den Scheunen zurücklegte. Niemand begegnete ihm auf seinem Weg. In der brennenden Hitze des Tages arbeiteten die Menschen entweder in den kühlen Gebäuden oder machten ein Nickerchen. Die Knechte arbeiteten natürlich.

Jakkin versuchte, sich an die Zeit zu erinnern, bevor er Knecht geworden war, und stocherte in seinen spärlichen Erinnerungen: der Anblick seines Vaters, der blutend im Sand lag, während der Wilddrache als schwarzer Klecks am Himmel flügelschlagend in Richtung der weit entfernten Berge verschwand; seine Mutter, die ihre dünnen, zerbrechlichen Finger um seine schlang, als sie auf Sarkkhans Drachenfarm zugingen, ein Paket mit ihren wenigen Besitztümern auf den Rücken geschnallt. Ganz plötzlich drang ihre Stimme aus der Vergangenheit zu ihm. „Wir sind zwar Knechte, aber wir werden unseren Beutel immer noch selbst füllen.“ Die Erinnerung an ihre Stimme war deutlicher als das Bild vom Körper seines Vaters. Doch ob dieser Gang nun stattgefunden hatte, bevor oder nachdem sie in die Knechtschaft gegangen waren, wusste Jakkin nicht mehr.

„Ich werde meinen Beutel selbst füllen“, murmelte er und strich mit zwei Fingern über den Lederbeutel.

Beim Betreten der Scheune hauchte ihm ein Schwall kühler Luft wieder neues Leben ein. Er wanderte die Boxen entlang und hielt eine Minute vor dem leeren Stall inne, in dem Blutsbruder früher untergebracht war. Er fragte sich, wen sie wohl jetzt mit Blutroter Morgen zusammenlegten und ob der Drache unter dem Verlust seines Stallgenossen litt. Angesichts der genüsslichen Kaugeräusche, die aus Blutroter Morgens Box drangen, war es nur schwer vorstellbar, dass er die Abwesenheit seines Gefährten überhaupt schon bemerkt hatte.

Ich hätte auf dem Arbeitsplan nachschauen sollen, dachte Jakkin, der weder Slakk noch Errikkin in der Scheune entdecken konnte. Da hörte er eine klagende Stimme etwas weiter unten im Gang und folgte ihr zu den Boxen, wo Blutspur und Blutstrom, ein Paar rotgoldener Vierjähriger, untergebracht waren.

Slakks Stimme kam aus Blutstroms Box. Jakkin kletterte vorsichtig und unter Schmerzen die Boxenwand hinauf, und warf einen Blick hinein. Sowohl Slakk als auch Errikkin knieten vor dem Drachen und feilten seine Krallen.

„Diese Nägel sind ja butterweich", meinte Slakk gerade. „Schau, die Feile hinterlässt schon Kerben. Ich möchte nicht die Schuld dafür bekommen, dass seine Klauen beschädigt sind."

„Es wird dir schon niemand die Schuld geben, Slakk", sagte Errikkin. „Und wenn, dann verteidige ich dich."

„Warum müssen sie überhaupt gefeilt werden?“, fuhr Slakk fort. „Mit solchen Nägeln wird er sowieso nicht für die Arena zu gebrauchen sein. Und er wird damit auch die Weibchen kaum packen können. Warum behält Sarkkhan ihn überhaupt?“

Errikkin zuckte mit den Schultern.

„Ich finde, er gehört in die Garküchen“, sagte Slakk.

„Du findest doch, dass sie alle in die Garküchen gehören“, mischte Jakkin sich von der Boxenwand aus in das Gespräch ein. „Vielleicht ist es rezessiv und keine dominante Erbanlage. Und vielleicht werden die weichen Nägel nicht weitervererbt. Master Sarkkhan wird es schon wissen, verlass dich drauf.“

„Jakkin!“, riefen die beiden Jungen. Errikkin stand sofort auf und lächelte, doch Slakk war auf einmal wieder sehr mit seiner Feile beschäftigt.

„Keine Angst, Slakk“, fügte Jakkin hinzu. „Ich gebe dir keine Schuld. Ich kann meinen Beutel selbst füllen.“

Slakk schaute auf, aber sein Gesicht mit den kleinen Augen zeigte keine Regung. Schützend legte er die Hand über seinen Beutel. „Wofür solltest du mir die Schuld geben wollen?“, fragte er.

Errikkin trat zwischen die beiden und griff nach Jakkins Hand. „Wir haben dich vermisst“, sagte er. „Besonders Slakk. Er musste doppelt so viel arbeiten wie sonst. Behauptet er jedenfalls.“

Vorsichtig kletterte Jakkin von der Boxenwand und

ging zur Stalltür. Errikkin öffnete den Riegel, kam heraus und schloss die Tür wieder hinter sich. Slakk blieb in der Box und feilte scheinbar unbeteiligt die restlichen Klauen des Drachen.

„Ich scheine ja eine Menge verpasst zu haben", sagte Jakkin langsam.

Errikkin sah darin eine Möglichkeit, Jakkin zu gefallen, und weihte ihn in die Ereignisse der letzten Tage ein. Besonders ausführlich schilderte er dabei den Unfall und Blutsbruders Tod. Weil er Errikkin nicht misstrauisch machen wollte, verkniff sich Jakkin jedes Drängen, sich mit der Geschichte zu beeilen. So hörte er zweimal von den tödlichen Schüssen auf das Tier und wie Likkarn geschworen hatte, dass er in seiner Eile und Angst den Regler versehentlich nicht auf „Betäuben", sondern auf „Töten" gestellt habe.

„Obwohl man besonders hart drücken muss, um diese Einstellung zu verändern", fügte Errikkin hinzu. Dann spielte er Sarkkhans Reaktion nach, als dieser den alten Trainer beim Kräuterrauchen im Knechtshaus erwischt hatte.

„Sarkkhan sagte: ‚Du hast diesen Drachen schon immer gehasst, Likkarn.'" Errikkin versuchte seiner Stimme einen tiefen Tonfall zu geben, damit sie klang wie die des Farmbesitzers. „‚Du hast deinen Beutel auf ihn gewettet und verloren, und dafür hast du ihn gehasst.'

‚Nein, Master Sarkkhan, ich liebte diesen Wurm. Habe ihn doch selbst als Schlüpfling großgezogen, das

wisst Ihr doch', sagte Likkarn daraufhin, während die Rauchschwaden aus seinem Mund quollen." Errikkin legte die Hand über seinen Beutel, um diesen Anblick nachzumachen.
„Und was hat Master Sarkkhan darauf gesagt?", fragte Jakkin.
„Er sagte –"
Errikkin wurde von Slakk unterbrochen, der nun, da jener Teil der Geschichte vorüber war, an dem er selbst beteiligt war, aus der Box trat. „Er sagte: ‚Wie viele Chancen soll ich dir noch geben, Likkarn? Wir kennen uns nun schon eine lange Zeit. Wir waren Freunde, als wir jung waren. Aber wie lange kann ich einem Krauter vertrauen?'"
„Daraufhin sagte Likkarn –", wollte Errikkin hinzufügen.
„Nein, dann geriet Likkarn in Wut. Er sprang von seinem Bett und schrie: ‚Der einzige Unterschied zwischen uns ist ein halber Beutel!' Mit diesen Worten riss er seinen Beutel vom Hals, der tatsächlich zur Hälfte gefüllt war, und schleuderte ihn Sarkkhan ins Gesicht. Und dann ging er auf Master Sarkkhan los und begann, auf ihn einzuschlagen." Slakk beendete die Geschichte so schnell, dass er ganz außer Atem geriet.
Jakkin schüttelte den Kopf. „Verrückt. Diese Krauter sind verrückt. Sogar in seinem Kräuterrausch könnte Likkarn nie etwas gegen Master Sarkkhan ausrichten. Sarkkhan hat ihn sicher fast umgebracht."

„Nein, das war ja das Seltsame", sagte Errikkin. „Er hielt nur die Arme des Alten fest, bis seine Wut verraucht war. Dann schubste er Likkarn wieder zurück auf sein Bett und sagte mit Tränen in den Augen: ‚Es tut mir Leid, Likkarn. Es tut mir so Leid um all das, was wir einander einmal bedeuteten. Um all die Jahre, die wir miteinander geteilt haben. Aber um der anderen Knechte Willen und um Blutsbruders Willen muss ich dich herabstufen. Du wirst wieder als Stallbursche arbeiten.' Dann leerte er Likkarns Beutel aus, steckte das ganze Gold außer der Grabmünze in seine Tasche und legte den leeren Beutel sanft neben Likkarn auf das Bett."
Slakk nickte. „Das stimmt. Wir wissen davon, weil Akki dort war und der Arzt. Und der Arzt hat es Kkarina erzählt und sie hat es –"
„Akki?" Jakkin sah verwirrt aus. „Was hat sie denn in den Räumen der Männer verloren? Und noch dazu in Likkarns Zimmer?"
Slakk grinste schlau. „Sie kommt eben herum. Ganz schön herum sogar. Sie war dabei, als der Arzt und Sarkkhan nach Likkarn suchten. Irgendjemand hatte ihnen gesagt, er sei auch verletzt worden, und um dich hatte man sich bereits gekümmert."
„Und ich habe einiges davon mit angehört, als ich dich in der Krankenstation besucht habe", erklärte Errikkin.
„Ich kann mich gar nicht daran erinnern, dass du da warst."

Errikkin lachte und legte den Arm um Jakkins Schulter. Jakkin zuckte unter dem Gewicht zusammen, und Errikkin zog den Arm schnell wieder zurück. „Du warst völlig weggetreten. Und zwar tagelang. Schließlich befahlen sie uns, wieder an die Arbeit zu gehen und dich allein zu lassen."

„Nicht allein", deutete Slakk hinterhältig grinsend an. „Soviel ich weiß, blieb Akki die ganze Nacht bei dir."

„Genau, die ganze Nacht", entgegnete Jakkin scharf, fügte dann aber hinzu: „Ich war ja bewusstlos, wie ihr schon sagtet. Und außerdem hat sie mich einfach als Krankenschwester versorgt."

Die Jungen blickten zu Boden als hätte sich plötzlich eine tiefe Kluft zwischen ihnen aufgetan. Dann fragte Jakkin betont fröhlich: „Also, was war sonst noch so los?"

„Das war alles", erwiderte Slakk, drehte sich um und ging zurück in die Box. „Hilfst du uns, die Box fertig zu machen?"

Doch Errikkin schob Jakkin raus. „Du siehst viel zu blass und zittrig aus. Geh und leg dich etwas hin. Slakk und ich machen das hier ohne dich fertig. Schließlich haben wir dich heute noch gar nicht wieder bei der Arbeit erwartet."

Plötzlich begann auch Jakkins Kopf wieder zu schmerzen. Er zog die Schultern hoch und runter, um ihre Beweglichkeit auszuprobieren. Der Schmerz kreiste stechend um sein Rückgrat. „Vielleicht werde ich mich tatsächlich etwas hinlegen. Nur heute." Dann fragte er so uninteressiert wie möglich: „Wie ist das Schlüpfen gegangen?"

Errikkin hob die Hand und spreizte die Finger, das Zeichen dafür, dass alles in Ordnung war.

Slakks Stimme schwebte klagend über die Stallwand zu ihnen hinüber. „Komm schon, du Schlangenbein, hilf mir!"

Errikkin zuckte mit den Schultern und lächelte leicht.

„Ist alles gut gegangen. Soll angeblich das beste Schlüpfen seit Jahren gewesen sein. Sehen wir uns beim Abendessen?"

Jakkin nickte und ging davon. Er wagte es nicht, noch mehr Fragen zu stellen. Das könnte sonst zu verdächtig wirken. Er würde sich seinen Beutel eben selbst füllen müssen.

6. Kapitel

Auf dem Weg zurück ins Knechtshaus bemerkte Jakkin plötzlich, dass er großen Hunger hatte. Er würde bestimmt nicht einschlafen können, solange sein Magen so laute Geräusche von sich gab, dass die gesamte Farm davon aufwachte. Vielleicht würde Kkarina ihm etwas zu Essen machen, das er mit in sein Bett nehmen konnte. Sie war schon eine seltsame Frau, die alte Köchin, manchmal ganz umgänglich, aber dann wieder so bissig wie ein Drachenweibchen nach dem Schlüpfen. Er musste ganz vorsichtig an die Sache herangehen. Während er über eine gute Taktik nachdachte, rieb er mit einem Finger über seinen Beutel.

Die Tür zur Küche war offen und ließ feuchte, wohlriechende Gerüche herausströmen. Jakkin war noch nie im Innern der Küche gewesen. Dennoch schien sie ihm ein Ort voller vertrauter Geheimnisse zu sein. Zögernd steckte er den Kopf hinein und gab dann unwillkürlich einen Seufzer von sich.

Kkarina stand über einen großen, schwarzen Kessel gebeugt und sah auf. Sie lächelte. „Hereinspaziert, hereinspaziert. Ich kann einen hungrigen Jungen auf eine Meile Entfernung erkennen. Setz dich und sei mein Vorkoster. Wie ich höre, ist dies sowieso die einzige Arbeit, die du in den nächsten Tagen erledigen kannst."

Jakkin grinste schief. So viel zu seinem vorsichtigen Vorgehen. Er setzte sich auf einen Hocker am Herd und wartete.

Kkarina war eine kleine, dunkle Frau mit Schultern, die so breit waren wie die eines Mannes, und einer Taille, der man das jahrelange Abschmecken des Essens in der Küche ansah. Sie trug nur einen dünnen, kurzärmeligen Kittel unter ihrer Lederschürze und unter ihren Armen zeichneten sich große, graue Flecken ab. Wenn sie das Essen servierte, waren ihr Hals und ihre Arme immer von einer unförmigen Jacke bedeckt. Jakkin war fasziniert von ihren nackten Armen. Sie waren riesig, aber nicht wabbelig. Und überhaupt ging von der Köchin eine ganz eigene Ausstrahlung von vergnügter Stärke aus. Jakkin hatte eigentlich keine Angst vor ihr, würde sie aber niemals verärgern wollen. Er öffnete den Mund und versuchte, nicht zusammenzuzucken, als sie einen Löffel mit matschigem Brei in seinen Mund schob.

„Was hältst du davon?"

„Heiß!", stieß er schließlich hervor. Die Hitze brannte sich seinen Hals hinunter und ließ sich schließlich irgendwo in seiner Brust nieder.

„Natürlich ist es heiß, du Dummknecht. Es kommt

ja geradewegs aus dem Topf. Aber schmeckt es dir auch?“ Sie stellte die Frage so, als kenne sie die Antwort schon, als würde er es sowieso nicht wagen, ein Urteil abzugeben, das nicht positiv ausfiel.
„Es schmeckt gut“, sagte er, schob seinen Beutel zur Seite und rieb sich die Brust. „Es schmeckt wirklich sehr gut.“
„Natürlich.“ Sie nickte. „Aber es fehlt noch bisschen Skkargon.“ Sie griff nach einem Regal voller Krüge. Obwohl sie keine Schilder trugen, musste Kkkarina nicht lange suchen. Sie wusste genau, in welchem Gefäß sich das gesuchte Gewürz befand.
Skkargon. Jakkin durchfuhr ein Schauer. Das würde den Brei noch heißer und schärfer machen. Skkargon bestand aus Brennwurz und irgendwelchen anderen Zutaten. Er öffnete den Mund und atmete tief ein und aus. Noch immer schwebte der Nachgeschmack des Breis intensiv und köstlich um seine Zunge.
„Gibt es das heute zum Abendessen?“, fragte er, plötzlich wieder von Hoffnung erfüllt.
„Den Brei? Natürlich nicht. Ich werde ihn abkühlen lassen und in einem großen Krug in den Keller stellen. In ein paar Wochen ist die Paste durchgezogen und dann kann man sie auf heiße Brötchen oder dicke Brotscheiben streichen.“ Sie sprach weiter, während sie zwei Hand voll Skkargon in den Brei streute und kräftig umrührte. Ohne ihn dabei anzuschauen, fügte sie hinzu: „Aber wenn du wieder so weit erholt bist, dass

du feste Nahrung verträgst, kannst du dir von dem Fleisch im Kasten etwas nehmen.“ Ihr Kopf deutete auf eine Reihe von Metallschränken, die an der Wand standen.

Als er zu den Kästen hinüberging, hörte Jakkin ein leises Brummen. Er wusste, dass es in der Hauptstadt Rokk, wo die ersten Herren gelebt hatten, in jedem Gebäude elektrischen Strom gab. Doch hier auf dem Land standen nur einige kleine Generatoren. Die Raumschiffe landeten immer noch in Rokk, und es hieß, dass sie von Zeit zu Zeit einige zusätzliche Generatoren auf den Planeten brächten. Jakkin hatte jedoch noch nie einen gesehen. Er wusste nicht einmal, wie ein solches Gerät aussah. Vorsichtig legte er die Hand auf den ersten Schrank und spürte das Summen unter seinen Fingern. Er sah zu Kkarina und wollte sie danach fragen, aber sie hatte die Augen geschlossen und kostete den Brei, während ihre Lippen sich hin- und herbewegten, so als würde sie gerade ihre eigenen Fragen beantworten.

Also öffnete er den ersten Schrank. Darin war es kalt und kleine Nebelschwaden, zart wie ein Drachenhauch, zogen durch die geöffnete Tür. In den Fächern standen Gläser still nebeneinander aufgereiht. Sie waren gefüllt mit roten und orangefarbenen Flüssigkeiten von unterschiedlicher Konsistenz. Der nächste Schrank war ebenso kalt und enthielt unzählige Brotlaibe. Im dritten Kälteschrank fand Jakkin schließlich das Fleisch.

Er nahm eine hellrosa Scheibe heraus und brachte sie zum Herd.

Kkarina, die nun die Augen wieder geöffnet hatte, tauchte den Löffel wieder in den Brei und lachte ihn an. Während sie rührte, sagte sie: „Setz dich und iss. Wer lange hungert, verliert den Appetit."

Jakkin setzte sich, schlang die Füße um die Stuhlbeine und kaute zufrieden. Während er noch über die Kälteschränke nachdachte, wurde er von dem kräftigen Geschmack des Fleisches abgelenkt. Bald konzentrierte er sich nur noch auf das saftige Fleisch in seinem Mund und den Weg, den es durch seine Kehle nahm. Er sagte kein einziges Wort, bis er das ganze Stück restlos verschlungen hatte, und auch dann brachte er nur ein leises „Danke sehr" heraus.

Während Kkarina ihrer Arbeit nachging, summte sie eine alte Melodie vor sich hin. Jakkin erkannte das Lied „Die kleinen Drachen von Akkhan". Nur den Text wusste er nicht mehr genau. Gerade, als er überlegte, ob er wohl noch um ein weiteres Stück Fleisch bitten könnte, wandte Kkarina sich zu ihm.

„Nimm dir noch ein Stück mit, und dann ab mit dir ins Bett. Du siehst so aus, als könntest du etwas Schlaf vertragen, Junge."

Jakkin wollte ihr gerade noch einmal danken, als ihm etwas Seltsames auffiel. Ohne es zu wollen, stellte er fragend fest: „Aber du trägst ja keinen Beutel."

„Ja und?"

„Aber ein Knecht ..." Er zögerte und starrte weiter auf ihren leeren Hals. Wie ihre Arme war auch er mit rotgoldenen Sommersprossen gesprenkelt.
„Wieso glaubst du, ich sei eine Knechtsfrau?" Sie probierte einen weiteren Löffel Brei und nickte zufrieden.
„Weil du hier auf der Drachenfarm wohnst. Und kochst. Sonst wärst du doch im Haus des Herrn mit einem eigenen Zimmer. Ich dachte nur ..."
Seine Stimme verstummte völlig verwirrt.
„Du glaubst nur das, was alle Knechtsjungen denken. Nämlich, dass ein Herr nicht arbeiten muss – es sei denn, er möchte Drachenfarmer spielen oder Senator, nicht war? Dass jede Frau, die das Glück hatte, ihren Beutel mit Gold zu füllen, ein nutzloses, dummes Leben führt?"
Jakkin versuchte, mit den Schultern zu zucken, aber bei der Bewegung schmerzte ihm der Rücken. Und er wollte Kkarina gegenüber nicht zugeben, dass er eigentlich nicht viel darüber nachgedacht hatte, wie es war, ein Herr zu sein, sondern nur darüber, wie er seinen Beutel füllen und sich von der Knechtschaft befreien konnte.
„Hör zu, Junge. Ich habe schon genug Jahre voller Rücksichtslosigkeit in den Freudenhäusern hinter mir. Wo Jungen wie du in einer klebrigen, verschwitzten Nacht zu Männern werden wollen. Wenn du hübsch bist, erwartet man von dir nichts weiter als einen willigen Körper und einen stummen Verstand."

„Du? In den Freudenhäusern?“ Jakkin versuchte, sich das vorzustellen – dieser große, unförmige Körper geschmückt mit den hauchdünnen Spitzenhemdchen eines Freudenmädchens. Und doch – wenn Kkarina sprach, klang ihre Stimme tief und voller Musik.
„Ich werde dir etwas sagen, Junge. Diese große Knechtsfamilie hier zu ernähren ist harte Arbeit, die mir wirklich gut gefällt. Ich füttere meine Leute gut, mit den besten Mahlzeiten, die man diesseits von Rokk findet. Ich liebe diese Arbeit.“ Sie lächelte wieder und zeigte zur Wand. „Sieh dir das an.“
Sein Blick folgte ihrer Hand. Über dem Herd hing ein gerahmtes Bild. Es war an den Kanten ein wenig rußig und von einem dunklen, zackigen Flecken beschmutzt, der sich wie ein Blitz von der rechten zur linken Seite des Bildes zog. Jakkin erhob sich und ging näher zu dem Bild. Er lehnte sich gegen die Kante des heißen Herdes, um es genauer betrachten zu können. Ein Mädchen war darauf abgebildet, wunderschön und ernst, mit Augenbrauen, die so grazil geformt waren wie Drachenflügel. Er dachte bei sich, dass das Mädchen, wenn es nur lächeln würde, einmal das Herz eines jeden gebrochen haben musste, der es anblickte. So jedoch rief das Bild nur trauriges Mitgefühl hervor.
„Das wurde von mir gemacht, als ich jünger war“, erklärte Kkarina. „Ich behalte es bei mir, um mich an die schlechten Zeiten zu erinnern.“
Jakkin drehte sich langsam um und musterte die Kö-

chin. Er versuchte, zumindest den Geist jener ernst blickenden Schönheit auszumachen, die mittlerweile unter ihrer massigen Gestalt begraben lag. Seine Vorstellungskraft war vermutlich nicht besonders gut, entschied er schließlich. Nur die Augenbrauen waren gleich geblieben.

„Sie war nie glücklich, dieses Mädchen", sagte Kkarina. „Sie weinte nicht, aber sie lächelte auch nie. Heute dagegen geht es ihr gut. Sarkkhan war es, der mir geholfen hat, gesegnet sei er. Auch er ist ein Mensch, der seine Vergangenheit nicht vergessen hat. Geh jetzt, Junge, und hol dir noch etwas zu essen."

Jakkin ging noch einmal zu den Schränken und holte ein weiteres Stück Fleisch heraus. Die kalte Luft aus dem Kasten erinnerte ihn an den Beginn der Mondhelle. Er wickelte das Fleisch in eine Serviette und verließ die Küche, wobei er nicht vergaß, Kkarina noch einmal dankend zuzunicken.

Im Knechtshaus legte er sich auf sein Stockbett und schlang das Fleisch schnell hinunter. Dann kuschelte er sich in seine Decke und schloss die Augen. Er erinnerte sich noch einmal daran, dass er mitten in der Nacht aufwachen musste, aber er war davon überzeugt, dass der Lärm der anderen, wenn sie zu Bett gingen, zu ihm durchdringen würde. Und während er noch überlegte, ob er seinen Beutel leeren und sich im Laden der Farm einen Zeitmesser kaufen sollte, sank er in einen tiefen und traumlosen Schlaf.

7. Kapitel

Jakkin erwachte, noch bevor die anderen in das Knechthaus zurückkehrten. Er hielt die Augen geschlossen und lauschte, während erst die Männer und dann die Jungen hereingebummelt kamen. Wenn sie glaubten, dass er wach war, würden sie sicherlich versuchen, ihn zum Reden zu bringen. Er wollte jedoch nur zuhören und Neuigkeiten aufschnappen und nicht stundenlang mit den anderen Geschichten austauschen.

Die erste Stimme, die er erkannte, gehörte Balakk, dem alten Pflüger, dessen Hauptaufgabe es war, die Wurz- und Krautfelder und den großen Küchengarten zu versorgen. Wie üblich beschwerte er sich.

„Der Fluss wird wieder austrocknen, wenn wir nicht bald Regen bekommen. Ich habe Master Sarkkhan gesagt, dass wir besser schon mal bohren sollten. Tief unten gibt es Wasser, das weiß ich genau."

Ein zustimmendes Grunzen ließ nicht erkennen, mit wem Balakk sprach.

„Jede Menge Wasser gibt's da unten. Sogar die Würmer riechen es. Ich sage dir, ich fülle meinen Beutel und verlasse diese Farm, wenn Master Sarkkhan nicht anfängt zu bohren. Wir brauchen endlich eine zuverlässigere Wasserquelle."

Jakkin konnte hören, wie Balakk mit seiner Faust gegen seine Hand schlug, aber gleichzeitig wusste er genau, dass Balakk niemals gehen würde. Der große, hagere Pflüger gab schon seit zwanzig Jahren eine Beschwerde nach der anderen und eine Drohung nach der anderen von sich. Man sagte über ihn, dass er das Nörgeln und die Feldarbeit gleichermaßen liebte und dass er irgendwo versteckt genug Gold besaß, um seinen Beutel fünfzigmal zu füllen.

Andere Stimmen mischten sich in Balakks Beschwerdelitanei, näherten sich Jakkins Bett und übertönten schließlich die Klagen des alten Mannes. Auch als die Knechte Jakkin mit geschlossenen Augen auf dem Bett liegen sahen, hörten sie nicht auf zu reden. Von einem Knecht wurde erwartet, dass er bei jedem Lärm schlafen konnte.

„Schschsch. Vielleicht sollten wir ..." Das konnte nur Errikkin sein. Nur Errikkin würde versuchen, die Knechte zur Ruhe zu ermahnen. Dann, so als habe er etwas in den Gesichtern der anderen gesehen, veränderte sich Errikkins Stimme. „Aber natürlich kann Jakkin auch dann schlafen, wenn Drachen über ihm kämpfen."

„Oder auf ihm", fügte Slakk mit einem Lachen hinzu. Daraufhin tönte allgemeines Gelächter durch den Raum. Jakkin stöhnte und drehte sich um. Das Lachen wurde noch lauter.

Die Neckerei ging noch einige Minuten lang weiter, dann flackerten die Lampen. Selbst durch seine geschlossenen Lider hindurch konnte Jakkin erkennen, dass die Lichter dunkler wurden. In fünf Minuten würden sie endgültig ausgehen.

Jakkin wartete, bis die Nacht den Raum erobert hatte, bevor er die Augen wieder öffnete. Langsam gewöhnte er sich an die Dunkelheit und konnte die Schatten der Betten und Körper voneinander unterscheiden. Ein- oder zweimal öffnete sich noch die Tür und ein Nachtschwärmer schlich sich in den Raum. Überraschenderweise gab es nur wenig Gerede, hauptsächlich darüber, dass der alte Likkarn nun zum Stallburschen erniedrigt worden war. Auch die Geschichte von Sarkkhan und dem Beutel wurde noch einmal erzählt und eine neue Information hinzugefügt.

„Sein Einzelzimmer hat er jedoch behalten. Sogar Master Sarkkhan würde es nicht wagen, dieses Wurmgeziefer hier zu uns zu stecken", sagte Balakk. Er selbst hatte jedes Jahr stolz ein Einzelzimmer abgelehnt, wenn es ihm angeboten worden war. „Wir wollen keinen Krauter bei uns hier haben." Dies war der letzte zusammenhängende Satz, den Jakkin hörte. Ein paar einzelne Satzfetzen schwebten noch durch den Raum, dann pulsierte die Luft von den tiefen Atemzügen und dem leisen Schnarchen der Schläfer.

Jakkin wartete noch eine halbe Stunde, bevor er aufstand. In der Dunkelheit schienen sich die Schmerzen in seiner Schulter und seinem Rücken zu vervielfachen. Er unterdrückte ein Stöhnen und richtete sich auf. Mit den Sandalen in der Hand schlich er auf Zehenspitzen aus dem Schlafsaal. Falls ihn jemand sah, würde man glauben, er wolle sich mit einem Mädchen treffen. Vielleicht sogar mit Akki. Bei diesem Gedanken huschte ein Lächeln über sein Gesicht. Von all den Knechtsmädchen auf der Drachenfarm war sie bei weitem die Hübscheste. Und die Einzige, die sich von den anderen fern hielt. Jakkin trat aus dem Knechthaus in den nächtlichen Hof hinaus.

Zuerst kam ihm die Nacht ganz still vor, doch dann konnte er allmählich einzelne Geräusche voneinander unterscheiden. Das *Kwibuuh* der Nachtflatterer, die um das Dachgesims der Scheune flitzten, das gelegentliche Grunzen eines Bullen, der es sich in seiner Box bequem machte. Jakkin steuerte auf die Brutscheune zu.

Plötzlich spürte er mehr, als dass er es hörte, das lautlose Flattern eines Drakks, dieses schlangenköpfigen Eiräubers mit den toten Augen, den die Drachenzüchter so hassten und fürchteten. Als er nach oben sah, konnte er den Drakk vor Akkhans Silhouette vorbeifliegen sehen, einen Augenblick lang verdeckten die riesigen Flügel den Mond. Er würde auf jeden Fall am Morgen davon berichten müssen, auch wenn er dadurch seine eigene Nachtwanderung offenbarte. Wenn sich eine Drakkkolonie in der Nähe befand, musste sie vernichtet werden. Hunderte Eier aus einem Gelege konnten durch eine einzige Drakkfamilie vernichtet werden. Ein ausgewachsener Drakk erbeutete auch Schlüpflinge und riss mit seinen rasiermesserscharfen Klauen Flügel, Beine und ganze Fleischstücke aus den lebenden Jungen. Aus gutem Grund war eine hohe Belohnung auf die Drakk ausgesetzt. Jakkin wartete, bis das Monster nicht mehr zu sehen war. Es würde erst nach der Mondhelle wieder zurückkommen, da es die Gegend bereits mit seinen Geruchsfühlern überprüft hatte.

In der Brutscheune stampfte ein Drachenweibchen mit den Füßen auf, als Jakkin näher kam, aber er hatte keine Angst, dass es losschreien könnte. Sobald die Nestlinge geschlüpft waren, verhielten sich die Weibchen nachts gewöhnlich ruhig und kuschelten sich zufrieden um ihre krabbelnden Schützlinge. Sie kauten Brennwurz und ließen die Säfte in die Münder der Schlüpflinge tropfen. Nachdem die Schlüpflinge ihre Eihäute abgestreift hatten, ernährten sie sich im ersten Monat ihres Lebens nur von diesem Saft. Ihre kleinen Zahnknospen verwandelten sich in dieser Zeit in scharfe, weiße Spitzen. Dann konnten die Schlüpflinge die Blätter der Pustelkraut- und Brennwurzpflanzen selbst kauen und die Säfte aus ihnen herauspressen. Danach verschlangen sie schließlich die zermatschten Wurzblätter, um sich den Drachenmagen mit ihrer Masse voll zu stopfen.

Als Jakkin die Tür zur Brutscheune erreichte, blieb er

im Schatten stehen und schaute sich erst einmal um. Weit und breit war niemand zu sehen. Also öffnete er den Riegel und schlich hinein.
Im Dämmerlicht der Schwefellampen ging er die engen Gänge entlang. Anders als in der Bullenscheune, wo auch die großen Männchen durch die breiten Gänge passen mussten, waren diese Gänge nur für Menschen gedacht. Jede Kammer für die Weibchen und ihre Brut war mit zwei Türen versehen, eine kleine Tür, die sich auf den Gang hinaus öffnete, und eine große Tür, die ins Freie führte. Die Brutscheune war ein niedriges, rundes Gebäude, das um einen runden Pflanzensilo herumgebaut war, der zugleich wie eine Säule das Dach stützte. Um den Silo herum befand sich ein Gestell aus Holzleisten, durch das der Dampf der zusammengepressten Wurz- und Krautblätter aus dem Innern des Silos entweichen konnte. Jakkin hatte einmal jemanden sagen hören, dass der aufsteigende Dampf manchmal so konzentriert sei, dass man darin seine Hände waschen könne. Oben am Dach wurden die Dämpfe durch eine Reihe von Entlüftungsrohren aufgefangen und zurück in die Scheune geleitet, um dort die einzelnen Brutkammern auch während der Kälte der Mondhelle zu heizen. Man glaubte, dass die Schlüpflinge umso schneller und stärker wuchsen, je wärmer sie es hatten.
Der Gang für die Knechte lag zwischen dem Silo in der Mitte und den Kammern der einzelnen Weibchen.

Jakkin begann schon der Schweiß unter den Armen zu kitzeln, trotzdem fühlte sich die Hitze des Speichers an seinem Rücken sehr angenehm an. Sie linderte seine Schmerzen.
Er ging zuerst in die Eikammer, wo die Gelege während des Brütens aufbewahrt wurden. Dort wusste er sofort, dass das Brüten tatsächlich beendet war, denn der Raum war völlig dunkel. Trotzdem ging Jakkin zurück in den Gang, nahm eine Lampe und lief wieder in den Raum zurück. Kleine, runde Schatten tanzten die Wände entlang, als die Lampe die zerbrochenen Eischalen beleuchtete. Jakkin fuhr mit dem Fuß durch den Sand und zerbrach dabei einige herumliegende Stücke der brüchigen Gehäuse. Wie jeder Knecht auf einer Farm kannte sich Jakkin mit Schalen sehr gut aus. Bei der Eiablage, wenn unzählige Mengen an Eiern in den Sand strömten, waren die Schalen noch elastisch. Während der Eiseskälte der Mondhelle klebten die Eier zunächst durch die gefrorene Geburtsflüssigkeit zusammen und türmten sich zu großen, schlüpfrigen Pyramiden auf. Erst wenn die Temperaturen auf dem Planeten wieder stiegen und die Flüssigkeit schmolz, lösten sich die Eier voneinander und rutschten von den Pyramiden in den weichen Sand. Die Hitze in der Brutscheune war deswegen auch dazu gedacht, den Schlüpfvorgang zu beschleunigen.
Jakkin wusste, dass die Eier zerbrachen, wenn man sie in diesem Stadium berührte, und nur ein giftiger,

gelbgrüner Schleim austrat. Doch wenn man sie in Ruhe ließ, wurden die Eier innerhalb eines Tages hart und bekamen eine Hülle, die auch eine frisch geschliffene Spitzhacke nicht öffnen konnte – zumindest nicht von außen. Nur der heranwachsende Schlüpfling im Innern konnte die Schale mit dem hornigen Fortsatz an seiner Nase öffnen. Und sobald das Ei hart geworden war, wurde es zum Freiwild für jeden Menschen – Dieb, Trainer, Mann oder Jungen – der glaubte, einen lebenden Drachen unter der Schale spüren zu können.
Ein lebender Drache. Genau darin lag die Ironie dieser Angelegenheit. Nur sehr wenige der Eier enthielten einen lebenden Drachen. Die meisten dienten lediglich als Köder für die beutehungrigen Drakk. Und wie oft hatte es ein Knecht schon geschafft, ein Ei zu stehlen und es voller Eifer bewacht, nur um Tage später festzustellen, dass es nichts enthielt außer zähem Schleim.
Die Schalen waren nun brüchig, weil die Weibchen die restliche Geburtsflüssigkeit aus ihrem Inneren herausgeleckt hatten. Ein Drachenweibchen nach dem anderen war von den Knechten in die Eikammer geführt worden, um die eigenen Schlüpflinge herauszusuchen und dann mit der klebrigen Flüssigkeit etwas Stärkung aufzusaugen. Jakkin konnte sogar noch die Fußabdrücke der Weibchen im Sand erkennen. Wütend trat er noch einmal gegen die leeren Schalen. Dann bückte er sich und nahm eine in die Hand. Er zerdrückte sie zwischen seinen Fingern und erfreute

sich an dem Schmerz, als die scharfen Kanten ihm die Handfläche zerkratzten und Blut floss. „Drachendreck“, fluchte er und erhob sich wieder.
Eigentlich musste er nun rasch wieder zurück ins Knechthaus gehen. Denn es war eine Sache, ein Ei zu stehlen; ein solcher Diebstahl wurde mehr oder weniger hingenommen. Der Diebstahl eines Schlüpflings jedoch – das war etwas ganz anderes. Die Eier wurden nicht gezählt, die Schlüpflinge dagegen schon. Sie wurden gezählt und registriert und die Ergebnisse schließlich in Likkarns sorgfältiger Handschrift am Eingang zu den Brutkammern der einzelnen Weibchen befestigt. Jakkin hatte dies zwar noch nie mit eigenen Augen gesehen, aber er wusste, dass es so war, genauso wie er auch über die Eier Bescheid wusste. Das alles gehörte zur Bildung jedes Farmknechts, das waren die Regeln und das Wissen, mit denen er aufgewachsen war.
Jakkin war sich also dessen genau bewusst, was er nun tun sollte, aber irgendetwas zog ihn zu den Kammern, ein dünner Faden aus leisen Geräuschen. Das Piepen eines Schlüpflings und das beruhigende Schnüffeln eines Weibchens. Er schloss die Tür zur Eikammer und ging den Gang hinunter.

An der ersten Kammer mit einem Weibchen las er Likkarns Auflistung laut vor: „Herzwurm (4) von Blutfleck aus Sicheres Herz, gepaart mit Blutsbruder, 7 Schlüpflinge, 27. 5. 2507.“

Er hob den Riegel, hielt die Lampe über seinen Kopf und starrte in das Innere der Kammer. Herzwurm hatte eine gelbliche Farbe, nicht viel dunkler als die Eischale eines Neugeborenen. Sie drehte sich mit verschleierten Augen zu ihm um und brummte warnend.
Jakkin hockte sich auf die Fersen und flüsterte ihr beschwichtigend in singendem Tonfall zu: „Ganz ruhig, Drachenmutter. Alles in Ordnung."
Sie ließ den Kopf wieder sinken und liebkoste die sieben kleinen Drachen einen nach dem anderen mit ihrer Schnauze. Jakkin zählte mit ihr mit und wiederholte die Zahlen mit der gleichen leisen Stimme. Er beobachtete ihren Schwanz. Die Spitze zuckte hin und her, aber er konnte sehen, dass sie durch seine Anwesenheit nicht wirklich beunruhigt war.
Das zweite Weibchen war Herz an Herz, die ebenso von Sicheres Herz und Blutfleck abstammte. Sie war von einem gelblichen Orange und trug einen dicken roten Streifen von ihrem Maul bis zu den Hinterbeinen. Wie ein Blutfleck breitete sich das Rot über ihre Beine aus und endete dann an ihrem Schwanz in kleinen Spritzern, die Blutmalen ähnelten (oder, dachte Jakkin, Kkarinas Sommersprossen). Sie hatte sich um fünf Schlüpflinge zusammengerollt, von denen zwei immer noch ihre Eihaut trugen. Das bedeutete, dass er die letzten Schlüpflinge nur um einen Tag verpasst hatte. Jakkin biss sich auf die Lippen, als die Enttäuschung darüber in ihm aufstieg.

Herz an Herz war noch ruhiger als ihre Schwester und hob kaum den Kopf, als er in ihre Kammer kam. Jakkin nutzte dies aus und setzte sich an ihre Seite, während er beruhigend auf sie einredete. Vorsichtig streckte er seine Hand aus und streichelte den Schlüpfling, der ihm am nächsten lag, ein kleiner, sich windender Gefleckter, der bei der Berührung erschrak und mit seinen noch weichen Krallen Jakkins Finger attackierte. „Ihr werdet bestimmt einmal ein Kämpfer werden", flüsterte Jakkin. Die besten Trainer, das wusste er, sprachen ihre Drachen mit *Ihr* und *Euch* an. Angeblich wurde dadurch das Band zwischen ihnen gefestigt. Er selbst hatte das bei den großen Zuchtdrachen noch nie ausprobiert. Schließlich hatte er diese niemals als die Seinen betrachtet. Er fragte sich nun, ob es wohl schlimm war, dass er sich nicht richtig mit diesem *Ihr* und *Euch* ausdrücken konnte, da er es bisher nur mit einigen der anderen Jungs aus Spaß versucht hatte. Dann lachte er über sich selbst. Ob der Drache es überhaupt bemerken würde, wenn er einen Fehler machte? Und würde es ihm wirklich etwas ausmachen?

Offenbar hatte er laut gelacht, denn der kleine Drache starrte ihn eine ganze Weile lang an. Dann drehte er dem Jungen den Rücken zu und kuschelte sich wieder an seine Mutter.

Jakkin dachte über den Schlüpfling nach, konnte sich jedoch nicht dazu überwinden, ihn mitzunehmen. Er stand auf und verließ die Kammer.

Das nächste Weibchen war Herzgeliebte, und er konnte schon von außen hören, wie sie mit dem Schwanz auf den Boden schlug und ihm damit eine unmissverständliche Warnung zukommen ließ. Dennoch öffnete er den Riegel und schlüpfte in die Kammer hinein. Ihre Karte zeigte, dass sie die Halbschwester der anderen beiden Weibchen war, von Sicherem Herzen aus Bluttraum. Sie musste aus der allerletzten Paarung von Bluttraum stammen. Der alte Bulle war nun zu alt für die Zucht und lebte mittlerweile laut Aussage der anderen Knechte irgendwo auf einer anderen Farm in Sarkkhans Besitz. Jakkin erinnerte sich noch gut an die Geschichten von Bluttraum, dem legendären Kämpfer von Sarkkhans Drachenfarm, seinem ersten männlichen Drachen. Fünfzig Kämpfe und siebenundvierzig Siege, der letzte ein fünfstündiger Kampf mit einem Champion von der anderen Seite des Planeten. Herzgeliebte hatte diesmal neun Schlüpflinge. Es war ihr zweites Gelege, denn neben ihrem Namen stand eine große Zwei. Neun Schlüpflinge waren sehr viel, besonders für das zweite Gelege. Und dem Geräusch ihres Schwanzes nach zu schließen, war sie eine nervöse Mutter.

Jakkin ging wieder in die Knie und begann mit dem schmeichelnden Singsang, der bei den beiden anderen Weibchen so gut funktioniert hatte, aber der Schwanz von Herzgeliebte fuhr mit seinem lauten, verärgerten Klopfen fort. Da fiel ihm das alberne Schlafliedchen ein, das er Blutsbruder vorgesungen hatte.

„Kleiner Flammenmund“, begann er zu singen und schaukelte dabei ein wenig hin und her.
Der Schwanz des Weibchens schien seinen Rhythmus aufzunehmen.
„Kühle deinen Schlund“, sang Jakkin weiter.
Jetzt bewegte sich der Schwanz ganz eindeutig mit der Melodie des Liedes.
„Bald holt dich der Schlaf, drum weine nicht, sei brav.“
Als die letzten Worte verklungen waren, hatte sich das Weibchen beruhigt. Jakkin seufzte erleichtert. Aus einer Ecke antwortete ihm ein merkwürdiges Piepen und Jakkin entdeckte dort einen kleinen, gelblichen Schlüpfling, der einen Flügel hinter sich herzog.
„Oh, du Armer“, murmelte er. Der Kleine musste sich beim Schlüpfen verletzt haben. Oder vielleicht hatte sich das Weibchen in der Nacht versehentlich auf ihn gelegt. Aus ihm würde nie ein Kämpfer werden. Vermutlich würde er in den Garküchen enden. Viele Leute mochten das Fleisch der Schlüpflinge. Es galt als zarter als das der alten Drachen. Jakkin hatte es jedoch noch nie gegessen.
Er zählte den verletzten Schlüpfling mit und prüfte die Zahl der anderen, die sich enger an Herzgeliebte drückten. Die anderen Acht waren leicht zu finden.
„Knecht im Pech“, flüsterte er dem Weibchen zu. „Schade.“ Herzgeliebte bewegte sich ein wenig, als sie seine Stimme hörte. Sie war ein seltsamer, dunkler Dra-

che mit einem gelblichen Hügel über ihrem linken Ohr. Jakkin fragte sich schon, warum Sarkkhan einen Drachen mit einer Missbildung für die Zucht verwendete, als der Klumpen sich bewegte. Er streckte unbeholfen seine übergroßen Flügel aus und öffnete sein Maul, um zu piepen. Doch nichts war zu hören.

Jakkin war so verblüfft, dass er sich kaum bewegen konnte. Sein Blick schweifte noch einmal durch die Kammer. Ein verletzter Drache in der Ecke und acht weitere an der Seite des Weibchens. Das ergab insgesamt neun, und dann war da noch dieses Neugeborene, das ganz verschrumpelt aussah und gelb war wie Eiercreme. Aber auf der Karte an der Tür stand die Zahl Neun. Jakkin war sich ganz sicher. Sollte Likkarn etwa einen Fehler gemacht haben? Oder gar Master Sarkkhan persönlich? Der Junge erhob sich langsam, ging zur Tür und schlüpfte durch den Spalt. Dann ließ er die Lampe noch einmal auf die Liste scheinen.

„Herzgeliebte (2) von Bluttraum aus Sicheres Herz, gepaart mit Blutsbruder, 9 Schlüpflinge, 29.5.2507.

Er ging zurück in die Kammer des Weibchens und zählte die Kleinen noch einmal durch, um ganz sicher zu gehen. Als er beim dritten Durchgang wieder auf zehn gekommen war, ließ er sich zu Boden sinken, stellte die Lampe neben sich und stieß einen Laut aus, der zwischen einem Seufzen und einem Stöhnen lag. Bei dem Geräusch fuhr der Kopf des Weibchens plötzlich nach oben, der kleine Drache rutschte an ihrem Ohr vorbei die Schnauze hinunter und purzelte kopfüber in den Sand vor Jakkins Füßen. Dort erhob er sich unsicher, streckte seine Flügel noch einmal aus und legte den Kopf auf die Seite, wie um den Jungen genau zu betrachten. Dann trottete er ungeschickt zu ihm hinüber. Seine Flügel waren noch viel zu groß für den kleinen Körper und es sah so komisch aus, wie er ihr Gewicht durch den Sand zog, dass Jakkin die Hand über den Mund legen musste, um nicht laut zu lachen.

Als der Schlüpfling in den Lichtkreis der Lampe trat, konnte Jakkin sehen, dass unter seiner gelben Eihaut etwas dunkles durchschimmerte.

„Ihr", sagte Jakkin leise und mit ehrfürchtiger Stimme zu dem Schlüpfling. „Ihr werdet eines Tages ein Roter werden."

Beim Klang seiner Stimme schaute der kleine Drache nach oben und versuchte, sich auf seine Hinterbeine zu stellen. Die schweren Flügel zogen ihn jedoch nach hinten, sodass er rücklings zu Boden fiel und seine winzigen Füße unnütz durch die Luft strampelten. Jakkin lehnte sich nach vorne und nahm, ohne darüber nachzudenken, das kleine Geschöpf in seine Hände. Etwas unsicher stand der kleine Drache nun auf Jakkins Handfläche und schnüffelte ohne jede Angst an seinen Fingern. Er entdeckte den frischen Kratzer, den die scharfe Eischale in Jakkins Haut hinterlassen hatte, und leckte an dem Blut. Dann hob er den Kopf und starrte Jakkin an.

Jakkin entgegnete den Blick in die glänzenden, schwarzen Augen und glaubte, dort eine Bewegung gesehen zu haben.
„Ihr", sagte er wieder mit gedämpfter Stimme und fühlte dann ganz plötzlich, wie sich ein kleiner Regenbogen in seinem Kopf bewegte. Das war der Drache. Er hatte tatsächlich seine Gedanken erreicht. Jakkin hob die Hände auf die Höhe seines Gesichts, sodass der Drache und er sich Auge in Auge anschauen konnten. Der Regenbogen in seinem Kopf tanzte und ließ blasse Farbstrahlen emporschießen.
Herzgeliebte hustete einmal kurz und scharf. Ihr Schwanz fing an, warnend über den Boden zu tanzen. Jakkin verstaute den Drachenschlüpfling in seiner Armbeuge und drückte ihn an seine Brust. Mit der anderen Hand nahm er die Lampe. „Du hast neun, große Mutter", sagte er zu dem Weibchen. „Dieser hier gehört mir. Ich werde aus ihm einen großen Kämpfer machen, das schwöre ich."
Er schlüpfte zurück in den Gang, hing die Lampe wieder an ihren Platz und drückte mit der Schulter gegen die Tür, um sie zu schließen. Dann trat er hinaus in die Nacht.

8. Kapitel

Der Schock der kühlen Nachtluft, die im Vergleich zu der feuchten Hitze der Brutscheune sehr kalt wirkte, ließ Jakkin erschaudern. Der Schlüpfling antwortete ihm mit einem Zittern.

„Ruhig, ruhig, mein Kleiner. Ganz ruhig, mein Schöner“, sagte der Junge und schob den bebenden Frischling unter sein Hemd. Die weichen kleinen Nägel verfingen sich in seiner Haut, kitzelten aber eher, als dass sie ihm wehtaten, und er konnte hören, wie das winzige Herz hastig schlug. Er beschloss, den Schlüpfling unter seinen Kleidern zu lassen, bis sie die Oase erreicht hatten.

Während er ein steinernes Wehr durchquerte, eines der vielen Auffangbecken für das Wasser des Narrakka-Flusses, horchte Jakkin wieder nach Geräuschen. Dann krabbelte er die Böschung hinauf und machte sich auf den Weg zu den Dünen. Er fand den Weg teils instinktiv, teils mithilfe der Sterne und verfluchte dabei das Licht Akkhans, der sich in seiner hellsten Phase befand. Er musste aus dem Sichtkreis der Drachenfarm kommen, ehe Akka, der zweite Mond, ebenfalls den

Himmel erleuchtete, denn dann würde die Landschaft eine kurze Zeit lang taghell erleuchtet sein.
Es gab noch einen anderen Weg zur Oase, der fast einen Kilometer die Straße entlangführte und dann erst in die Dünen abbog. Doch dieser war länger. Und Jakkin hatte keine Zeit.
Der Drache war still – vermutlich schlief er –, und Jakkin streichelte ihn leicht mit einem Finger, während er ihn gegen seine Brust gedrückt hielt. Plötzlich blieb der Junge stocksteif stehen. Das war ja gar nicht das Ende des ganzen Unternehmens – dies war erst der Anfang. Nun hatte er zwar den Drachen, nach dem er sich gesehnt und für den er gebetet und gearbeitet hatte, aber der schwierige Teil hatte jetzt erst angefangen.
Er überlegte kurz, wie ein solcher Fehler bei der Zählung hatte passieren können und wieso sich zehn Schlüpflinge in der Kammer befunden hatten statt der neun, die auf der Liste standen. Vielleicht hatten sie das Jungtier mit dem gebrochenen Flügel nicht mitgezählt. Dann würden sie sofort wissen, dass einer fehlte. Vielleicht war dieser Kleine, der so offensichtlich gerade erst aus dem Ei geschlüpft war und dessen helle, cremefarbene Eihaut zerknittert und faltig an dem kleinen Körper hing, einfach ein Nachzügler. Vielleicht stammte er aus einem Ei, das Herzgeliebte in ihrer eigenen Kammer gelegt hatte und nicht in der Eikammer. Ein einzelner Schlüpfling aus einem einzelnen Ei. Allerdings hatte er noch nie von einem solchen

Fall gehört. Doch schließlich wusste er nicht alles über Drachen. Leise lachte er über sich selbst. Alles? Nein, er wusste eigentlich fast nichts. Außer Drachendreck. Mit Drachendreck kannte er sich wirklich aus! Wieder lachte er. Der Drache bewegte sich unter seinen Fingern.

Ihr, dachte er liebevoll und wurde mit einem schwachen Regenbogen belohnt. *Ihr seid wirklich wunderschön.* Und mit diesem Gedanken setzte er seinen Weg fort.

Jakkin näherte sich der Oase von Südwesten. Unter dem weißen Auge Akkhans wirkte sie plötzlich sehr groß. Er setzte sich in die Schilfhütte und griff unter sein Hemd. Dort musste er zuerst die Klauen des kleinen Drachen von seinem Knechtsbeutel lösen. „Schon gut, lasst los. Ich kann meinen Beutel selbst füllen“, sagte er. Und fügte dann lächelnd hinzu: „Nun, wenn Ihr wirklich ein großer Kämpfer seid, dann werdet Ihr ihn für mich füllen. Aber jetzt noch nicht. Das dauert noch ein bisschen.“

Er setzte den Schlüpfling in den Sand und beobachtete, wie er sich streckte. Der Drache begann in der Hütte umherzustolpern und seine neue Umgebung zu untersuchen. Angelockt vom Mondlicht, steckte er seine Nase aus dem Verschlag und schnüffelte in der Luft. Dann pirschte er hinüber zur Hüttenwand und attackierte den Schatten eines Schilfrohrs, der über den Sand huschte. Als er nichts in seinen Klauen entdecken konnte, stolperte er, die Flügel hinter sich herziehend, zu Jakkin. Dieser rollte sich auf den Bauch, sodass sein Kopf ganz nah vor dem Drachenjungen lag. Vorsichtig schlug dieser dem Jungen mit seiner Vorderklaue gegen die Nase. Als Jakkin sich nicht bewegte, schlug er wieder zu, mit mehr Schwung, und diesmal traf er richtig.

„Wurmgeziefer", rief Jakkin, „Das tut weh!"

Seine laute Stimme erschreckte den Schlüpfling und er machte einen Satz zurück. Dabei schlug er wild mit den Flügeln und hob sich dadurch wenige Zentimeter vom Boden.

„Ihr könnt fliegen!", sagte Jakkin etwas leiser mit von Ehrfucht erfüllter Stimme. Aber der kleine Drachen landete sogleich wieder im Sand und machte keinerlei Anstalten, sich noch einmal in die Luft zu schwingen.

„Nun, dann kommt her zu mir", sagte Jakkin schließlich und hob den Schlüpfling vom Boden hoch. Er war immer wieder von neuem überrascht, wie weich seine Haut war. Sie sah fast ein wenig glitschig aus und besaß noch keinerlei Ähnlichkeit mit dem harten, glänzenden Schuppenpanzer einer ausgewachsenen Echse. Stattdessen fühlte sich die Haut so weich an wie das Leder, aus dem die Knechtsbeutel genäht wurden. Jakkin fragte sich plötzlich, aus welchem Material sein eigener Beutel wohl gemacht war. Und entschied sich dann, dass er das lieber nicht so genau wissen wollte.

Er lag auf dem Rücken, ohne dem dumpfen Schmerz in

seinen Schultern Beachtung zu schenken, und ließ den Drachen über seine Brust laufen. Obwohl der Kleine noch ganz weiche Krallen hatte, hinterließ er sogar durch das Hemd hindurch einige blutige Kratzer auf Jakkins Haut, doch den Jungen störte dies nicht. Vielmehr dachte er bei sich, dass der Drache ihn nun bluten ließ, so wie das Tier selbst eines Tages in der Arena bluten würde.
„Und dann werdet Ihr brüllen, kleine Schönheit“, sagte er zu dem Frischling. „Wenn Euer Lebensblut das erste Mal den Sand benetzt, werdet Ihr zum ersten Mal brüllen, ganz laut und wild. Dann werden die Wetter wissen, was für ein mächtiger Kämpfer Ihr seid, und Gold wird unseren Beutel füllen. Endlich werde ich ein Mann sein. Ein richtiger Mann, mein Frischling. Und ich werde mit Euch brüllen, mein Flieger, meine Wunderechse, meine Drachenschönheit.“
Der Drache rutschte von Jakkins Brustkorb, wobei er ihm einen weiteren tiefen Kratzer an der Seite zufügte, und landete mit allen vier Beinen sicher im Sand. Dort verlor er sofort das Interesse an dem Jungen und trottete in eine Ecke der Hütte, wo er sich zusammenrollte und sofort einschlief. Jakkin rückte näher an ihn heran, kuschelte sich um den Kleinen und teilte eine Weile die Wärme seines eigenen Körpers mit ihm. Bald darauf war auch er eingeschlafen.

Die Kälte weckte ihn wieder, die knochenlähmende Kälte der Mondhelle, die langsam heranzog. Jakkin

kroch auf Händen und Knien aus der Hütte und starrte in den Himmel. Er konnte keinen der beiden Monde mehr sehen, nur das blasse weißgoldene Licht, das den Beginn der falschen Dämmerung kennzeichnete.
Die Knechte sagten: „Monde sind hell, Tod kommt schnell“, denn nur sehr wenigen Menschen war es gelungen, die Mondhelle im Freien zu überstehen. Und diese waren in sehr viel besserer körperlicher Verfassung gewesen und hatten weitaus mehr Kleider getragen als Jakkin. Die ersten Siedler, und zwar sowohl Herren als auch Knechte, waren in ihren Raumschiffen geblieben, bis man Häuser errichtet hatte – für die Wächter und Aufseher feste Steingebäude auf dem mehrere Hektar großen Gebiet von Rokk, für die Sträflinge hingegen nur einfache Schutzhütten außerhalb der Stadtmauern. Obwohl Jakkin noch nie in der Stadt gewesen war, hatte er gehört, dass diese Gebäude auch heute noch, zweihundert Jahre später, dort standen und an die ersten Austarianer erinnerten. Die schlimmste Strafe der Herren in diesen vergangenen Zeiten, vor dem Bau der Schutzhütten, hatte darin bestanden, einen Knecht die ganze Nacht lang auszusperren. Zur Sicherheit blieben darum die Türen auf Master Sarkkhans Drachenfarm Tag und Nacht geöffnet. Und die Kälte war auch der Grund, warum unzählige Schutzhütten die Straßen zu den Freudenhäusern, den Garküchen und den Kampfarenen säumten. Sie sollten den Nachtschwärmern, die weit weg von zu

Hause von der Mondhelle überrascht wurden, Unterschlupf bieten.
Jakkin krabbelte auf die Füße. Noch einmal blickte er auf den kleinen Drachen, der sich schlafend im Sand zusammengerollt hatte. Die Kälte würde ihm nicht schaden, nicht einmal als Neugeborenem. Jakkin wusste das. Doch um ganz sicher zu gehen, zog er sein Hemd aus, wickelte es um das schlafende Würmchen und legte den kleinen Drachen an die gegenüberliegende Schilfwand, möglichst weit von der Tür entfernt. Dann presste er sein Lederwams ganz fest gegen seinen Körper und rannte, so schnell er konnte, über den Sand zur Farm zurück. Er hoffte, dass ihn die Bewegung warm halten würde. Wenn er schnell genug lief, könnte er wieder bei der Farm sein, ehe die schlimmste Kälte einsetzte. Er kümmerte sich nicht darum, seine Fußspuren zu verwischen, sondern vertraute auf den Wind und betete zu irgendeinem Gott, möglichst einem, der über die Knechtsjungen wachte. Denn der Gott der Herren würde ihn sicher noch nicht als Schützling annehmen.
Der Sand unter seinen Füßen rutschte ständig weg, wodurch das Laufen noch beschwerlicher wurde. Jakkin stolperte mehrmals und schlug sich einmal sogar die Knie auf. Es war anstrengend, sich in dieser klirrenden Kälte zu bewegen. Die metallene Knechtskette um seinen Hals war so kalt, dass sie sich anfühlte, als stünde sie in Flammen, und die Metallösen an seinem

Wams schienen dort, wo sie seine Haut berührten, kleine Löcher in seinen Leib zu brennen.
Irgendwann war ihm so kalt, dass er anhalten und sich in den Sand kuscheln wollte. Am liebsten hätte er ein Erdloch gegraben und sich darin schlafen gelegt. Gleichzeitig wusste er, dass dieser Schlaf der Todesschlaf für ihn sein würde. *Monde sind hell, Tod kommt schnell*, ermahnte er sich, und seine Füße bewegten sich weiter, auch wenn sein Gefühl sie dazu bringen wollte, anzuhalten.
Auf einmal rannten seine Füße über harte, festgetretene Erde und Jakkin begriff, dass er sich nun auf dem Grundstück der Farm befand. Doch die Kälte benebelte ihn, und er wusste nicht genau, wo er war. Sein Atem hing wie eine Rauchfahne vor seinem Gesicht. Er glaubte fast, er könne einen Teil dieses Eishauchs abbrechen und als Hacke benutzen, es an seine Stirn kleben und mit seiner Hilfe aus diesem Kälteei, das ihn umgab, ausbrechen. Bestimmt war seine Haut schon so hart und schuppig wie die einer Echse. Wenn ihn nun jemand bluten ließe, würde er wahrscheinlich brüllen wie ein Kampfdrache. Irgendwann merkte er, wie er nur noch schrie, schrie, schrie, bis er schließlich hart gegen eine Steinmauer prallte.
Ein behandschuhte Hand zerrte an ihm, und eine Schlafdecke wurde plötzlich um ihn gewickelt.
„Ruhig. Ich habe dich gefunden. Aber die Kälte hat dich erwischt. Komm mit mir."

Jakkin glaubte, diese Stimme zu kennen. Sie schien aus einem anderen Traum zu stammen, den er einmal vor langer Zeit geträumt hatte.
Eine Tür öffnete sich und wurde wieder geschlossen, und warme Luft erfüllte seinen ganzen Körper mit Schmerzen.
„Akki, was machst du denn hier?" Eine verschlafene Stimme ertönte.
„Ich bringe einen Eisklotz nach Hause."
„He, das ist doch Jakkin. Errikkin, schau. Das ist Jakkin."
„Wo ist der wohl die ganze Nacht gewesen."
„Schau dir mal seine zerkratzte Brust an. Wie sie wohl heißt?"
„Sieht er anders aus als sonst?"
„Wie ein Mann, meinst du?", kicherte jemand.
„Kam er aus der Stadt?" Gelächter ertönte. „Ihr wisst schon."
Eine Frau lachte. „Ja, von den Freudenhäusern. Seht ihr das nicht? Sein Beutel ist nur halb voll."
„Oder halb leer." Noch mehr Gelächter hallte durch den Raum.
„Ich habe ihn draußen vor der Krankenstation brüllen gehört. Also habe ich eine Decke geholt, meinen Thermoanzug angezogen und bin nach draußen gerannt."
„Da hat er ganz schön Glück gehabt."
„Er ist einfach ein Glückspilz. Seltsam, dass er überhaupt ein Knecht ist."

Jakkin öffnete die Augen. Sein Körper war nun zu heiß geworden, und er stieß die Decke von sich. Dann starrte er Akki an, die ihn mit ihrem schiefen Mund anlächelte.
„Ja", sagte sie und blickte ihm in die Augen. „Er hat eine ganz schön aufregende Nacht hinter sich." Bei diesen Worten blinzelte sie ihm zu.
Die anderen führten ihn zu seinem Bett, wo er sofort einschlief, während er noch „So schön, eine wahre Schönheit" vor sich hin murmelte. Er konnte die Knechte nochmals laut lachen hören, bevor sein Bewusstsein ihn endgültig verließ.

9. Kapitel

Der Morgen kam allzu schnell. Als das laute Läuten der Frühstücksglocke ihn rief, konnte Jakkin sich kaum erheben und musste sich von Slakk und Errikkin in die Kleider helfen lassen. Gutmütig zogen ihn die Freunde an und versuchten sogar, ein wenig mit ihm zu scherzen. Dann führten sie ihn mit sanfter Gewalt den Gang entlang zum Gemeinschaftsraum.

Die Tasse Takk, die heiß durch seinen Körper flutete, gab Jakkin endlich genug Kraft, um zu reden. „Habe ich eigentlich im Schlaf ... etwas gesagt?“, fragte er, nachdem er entschieden hatte, dass er trotz aller Vorsicht über die Vorgänge letzte Nacht genau Bescheid wissen wollte.

„Jedenfalls nicht ihren Namen“, sagte Slakk und hob den Kopf einen Augenblick lang von seiner Schüssel. „Und auch nicht, in welchem Freudenhaus sie wohnt.“

„Freudenhaus?“ Jakkin war verwirrt.

„Ach, lass ihn doch“, sagte Errikkin. „Vielleicht weiß er ihren Namen gar nicht. Vielleicht war es ihm nicht so wichtig.“

„Wenn du so lange draußen bleibst, dass dich die Kälte

packt, und du auch noch dein Hemd irgendwo liegen lässt, dann ist es sehr wohl wichtig!", sagte Slakk. Die anderen Jungen am Tisch lachten mit ihm. Jakkin errötete, woraufhin das Gelächter noch lauter wurde.
„Ich bin doch gar nicht ...", hob er schon an und hielt dann wieder inne. Besser, sie vermuteten das Falsche, als dass sie herausfanden, wo er vergangene Nacht wirklich gewesen war.
Slakk hörte sein Zögern und starrte ihn durchtrieben an. „Außer natürlich", sagte er, während sich ein Grinsen über sein Gesicht ausbreitete, „außer es war ... Akki." Als Jakkin daraufhin stotternd protestierte, stürzte Slakk sich sofort darauf. „Es war Akki." Er schlug mit dem Löffel auf den Tisch und begann zu singen: „Akki, Akki, Akki."
Die übrigen Jungen stimmten mit ein, sogar Errikkin. „Akki, Akki, Akki."
„Hört auf!", rief Jakkin wütend. „Es ist nicht Akki. Hört auf." Aber gegen den Krach kam er nicht an. Schnell warf er einen Blick zum Tisch der Knechtspaare, doch Akki war nicht da. Hatte sie alles gehört und war gegangen? Oder war sie erst gar nicht zum Frühstück erschienen?
„Akki, Akki, Akki." Der Gesang der Jungen ging unvermindert weiter. Mittlerweile schlugen sie alle mit ihren Löffeln auf den Tisch.
Jakkin sprang auf, stürzte aus dem Raum und knallte die Tür hinter sich zu. Er wusste, dass dieser dramati-

sche Abgang sie erst recht in ihrem Glauben bestätigen würde, aber er hatte keine Ahnung, was er sonst tun sollte. Er brauchte Zeit, um nachzudenken und sich zu beruhigen.

Als er die Außentür aufstieß und in den Hof trat, musste er wegen der grellen Sonne die Augen zusammenkneifen. Die Stallgebäude schimmerten und glühten. Hitzewellen schienen von ihnen auszustrahlen. Der Spikkapalme in der Mitte des Hofes warf zwar ein schwaches Schattenbild in den Sand, konnte aber auch keinen Schutz vor der gleißenden Sonne bieten. Jakkin dachte an die Schatten in der Nacht zuvor, als er geduckt über den Hof zur Brutscheune gelaufen war. Plötzlich erinnerte er sich an den lautlosen Eiräuber, der am Gesicht des Mondes vorbei über den Himmel geflogen war. Der Drakk. Er hatte ganz vergessen, den Drakk zu melden. Die Raubechse und ihre Familie, vielleicht sogar eine ganze Kolonie, nisteten hier irgendwo in der Nähe. Die Dracheneier waren zwar ausgebrütet und nicht länger in Gefahr, aber man musste auch an die Schlüpflinge denken. Bald würde man die Weibchen mit ihren Jungen in das Freigehege lassen. Ein Drakk mit seinen scharfen Sichelklauen konnte einen schutzlosen Schlüpfling zerfetzen und töten, ehe das Weibchen seine Anwesenheit überhaupt bemerkte. Die Drakk waren lautlos und verströmten keinerlei Geruch, zumindest wenn sie lebendig waren. Ihre Leichen jedoch überzogen jeden in ihrer

Umgebung mit einem schweren, Ekel erregenden Verwesungsgestank. Jakkin hatte gehört, dass eine Drakkfamilie bei der Jagd unaufhörlich durch die Luft kreiste und ein Drachenweibchen so lange reizte, bis es sich auf eine vergebliche Jagd nach dem Angreifer machte und von der hilflosen Brut weggelockt wurde. Er dachte an seinen eigenen Drachen, seinen kleinen Prachtkerl, der ganz alleine draußen im Schilf saß.
„Bleibt in Eurer Hütte, bis ich zu Euch komme", murmelte er, obwohl er wusste, dass seine Gedanken den Drachen nicht erreichen konnten. Trotzdem hoffte er, dass die Instinkte des kleinen Frischlings ihn dazu brachten, eine Weile in seinem Unterschlupf zu bleiben.
Er machte kehrt und ging zurück ins Knechthaus. Dort stellte er erleichtert fest, dass der Spottgesang mittlerweile aufgehört hatte.
Einer der kleineren Jungen, der rothaarige Trikko, wollte schon wieder „Ak-" rufen, als er Jakkin sah. Ein kräftiger Stoß von Errikkins Ellbogen, der ihn in der Magengrube traf, ließ ihn jedoch sofort wieder verstummen. Errikkin drehte sich natürlich sofort ganz zerknirscht zu Trikko um und fragte, ob er ihm wehgetan hätte.
Jakkin nickte seinen Freunden zu und ging hinüber zum Tisch der älteren Männer. Dort saßen Balakk und seine zwei Helfer neben Jo-Janekk, der den Laden der Farm beaufsichtigte, und Frankkalin, der als

Werkzeugschmied und Maurer für die Handwerksarbeit zuständig war. An der anderen Ecke des Tisches saß Likkarn, umgeben von einem selbst auferlegten Schweigen. Die anderen beachteten ihn nicht weiter, während er böse in seine Schüssel starrte. Er blickte nur kurz auf und warf Jakkin einen solch verachtenden Blick zu, dass dieser fühlte, wie sich um seinen Hals ein Ring aus kaltem Schweiß bildete. Er fuhr sich mit der Hand über den Nacken und grüßte gleichzeitig die anderen Männer. Dann wischte er die feuchten Finger an seiner Hose ab.

„Was gibt's, Junge?" Das war Balakk.

„Letzte Nacht –", fing Jakkin an.

„Oh ja, wir haben schon von deiner letzten Nacht gehört", gluckste Jo-Janekk und strich sich mit der Hand über den Schnurrbart. „Du hast ja das halbe Knechthaus aufgeweckt."

Jakkins Hand fuhr unwillkürlich zu seinem Beutel. Er drückte ihn zusammen und ließ die Anspannung aus seinen Fingern in die vertraute, weiche Oberfläche der Ledertasche fließen. „Letzte Nacht", fuhr er fort, „ist ein Drakk über die Farm geflogen. In der Nähe des Freigeheges der Weibchen."

Likkarn hob erneut den Kopf. Die Verachtung zeigte sich immer noch in seinen Augen. „Ein Drakk? Bist du sicher?", fragte er schnell.

„Weißt du auch, was du da sagst, Junge? Eine Drakkjagd würde unseren gesamten Arbeitsplan hier auf der

Farm völlig durcheinander bringen", fügte Balakk hinzu.
„Es war ganz bestimmt ein Drakk", sagte Jakkin und hoffte, dass sie ihn nicht weiter ausfragen würden.
„Beschreibe ihn", sagte Likkarn. Er erhob sich und trat vor den Jungen. Seine rot geränderten Augen glänzten. Er stand nun so dicht vor ihm, dass Jakkin die grauschwarzen Bartstoppeln erkennen konnte, die sich durch die verwitterte Oberfläche seines Gesichts bohrten.
Jakkin holte tief Luft.
„Beschreibe, was hast du tatsächlich gesehen, Knecht", fügte Likkarn hinzu. „Und nicht das, was du geglaubt hast zu sehen."
„Es war ein Schatten. Ein schwarzer, stiller Schatten, der über mir flog. Die Flügel waren etwa so weit ausgestreckt." Er spreizte seine Arme. „Und der Kopf sah ganz lang gestreckt aus, wie bei einer Schlange."
„Ein Drakk", stellte Balakk mürrisch fest.
„In welche Richtung ist er geflogen?", fragte Likkarn, so als glaube er Jakkin kein Wort.
Jakkin schloss die Augen und sah wieder die großen Flügel des Drakk in Gedanken vor sich. „Er flog von Osten nach Westen, von irgendwo hinter dem Knechtshaus in Richtung Brutscheune."
„Drachendreck!" Balakks Faust krachte auf den Tisch. „Dieses Natterngezücht scheint geradezu aus dem Nichts heraus zu wachsen. Aus dem Nichts! Ich hätte

nicht übel Lust, die Landwirtschaft an den Nagel zu hängen und eine Stelle in Rokk anzunehmen. Ich dachte, wir hätten die Biester vor sieben Jahren endgültig ausgerottet."

Likkarn stülpte seine Lippen entschlossen vor und zurück. „Manchmal entsteht eine neue Kolonie, wenn die Jungen von den Alten hinausgejagt werden", sagte er. „Auf der Suche nach neuen Gebieten ... und nach neuem Futter. Dann kommen sie über die Dünen zu uns geflogen, näher heran an die Zivilisation." Finster starrte er Jakkin an.

„Und gerade heute Abend wollten wir die Schlüpflinge zum ersten Mal nach draußen bringen", sagte Crikk, Balakks rechte Hand und sein bester Freund. Er war ein junger Mann, der gerade erst das Mannesalter erreicht hatte und dessen Arme von Blutmalen übersät waren. Er hatte Sarkkhan einige Male bei Drachenkämpfen in den Kleinarenen geholfen und dann darum gebeten, wieder zurück auf die Farm versetzt zu werden. „Nun können wir es nicht riskieren, die Kleinen nach draußen zu bringen. Sie wären nur eine willkommene Fleischmahlzeit für diese Monster."

„Dann müssen wir uns also auf die Jagd machen", sagte Balakk müde. „Auf eine ganz gewöhnliche, verflixte Treibjagd."

„Also, ich habe zwar 'ne Menge Messer auf Lager, aber die müssen noch geschliffen werden", sagte Frankkalin und erhob sich. „Ich nehme ein paar Jungen und fange gleich damit an." Er ging hinüber zum Tisch der Knechtsjungen und winkte Errikkin und zwei der Kleineren zu sich. Auf seine einsilbige Erklärung hin folgten sie ihm stillschweigend aus dem Raum.

„Slakk und die anderen sollen schon einmal mit der Drachenfütterung beginnen. Die Bäder müssen warten, bis das hier vorbei ist", sagte Likkarn. Sämtliche Spuren des Kräuterrausches waren aus seinen Augen verschwunden. „Wir treffen uns in einer Stunde auf dem Hof. Balakk, du nimmst den Jungen" – er deutete mit dem Kinn auf Jakkin – „und schaust dir die Flugbahn an."

Likkarn ging und nahm Slakk und die anderen Jungknechte mit sich.

„Er tut ja gerade so, als ob er immer noch der Vorarbeiter ist", beschwerte sich Kkittakk, Balakks zweiter Gehilfe, der noch nicht lange auf der Farm arbeitete. „Und dabei ist er jetzt nur noch ein Stallbursche."

„Du bist noch nicht lange genug hier, um darüber Bescheid zu wissen", entgegnete Balakk. „Wenn es darum geht, die Drakk zu jagen, stelle ich mich jederzeit hinter Likkarn. Er hat eine ganz unglaubliche Nase für die Biester, glaube mir. Vermutlich, weil er ein ebenso blutiges Gemüt hat wie sie. Ich kann mich erinnern, wie er einmal mit bloßen Händen gegen einen Drakk gekämpft hat ... Aber das erzähle ich euch ein anderes Mal." Balakk erhob sich. „Komm, Junge, zeig mir, wo du diesen Würmerhaufen gesehen hast. Wir müssen die Flugbahn untersuchen und den Standort der Drakk bestimmen.“ Er seufzte laut und schob seinen langen Körper hinter dem Tisch vor.

Sie folgten ihm in den Gang, wo er einen Schrank öffnete, der voller Instrumente war. Er zog ein Gerät aus Metall und Glas heraus und polierte die eine Seite mit seinem Ärmel. Dann entdeckte er ein Päckchen mit weichen Tüchern und polierte damit die Glaslinse auf der anderen Seite.

„So, das genügt für eine erste Ortung. Und nun zeig mir ganz genau, wo du gestanden bist, als dieses Stück Dreck über dich hinwegflog.“

Im Hof stand Jakkin einen Moment lang still da und versuchte sich zu erinnern. „Es war Nacht“, sagte er leise.

„Das wissen wir“, maulte Kkittakk.

„Still, Knecht, oder ich nehme dir die letzten paar Münzen aus deinem Beutel“, flüsterte Balakk erzürnt. „Er will damit sagen, dass es dunkel war und er sich erst wieder darauf besinnen muss, wo er stand. Drachendreck, dies wird auch ohne deine störenden Unterbrechungen schwierig genug werden.“

Jakkin war dankbar für Balakks Unterstützung und schloss die Augen. Er machte sich große Sorgen. Wenn er den Männern erzählte, wo genau er gestanden hatte, würde er möglicherweise den Diebstahl des Drachen verraten. Schließlich hatte er sich in eben diesem Moment auf dem Weg zu den Brutscheunen befunden.

Doch wenn er log, würde das die Berechnung des Fluges um etwa einen Kilometer verschieben, und dann würden sie den Drakk vielleicht nicht finden. Er dachte daran, was das für Folgen haben könnte. Vor seinen Augen erschien ein sich windender und piepender Schlüpfling. Heißes Drachenblut quoll unter den reißenden Klauen hervor und versengte den Sand. Und plötzlich sah er seinen eigenen Drachen vor sich, wie er sein Leben in den Dünen aushauchte, und da wusste er, dass er keine Wahl hatte.

„Hier“, sagte er entschieden. „Hier bin ich gelaufen. Und dort flog der Drakk entlang.“ Seine Hand durchschnitt die Luft in einer langen, geraden Bahn, die sich einmal kurz neigte, ebenso wie die Flügel des Drakk sich gesenkt hatten, als er über Jakkin hinweggeflogen war, und deutete schließlich auf einen Punkt weit jenseits der Farm zwischen den Dünen.

Balakk grunzte und drehte an den Rädern des Geräts, das er in der Hand hielt. Er schob Jakkin mit der Schulter beiseite, stellte sich an seinen Platz und blickte durch das Okular.

„Genau auf der Linie steht ein Wäldchen aus Spikkapalmen. Und vier oder fünf Kilometer weiter draußen beginnt der Sukkersumpf. Wenn wir allerdings dort hineingehen müssen, um die Biester zu finden, werden wir wahrscheinlich Tage brauchen.“

„Und was liegt in der anderen Richtung, dort wo er herkam?“, fragte Jakkin bedrückt, denn in dieser Ge-

gend befanden sich auch die Dünen, in denen sein eigener Drache versteckt war.
„Das werde ich mir gleich ansehen. Einen Moment." Balakk drehte sich um und blickte wieder durch das Okular. „In dieser Richtung stehen keine Bäume. Die Fluglinie führt ganz lange über die Dünen, bevor etwas kommt, wo eine Sippe dieser scheußlichen Monster nisten könnte. Es ist wirklich ein Glück für uns, dass sie auf solch geraden Bahnen fliegen, wenn sie nicht auf der Jagd sind. Aber da die Drachen momentan alle in den Ställen sind, befinden sie sich gerade nur auf ihren üblichen, schnurgeraden Erkundungsflügen. Wenn sie jedoch auf der Jagd sind, können sie einen Drachen im Umkreis von fünf Kilometern ausmachen. Unter den Flügeln befinden sich äußerst empfindliche Geruchsfühler entlang ihres gesamten Körpers."
Jakkin nickte. Der Druck auf seiner Brust ließ allerdings nur geringfügig nach.
„Wie groß waren seine Flügel?", wollte Balakk noch einmal wissen.
Jakkin breitete seine Arme erst ein bisschen aus und öffnete sie dann noch etwas weiter.
„Ein kleiner also. Beten wir lieber, dass sie alle so klein sind. Ich hörte einmal von einem Mann, der einen richtig großen Drakk angegriffen hat, mit einer Flügelspanne, die größer war als ich. Fast schon Drachengröße hatte der Drakk. Das Biest zerfetzte ihn einfach, wie einen Nestling, der sich aus seinem Ei

herauspickt." Balakk erschauerte. „Hoffentlich sind sie alle ganz klein. Und hoffentlich schleift Frankkalin seine Messer auch schön scharf. Wir werden auch die Karabiner mitnehmen. Sarkkhan muss ebenfalls verständigt werden. Jo, das übernimmst du. Und wir müssen die Lederoveralls anziehen. Das schützt uns wenigstens ein bisschen."

„In dieser Hitze ...", begann Kkittakk.

„Schlitzte ihn einfach auf, von hier", sagte Balakk gelassen und deutete auf einen Punkt genau unter seinem Hals, „bis hier". Und er zog mit dem Zeigefinger eine Linie bis hinunter zu seinem Unterleib.

Kkittakk nickte. „Also gut, holen wir die Overalls", sagte er.

Schweigend gingen sie zurück zum Knechtshaus, während Jo-Janekk sich auf den Weg zu Sarkkhans Sandziegelhaus machte. Es stand auf einem kleinen Hügel, von dem aus man die ganze Farm überblicken konnte, und war von zwanzigjährigen Bäumen umgeben. Wie die meisten Knechte hatte auch Jakkin das Innere noch nie betreten. Master Sarkkhan war ein Einzelgänger, der seine Zeit mit dem Trainieren der Kämpfer und ihren Auftritten in den Großarenen verbrachte. Oder er hielt sich auf seiner anderen Farm auf, wo die alten Kampfdrachen ihr Gnadenbrot erhielten. Bei ihnen auf der Farm jedoch ließ er sich nur selten blicken und lud auch niemals Gesellschaft zu sich ein. Er erteilte lediglich Befehle, die dann weitergereicht wurden. Jakkin kannte ihn daher nur vom Sehen und vom Klang seiner Stimme, die einem lauten, hallenden Gong ähnelte. Er bezweifelte, dass Sarkkhan viel über ihn wusste.

Die Drakk-Kämpfer trafen sich in weniger als einer Stunde im Hof. Alle waren in Lederanzüge gekleidet. Jakkin, der als Jüngster noch keine Erfahrung mit den Drachenkämpfen hatte, besaß noch keinen eigenen Schutzanzug. Er trug einen rehbraunen Overall, den Jo-Janekk für ihn aufgetrieben hatte. Die Hosenbeine waren zu lang für ihn und mussten hochgeschlagen werden. Das Leder an den Beinen war von einigen seltsamen Narben durchzogen. Jakkin wollte lieber nicht fragen, woher diese tiefen Kratzer stammten, denn er fürchtete, dass er dies insgeheim schon wusste. Doch trotz allem war er dankbar, dass ihn die Männer an der Treibjagd teilnehmen ließen. Einige Knechte glaubten, dass eine erfolgreiche Treibjagd einen Jungen in einen Mann verwandelte. Darum war Jakkin froh, auch wenn er – obwohl er dies niemals laut zugeben würde – große Angst hatte. Er hatte schon viel über die Drakk gehört, und das war nichts Gutes.
„Master Sarkkhan war nicht in seinem Haus. Er ist unterwegs in den Arenen –“, fing Jo-Janekk an.
„Drachendreck, richtig“, fluchte Balakk. „Das hatte ich ganz vergessen. Er hat zwei Kämpfer und hofft, mit ihnen in den Kleinarenen zu gewinnen. Er ist nämlich

schon ganz gierig, unser Master Sarkkhan. Hat seit Monaten keinen Gewinner mehr gehabt. Nicht mal in den Kleinarenen. Na, ich hoffe, dass er heute gewinnt oder dass wir diese Miststücke auftreiben können. Ansonsten wette ich eine Münze aus dem Beutel eines toten Mannes gegen einen Sack voller Gold, dass er uns noch vor Sonnenuntergang auf halbe Rationen gesetzt haben wird."

„Aber Balakk", widersprach Jo-Janekk, „du weißt doch, dass er nicht so ist. Er war doch früher selbst einmal ein Knecht."

„Die schlimmsten Herren sind die Goldherren, heißt es", wandte Kkittakk ein. „Sie sind viel schlimmer als die geborenen Herren."

„Du bist doch noch gar nicht lange genug hier, um das wissen zu können", sagte Frankkalin.

„Spart euer Feuer für die Drakk", warnte Likkarn. „Wir können jedenfalls nicht warten, bis Sarkkhan zurückkommt, ob er nun gewonnen hat oder nicht." Er rieb mit der Hand über den Overall, wo sein Beutel hing. „Man darf nicht warten, wenn die Drakk draußen herumfliegen." Dann sah er Jakkin an. „Müssen wir dieses Stück Dreck wirklich mitnehmen?"

„Ja." Balakks Antwort kam ohne Zögern, und da er höher gestellt war als Likkarn, konnte dieser nicht mit ihm streiten.

Jakkin fühlte, wie ihm wieder der kalte Schweiß aus den Poren trat, sich an seinem Hals sammelte und

dann an seinem Rücken hinunterrann. Er wunderte sich darüber, dass er so fror, wo ihm doch in den engen Lederkleidern eigentlich heiß sein müsste.
Wortlos verteilte Frankkalin die Messer. Mit ihren langen, geraden Klingen mit Knochengriffen ähnelten sie Macheten. Jeder Mann bekam eines. Likkarn, Balakk und Frankkalin trugen jeder noch zusätzlich ein Gewehr bei sich, die drei einzigen Drachenkarabiner, die man in den Ställen entbehren konnte.
„Der Stichschuss sollte auf „Betäuben" eingestellt sein, denn töten werden wir sie mit den Messern", mahnte Balakk. „Wir dürfen keine Energie verschwenden. Es wird erst nächstes Jahr wieder eine Lieferung mit Energiezellen nach Rokk kommen und unser Vorrat ist jetzt schon sehr geschrumpft." Er brauchte Likkarn und den Tod von Blutsbruder nicht zu erwähnen. Daran dachten bei diesen Worten sowieso alle.
Likkarn grunzte und blickte zur Seite.
Als hätte es keine Unterbrechung gegeben, fuhr Balakk fort: „Und wenn die Drakk erst einmal unten am Boden liegen, können sie ohne Mühe erstochen werden. Aber vergewissert euch, dass sie wirklich am Boden sind, und nähert euch ihnen immer von hinten. Auch ein Drakk, der scheinbar tot am Boden liegt, kann euch aus einem Reflex heraus noch mit seinen Klauen attackieren. Ich kannte mal einen, der fast sein Bein durch einen Drakk verloren hätte, den er für tot hielt." Er schauderte. „Diese … diese …" Doch alle sei-

ne Schmähwörter schien nicht auszureichen, um seine Verachtung in Worte zu fassen. Er spuckte auf den Boden. „Ich hasse sie."
Obwohl alle über die Grundzüge der Drakkjagd Bescheid wussten, störte sich niemand an der zusätzlichen Warnung. Dann teilte Jo-Janekk die Masken aus.
„Schnallt sie an die Schulterriemen und zieht sie ganz zuletzt über das Gesicht", erklärte er. „Es gibt keinen übleren Gestank als der eines toten Drakk. Er wird euch sonst außer Gefecht setzen. Also, hoffentlich erwischen wir heute viele von den Biestern."
„Drakk!", riefen sie gemeinsam und streckten ihre Messer und Gewehre in die Luft. Als würde das Rufen schon den Erfolg garantieren, riefen sie noch einmal ihren Kampfruf, Jakkin noch lauter als die übrigen Männer. Er legte seine ganze Angst in das Wort und schleuderte es förmlich hinaus. Gleichzeitig schwang er seinen Arm hoch in die Luft und ließ sein Messer im Sonnenlicht blitzen. „Drakk! Drakk! Drakk!"
Das Echo der Schreie hallte in der heißen Luft wieder, als sie den Hof verließen – eine Gruppe von sieben Männern in graubraunen Lederoveralls. Die anderen Knechte standen am Scheunentor und beobachteten ihren Auszug.
Jakkin fragte sich plötzlich, ob auch Akki von der Krankenstation aus zuschaute oder ob sie in eigenen Angelegenheiten unterwegs war. Er drückte seine Brust raus und stapfte wie die übrigen Männer die Straße entlang.

10. Kapitel

Die grimmige Prozession, die unter dem Auge von Austars roter Sonne heftig schwitzte, marschierte die zwei Kilometer zu dem Spikkawäldchen. Jakkin hatte sich gut gemerkt, was Jo-Janekk im Knechtshaus vor ihrem Aufbruch zu ihm gesagt hatte, bevor er sich die Lederkleidung überstreifte: „Es ist keine Schande, wenn man Angst hat, aber es ist dumm, mit voller Blase aufzubrechen." Er wünschte nun, sie würden kurz eine Pause machen, wagte es aber nicht, die Stille mit seiner Bitte zu unterbrechen.

Als sie sich den Bäumen näherten, gab Likkarn ihnen Zeichen. Er wählte drei Jäger – Balakk, Frankkalin und Jakkin – aus, um die rechte Seite des Wäldchens einzukreisen, und drei andere – Jo-Janekk, Crikk und Kkittakk – für die linke Seite. Dann signalisierte er mit dem Finger, dass er selbst an Ort und Stelle Wache halten würde.

Die Männer gehorchten ihm augenblicklich und umkreisten die Bäume auf leisen Füßen. Wenn die Drakk aufflogen, würden sie die Menschen sofort riechen, aber sie waren bekannt für ihre schlechten Ohren und

Augen. Wenn die Männer vorsichtig vorgingen, konnten sie die Biester überraschen, wenn sie von ihren Nestern aufflogen.
Das Wäldchen bestand aus knapp vierzig Spikkapalmen, was für Austars Verhältnisse bereits einen großen Baumbestand darstellte. Das Dickicht befand sich in der Nähe des Sukkersumpfes, sodass vermutlich ein unterirdischer Wasserlauf die Palmen mit Wasser versorgte. Nun mussten sie jede einzelne Palme schütteln und durchsuchen. Ausgewachsene Drakkmännchen waren ziemlich einfach zu erkennen. Sie kauerten immer wie große, dunkle Früchte hoch oben auf den großen, stacheligen Blättern. Die Weibchen dagegen hockten in den Nestern und mussten heruntergeschüttelt werden. Am schwierigsten waren die jungen Drakk in den Nestern zu finden. Dazu musste man auf die höchsten Bäume sogar hinaufklettern, und da Jakkin der jüngste und leichteste der Jäger war, sollte diesmal er die Aufgabe des Kletterers übernehmen.
Der Boden unter den Bäumen war weich und schwammig. Die Fußtritte der Männer waren nicht zu hören, weil sie von der weichen, sandigen Erde gedämpft wurden. Doch jedes Mal, wenn sie ihre Füße wieder hoben, kam ihnen das saugende Geräusch so laut vor wie das Brüllen eines Drachen.
Auf Likkarns Zeichen hin hielten sie an und lauschten. Dann legte der Alte die Finger an den Mund, wackelte mit ihnen und gab einen seltsamen Piepton von sich.

Jakkin war erstaunt. Er hatte noch nie jemanden einen solchen Laut von sich geben hören. Es klang genau wie ein Drachenschlüpfling, der in Schwierigkeiten steckte. Mehrmals hallte nun das Wimmern eines frisch geschlüpften Nestlings durch das Wäldchen, aber es antwortete kein Zischen, das einen Drakk auf der Jagd angezeigt hätte.
Jakkin schaute hinüber zu Frankkalin, der mit den Lippen die Worte formte: „Tageslicht". Die Drakk jagten gewöhnlich nicht am Tag. Nur selten konnte man einen Drakk dazu verleiten oder irreführen, am Tag zu fliegen. Aber wenn tatsächlich junge Drakk in diesem Wäldchen nisteten und sie großen Hunger hatten, würden sie sich vielleicht rühren ... Die Männer mussten es auf jeden Fall versuchen. Likkarn gab noch einmal das Schreien eines Schlüpflings von sich. Doch wieder war Schweigen die einzige Antwort.
Daraufhin bedeutete er den anderen näher zu kommen. Jeder Einzelne stellte sich am Fuß einer kleinen Palme auf. Jakkin beobachtete die Männer genau, bevor er an seinem Baum rüttelte. Zuerst suchten sie die Spitze sorgfältig mit den Augen ab, dann schüttelten sie den Stamm. Wenn kein Zischen aus der Baumspitze ertönte und kein Drakk durch das Schütteln im Sturzflug vom Baum heruntergesaust kam, dann wurde mit dem Messer ein Kreuz in den Stamm geritzt, als Zeichen dafür, dass dieser Baum bereits durchsucht worden war.

Sie untersuchten und schüttelten etwa siebenundzwanzig kleinere Palmen, wobei die letzten zwei bereits so groß waren, dass es zwei Männer brauchte, um sie zu bewegen. Die ganze Zeit über wurde kein einziges Wort gewechselt.
Dreizehn Palmen im Wäldchen blieben übrig. Sie waren zu groß und zu dick, um sie zu schütteln. Man musste hinaufklettern.
Jo-Janekk fasste in seinen Rucksack und zog zwei Paar Kletterhaken hervor, die an der gebogenen Seite messerscharf waren. Ein Paar wurde unter die Sandalen geschnallt, das andere war bereits an zwei Lederhandschuhen festgenäht. Jakkin hatte schon von diesen Haken gehört, sie aber noch nie benutzt. Jo-Janekk half ihm die Kletterhaken an seinen Schuhen zu befestigen und führte ihm am Boden vor, wie er damit die Bäume hinaufklettern sollte. Dabei flüsterte er ihm noch ins Ohr: „Es reicht, wenn du sie aufspürst. Spiel nicht den Helden und überlass uns den Rest. Wenn du welche findest, komm sofort runter und zeige uns mit den Fingern, wie viele es sind.“ Dann half er Jakkin mit einem Schubs die erste Palme hinauf.
Jakkin schlug zuerst die Kletterhaken seiner Hand, dann die an seinen Füßen in die schlüpfrige und glatte, graue Rinde der Palme. Die Messer glitten leicht in den Baumstamm. Ihr dumpfer Aufschlag war das einzige Geräusch, das in dem Wäldchen zu hören war. Vorsichtig begann Jakkin seinen langsamen Aufstieg, indem er

jeweils erst einen Arm und dann ein Bein nach oben schob. Zuerst rüttelte er an dem Messer, um es aus dem Stamm zu lösen, dann zog er es heraus und schlug es ein Stück weiter oben wieder in das Holz. Er hatte die Hälfte der Palme bereits erreicht, als die erste Welle echter Angst über ihn hereinbrach. Wenn in den gezahnten Blättern über ihm tatsächlich Drakk hockten, könnten diese ihn mit ihren Rasiermesserklauen zerfetzen, noch bevor er sein eigenes Messer aus dem Gürtel gezogen hatte. Er erinnerte sich an Balakks Worte und daran, wie der Knecht seinen Finger vom Hals bis zum Bauch geführt hatte: „Schlitzte ihn einfach auf, von hier bis hier." Panisch umklammerte Jakkin die Palme mit seinen Armen und den Kletterhaken. Dann schloss er die Augen und rührte sich nicht mehr.
Ein scharfes Zischen von unten ließ ihn die Augen wieder öffnen. Es war jedoch kein Drakk, sondern Likkarn, der mit dem Gewehr auf ihn zielte. Jakkin schüttelte den Kopf, worauf Likkarn mit einem drohenden Schütteln des Gewehrs antwortete. Neben Likkarn stand Balakk mit gezogenem Messer. Sein Mund formte die Worte: „Mach schon, Junge."
Jakkin bewegte sich. Er hatte weniger Angst vor den Drakk als vor dem Gewehr in Likkarns Händen. Die Drakk stellten im Moment lediglich eine potenzielle Gefahr für ihn dar, während ihn die zusammengekniffenen Augen des alten Krauters dagegen ganz konkret bedrohten. Er kletterte weiter.

Der Stamm der Spikkapalme war lang und mit alten Messerschnitten durchzogen, wobei Jakkin nicht erkennen konnte, ob sie von anderen Drakkjagden, von irgendwelchen Kletterspielen oder vom Beschneiden der Äste herrührten. Die Narben in dem grauen Stamm waren schwarz verheilt, und die triefenden Schnitte, die Jakkins Kletterhaken dem Holz zufügten, schlossen sich bereits wieder hinter ihm und hinterließen ebenfalls eine Spur dunkler Narben. Die Spikkapalme ließ nicht zu, dass sie zu viel an Feuchtigkeit verlor.
Jakkin kletterte, bis die Männer unten am Boden die Größe von kleinen Jungen hatten. Von oben konnte er sehen, dass Balakk eine kahle Stelle in der Größe einer Goldmünze auf dem Kopf und Likkarn eine eiförmige Glatze hatte. Sein eigener Kopf berührte nun die ersten Blätter. Er hielt inne und suchte die Palme erst einmal mit den Augen ab. Angestrengt spähte er durch die ausgefransten Blätter, die wie eine Krone um den Palmwipfel wehten. Seine Augen konnten nichts erkennen, obwohl sein Herz nicht aufhörte, bei jedem Schatten laut zu schlagen.
Er befreite eine Hand und zog dann, vorsichtig das Gleichgewicht haltend, den Handschuh mit den Zähnen von den Fingern und ließ ihn auf seine Brust fallen. Dann holte er geschickt das Messer aus der Gürtelschlaufe. Lautlos schob er die Klinge zwischen zwei Blättern nach oben und bog das eine Blatt langsam zur Seite. Nun konnte er auch die übrigen Blätter

deutlich sehen. Hier saßen keine Drakk. Er steckte das Messer zwischen die Zähne, streifte irgendwie den Handschuh über die Hand und kletterte viel schneller wieder nach unten, als er zuvor hinaufgeklettert war. Der Boden fühlte sich fest und einladend unter seinen Füßen an. Er wandte sich an die anderen und bildete mit Daumen und Zeigefinger eine Null, während er das Wort gleichzeitig lautlos aussprach. Dann band er sein Messer wieder an seinem Gürtel fest. Die Männer nickten und Balakk schnitt auf Brusthöhe ein neues Kreuz in den Baumstamm.

Der Aufstieg auf die zweite Palme war viel leichter, sowohl für seine Muskeln als auch für seinen Kopf. Ohne innezuhalten kletterte er hinauf, durchsuchte die Blätter und stieg wieder hinunter. Das Gleiche geschah beim dritten Baum.

Die vierte Palme war größer und hatte viel mehr Blätter. Ein Blatt war geschwärzt, als hätte es einmal Feuer gefangen. Manchmal, wenn die Dürre am schlimmsten war, hatte man schon Spikkapalmen gesehen, die ganz unvermittelt von selbst in Flammen aufgingen. Zuerst dachte Jakkin, das schwarze Blatt wäre ein Drakk. Er war schon darauf vorbereitet gewesen, sich wie ein Stein von der Palme herunterfallen zu lassen. Aber als er die Augen zusammenkniff, konnte er die schartigen Kanten des Blattes erkennen, und als er mit seinem Messer hindurchstach und es nicht davonflog, wusste er, dass es sich tatsächlich nur um ein Blatt handelte.

Langsam kletterte er wieder hinunter, während sein Herz seltsame Schläge in seiner Brust tat.
Er nahm einige tiefe Schlucke aus der Wasserflasche, die Balakk ihm anbot, und hockte sich auf den Boden, während die Männer über ihm flüsterten. Sie versuchten zu entscheiden, welche Bäume am viel versprechendsten aussahen oder am leichtesten zu erklettern waren.
„Alles in Ordnung, Junge?", fragte ihn Jo-Janekk mit lautlosen Lippenbewegungen und fuhr ihm durch das verschwitzte Haar.
Jakkin nickte. Selbst nachdem er das Wasser in sich hineingeschüttet hatte, war sein Mund noch trocken.
Auf der fünften Palme konnte er fühlen, wie das Wasser in seinem verkrampften Magen herumschwappte, und zu spät erinnerte er sich an Jo-Janekks Warnung vor einer vollen Blase. Er hätte ohne etwas zu trinken hinaufklettern sollen. Während er so darüber nachgrübelte und nicht weiter auf seinen Aufstieg Acht gab, berührte sein Kopf bereits die Spikkablätter. Das plötzlich ertönende, durchdringende Zischen traf Jakkin völlig unvorbereitet. Reflexartig ließ er sich einfach hinunterfallen, mit nach oben gestreckten Arme, an denen die Kletterhaken über seinem Kopf aufblitzten. Er hörte das Rufen der Männer und die durchdringende Antwort des Gewehrs.
Es war der schreckliche Gestank, dumpf und durchdringend, der seine Nase versengte und sich seinen

Hals hinunterkämpfte, der ihn schließlich wieder handeln ließ. Er fasste sich an die Schulter, fand die Atemmaske, die dort baumelte, und streifte sie über. Mehrere schnelle Atemzüge brachten ihn wieder auf die Beine. Er zog die Handschuhe aus, griff nach seinem Messer und sah sich um.

Auf dem Boden neben ihm lag ein Drakk. Sein öliger, grüner Schlangenkopf war von seinem Leib getrennt worden, aber der Körper schlug immer noch mit seinen riesigen Flügel um sich und enthüllte dabei die schuppigen, pulsierenden Geruchsfühler des Jägers. Die fast blinden Schlangenaugen glühten mit einer dunklen Feindseligkeit, die langsam erlosch wie die letzten Funken eines sterbenden Feuers. Die scharfen Klauen schlossen und öffneten sich, als würden sie sich um eine unsichtbare Beute krallen.

Jakkin lief um den Drakk herum und stach dann plötzlich mit dem Messer in den Kadaver hinein. Wieder und wieder schnitt er durch den Körper des Drakk, so als könne er durch die Hiebe seine eigenen Ängste einfach abschneiden. Bei jedem Schnitt quoll zähflüssiges Blut hervor. Er stach solange auf den Drakk ein, bis sein Arm müde wurde. Als er endlich erschöpft war, hörte er auf und sah sich nach den anderen um.

Die sechs Knechte standen mit gezogenen Messern im Kreis um die Palme herum und warteten. Als kein weiterer Drakk herunterflog, bedeutete Likkarn ihnen, beiseite zu treten. Er lief um den Baum herum und beschoss den Stamm mit einem Stichschuss. Langsam und schwerfällig kippte die Spikkapalme zur Seite. Ihr Fall wurde von den benachbarten Palmen gebremst. Schließlich hing die blättrige Krone fest zwischen zwei anderen Palmen eingeklemmt, tief genug, dass die Messer der Knechte die Blätter erreichen konnten.

Die Männer näherten sich der Palme und umkreisten sie. Jakkin stand hinter ihnen und spähte über Jo-Janekks Schulter. Likkarn deutete mit dem Gewehr und grunzte.

In den obersten Blättern befand sich ein Nest aus Kkhanschilf, das mit Drachenmist zusammengeklebt war. Die Schilfspitzen waren so zusammengefügt, dass sie wie ein Spikkablatt aussahen. Sogar von nahem konnte man den Nistplatz kaum erkennen. Plötzlich tauchte ein kleiner Schlangenkopf am Rand des Nests auf. Dann noch einer. Jakkin zählte schnell. Sieben junge Drakk zischten ihnen wütend entgegen. Sie konnten noch nicht fliegen und versuchten, sich zwischen ihren Geschwistern vor den Männern zu verstecken.

„Sieben", rief Likkarn mit Unheil verkündender Stimme, die durch seine Maske leicht verzerrt klang. „Passt gut auf. Sieben."

Die Männer drangen zwischen die Blätter vor. Sie stachen mit ihren Messer auf die sich windenden, kleinen Schreckgestalten ein und trennten die Köpfe von den Körpern. Die Drakklinge starben schnell und hinterließen einen furchtbaren Gestank. Ihr dickes, dunkles Blut überzog die Messer und musste sofort im Sand abgerieben werden. Und selbst dann hinterließ das Blut Scharten und Löcher in dem glänzenden Metall.

Sie vergruben die Überreste der Drakk und des Nests in einem großen Loch, das sie neben der gefällten Palme aushoben. Zögernd kletterte Jakkin die übrigen Bäume hinauf, das Messer stets bereit zwischen seinen zusammengebissenen Zähnen, ohne jedoch noch weitere Drakk zu entdecken.

Auf ihrem Weg zurück zum Knechtshaus, wo eine stundenlange Dusche unter heißem Wasser mit einer starken, gelben Seife auf sie wartete, sagte nur Likkarn einmal etwas.

„Das gefällt mir nicht", murmelte er. „Das Weibchen und die Jungen. Aber wo war das Männchen? Das gefällt mir nicht."

„Vielleicht hat sie sich gepaart, bevor sie hierher kam", überlegte Crikk.

„Ja, genau", sagte Kkittakk.

„Vielleicht", sagte Balakk. Aber genau wie Likkarn war auch er nicht zufrieden.

Likkarn zog etwas Kraut hervor und rollte es mit einer Hand mechanisch zu einem langen, roten Zylinder. Als die Männer den Hof betraten, hatte er das Kraut bereits angezündet und zog gierig daran. Die anderen ließen ihn allein und eilten unter die Duschen.

Die alte Krautnatter schien zwar besorgt zu sein, dachte Jakkin, aber nicht besorgt genug, um die Finger von dem Kraut zu lassen. Also machte sich auch Jakkin keine weiteren Gedanken. Er hatte sein Messer in Drakkblut getaucht und war als Mann wieder zurückgekommen. Nun fühlte er sich bereit, es mit allem und jedem aufzunehmen. Er dachte an seinen Drachen, der in den Dünen auf ihn wartete.

Seht, großer Kämpfer, rief er ihm in Gedanken zu, *nun bin auch ich ein Kämpfer.*

Beim Abendessen war der Kampf mit den Drakk das einzige Gesprächsthema. Die Jungen hatten die Geschichte schon mindestens drei Mal in drei verschiedenen Versionen aus Jakkins Mund gehört. Jedes Mal endete die Geschichte damit, wie er den Drakk tötete und hinterher stundenlang versuchte, den Gestank aus seiner Haut zu schrubben.

„Der Geruch klebt immer noch an mir", sagte Jakkin. „Oh je, und wie!"

„Wem sagst du das", warf Slakk ein und hielt sich die Nase zu.

Errikkin stieß Slakk zwischen die Rippen und alle lachten.

„Und meine Kiefer tun weh, weil ich das Messer zwischen den Zähnen gehalten habe." Jakkin klapperte vor den Freunden mit seinem Gebiss, während sie bewundernd nickten.

„Ich wünschte, ich wäre dabei gewesen", sagte Errikkin wehmütig.
Jakkin erzählte ihnen nicht, dass er sein Messer in den Rücken eines toten Drakk gestoßen hatte. Er erwähnte auch nicht, wie nass das Innere seiner Schutzanzugs gewesen war und dass er das nächste Mal – falls es ein nächstes Mal geben würde – während der Treibjagd nie mehr etwas trinken würde. Er fügte jedoch hinzu: „Jeder der Männer, die dabei waren, bekommt einen Anteil an der Belohnung. Acht Drakks. Und ich werde den vollen siebten Teil des Goldes bekommen."
Er musste nicht hinzufügen, dass es sich dabei um den Anteil eines Mannes handelte. Das war schließlich selbstverständlich.
Errikkin unterbrach ihn. „Das steht dir auch zu. Schließlich warst du derjenige, der am meisten in Gefahr war, weil du die Bäume hinaufgeklettert bist."
„Na ja, das ist wohl nicht ganz richtig", sagte Slakk. „Denn er hat sich ja schnell fallen gelassen, während die anderen unten stehen geblieben sind."
„Aber er war den Drakk am nächsten", sagte Errikkin.
Die Jungen ergriffen nun eifrig Partei. Einige unterstützten Errikkin mit großem Nachdruck, während ein oder zwei andere Slakks Argument befürworteten.
Jakkin unterbrach sie, indem er mit dem Löffel auf den Tisch schlug.
„Das reicht", sagte er. „Wichtig ist doch nur, dass ich

meinen Beutel mit diesem Kampf gefüllt habe. Oder zumindest“, fügte er wahrheitsgemäß hinzu, „wird nun ein bisschen mehr Gold darin klingeln. Und …“, er hielt bedeutungsvoll inne.

Die Jungen lauschten aufmerksam.

„Und?“, fragte Errikkin und gab das Stichwort.

„Und morgen habe ich einen zusätzlichen Tag knechtsfrei. Ich muss nicht arbeiten und ich kann hingehen, wo ich will.“ Jakkin sprach die Worte und strahlte verschmitzt.

„Und wohin wirst du gehen?“ Die Frage kam von einem der kleinsten Jungen, dem kleinen L’Erikk, Frankkalins Sohn.

„Musst du da noch fragen?“, sagte Slakk und begann mit der Faust auf den Tisch zu hämmern. „Akki, Akki, Akki.“

Die anderen stimmten lachend mit ein.

Jakkin sah rasch zum Tisch der Knechtspaare hinüber. Da Akki nicht dort saß, lächelte er und ließ die Jungen schreien. Was machte es schon, dass sie völlig falsch lagen? Er wusste, dass er die erste Nacht und morgen seinen ganzen knechtsfreien Tag draußen in den Dünen bei seinem Drachen verbringen würde.

2. Teil

Der Frischling

11. Kapitel

Jakkin machte sich gleich nach dem Abendessen auf den Weg und schlenderte die Straße entlang, als wolle er einen Abend in den Garküchen der Stadt verbringen. Der Weg in die Stadt war lang, fast fünfzehn Kilometer, aber er lehnte eine Mitfahrgelegenheit bei einigen anderen Knechten im Laster ab. Sollten sie doch denken, was sie wollten – er hatte einfach nur mit seinem Beutel vor ihnen herumgeschwenkt und die Münzen klimpern lassen, die er als Belohnung bekommen hatte. Sollten sie doch weiterhin falsche Vermutungen anstellen.

Als ihn keine Farmlaster mehr überholten (von denen jeder einzelne, wie Jakkin wusste, für viel Geld von den Sternenhändlern in Rokk erworben worden war) und er weder vor noch hinter sich Straßenstaub sehen konnte, der von Rädern oder Füßen aufgewirbelt wurde, machte Jakkin kehrt. Er überquerte nach der Hälfte des Weges das Wehr und lief in Richtung Wüste.

Einmal, als er das Geräusch eines Fahrzeugs weit hinten an der Straße hörte und den verräterischen Staub aufwirbeln sah, hatte er eine kleine Vertiefung in den

Sand gegraben und sich hineingekauert. Aber der Laster war ohne anzuhalten an ihm vorbeigebrummt und er begriff, dass er sich eigentlich nicht mehr verstecken brauchte. Er war bereits weit genug von der Straße entfernt. Dennoch, Vorsicht war nun wichtiger als je zuvor. Gebückt verwischte er seine Fußspuren mit dem Besen und huschte wie eine Eidechse über die Wellen des Sands. Dabei bemerkte er, dass seine Fußspuren aus der Nacht zuvor verschwunden waren, und dankte dem böig wehenden Südwind dafür, dass er ihm half, sein Geheimnis zu bewahren.
Er erreichte die Oase, bevor der erste Mond den Horizont berührte. Er hatte also mindestens vier Stunden Zeit. Nichts regte sich. Die Luft war unglaublich ruhig. Der Krautfeld hatte bis auf einen langen Stängel, der ein sanftes Rauchwölkchen in die Luft stieß, aufgehört zu glimmen. Da kein Windhauch den Rauch davonwehte, hing das Wölkchen an der Spitze der Pflanze. Von seinem Standort aus konnte Jakkin die gezackten und teilweise schon aufgerollten Blätter der Pflanzen sehen und die braunen, vor Saft strotzenden Adern, die sie wie eine Straßenkarte durchzogen. Morgen würde er damit beginnen, die reifsten Blätter zu zerdrücken.
Ein plötzlicher Wind stürmte durch die Pflanzen. Die Blätter zitterten und senkten sich. Doch ebenso schnell, wie er gekommen war, legte sich der Wind auch wieder.

Jakkin lächelte und ging zur Schilfhütte. Noch bevor er sie erreichte, explodierte ein Feuerwerk gedämpfter Farben in seinem Kopf. „Mein wunderbarer Frischling!“, rief er. „Ihr habt mein Kommen gespürt.“ Er bückte sich und trat in die Hütte, wo er sogleich von seinem Wurm fast umgeworfen wurde.

Jakkin war erstaunt, wie sehr der kleine Drache gewachsen war. Er war bereits doppelt so groß wie in der Nacht zuvor und reichte ihm bis fast bis an die Knie. Seine Eihaut trug immer noch den schmutzig gelben Farbton, spannte sich jedoch mittlerweile eng über die wachsenden Muskeln und Knochen des Drachen. Unter der Haut zeigten sich nun die dunklen Flecken, die Jakkin vorher nur erahnt hatte. Und es waren bereits Risse in der senffarbenen Haut zu sehen, dort, wo der Drache begonnen hatte, sich zu häuten. Im Innern der Hütte entdeckte Jakkin außerdem Fetzen von Eihaut an den Schilfstümpfen, die hin und wieder aus der Wand hervorstachen. Der Frischling hatte sich offenbar an den Schilfstangen gerieben, um den Juckreiz unter der sich lösenden Eihaut zu lindern.

Jakkin hob einen der Hautfetzen auf und zog mit den Händen daran. Das Leder ließ sich leicht dehnen und fühlte sich weich, ja fast ein wenig pelzig an. Als er losließ, schnappte das Stückchen Drachenhaut wieder auf seine ursprüngliche Größe zurück.

Jakkin ging aus der Hütte hinaus zur Quelle, zog seine Sandalen aus und steckte den Fuß in das warme Was-

ser. Der Drache hielt sich etwas zurück, als würde er auf ein Zeichen warten.
„Kommt her zu mir“, rief der Junge ihm leise zu und lockte ihn, indem er mit der Hand im Sand spielte.
Der Drache beobachtete die zappelnden Finger einen Moment lang. Dann stapfte er ebenfalls aus der Hütte und griff an. Er schnappte mit seinem Maul nach Jakkins Hand und umklammerte sie mit dem roten Wulst seiner Zahnhöcker. Offenbar war ein Zahn schon durchgebrochen, denn Jakkin fühlte einen scharfen, durchdringenden Schmerz in seiner Handfläche. Trotzdem zog er die Hand nicht weg. „Kämpft, Ihr Wundertier“, sagte er und wurde durch eine weitere Farbexplosion in seinem Kopf belohnt. Der Drache öffnete das Maul und wich ein wenig zurück. Dann schwang er seine hinter ihm schleifenden Flügel in die Luft und stürzte sich mit einem Satz in den Bach.
Jakkin war sofort auf den Beinen, bereit, dem Frischling zu folgen und ihn zu retten, doch er sah, dass dieser den Wasserlauf so mühelos entlangpaddelte wie ein Fisch. Beruhigt setzte sich der Junge wieder hin und beobachtete ihn. Offenbar hatte der Drache diese Übung schon vorher ausprobiert. Seine Schwimmbewegungen waren weder unregelmäßig noch zögerlich. Als er das Ende des kleines Flüsschens erreicht hatte, kletterte er durch das Kkhanschilf aus dem Wasser und trottete zurück an Jakkins Seite, wo er sich gründlich schüttelte und den Jungen völlig durchnässte.

„Das habt Ihr mit Absicht getan!“, rief Jakkin und knuffte den kleinen Drachen sachte und liebevoll. Der Drache, in ähnlicher Stimmung, stupste Jakkin ebenfalls mit seinen immer noch weichen Krallen und sprang gleich danach mit einem Satz gegen Jakkins Brust. Jakkin fiel nach hinten und gemeinsam rollten sie kopfüber durch den Sand in den Bach.

Im Wasser paddelte Jakkin spritzend und weitaus weniger anmutig hinter dem Drachen her. Nachdem sie wieder durch das Schilf aus dem Wasser geklettert waren, zog Jakkin sein Hemd und die kurzen Hosen aus und legte sie zum Trocknen auf den Sand.

„Hört zu“, sagte er, „wenn Ihr ein solcher Raufbold seid, dann müsst Ihr auch fressen, um Kraft zu bekommen.“ Den Drachen dicht auf den Fersen ging der Junge hinüber zum Krautfeld. Vorsichtig wählte er einen Stängel aus, dessen Blätter alle schon getrieben hatten und zupfte drei von ihnen ab. Sie fühlten sich warm an in seiner Hand.

Bei der Quelle zerdrückte er ein Blatt zwischen den Fingern. Aus den Blattadern drang jedoch nur wenig Saft. Der Drache kuschelte sich in seinen Schoß. Jakkin kitzelte ihn unter dem Kinn und als der Drache seine Schnauze öffnete, tröpfelte ihm der Junge den Saft, den er aus dem Blatt herauspressen konnte, in das Maul und auf die Nase.

Zuerst wirkte der Schlüpfling ziemlich verdutzt. Dann schickte er vorsichtig eine lange, rot gerippte Zunge

heraus, um sein Maul nach noch mehr Saft abzusuchen.
Jakkin zerdrückte das zweite Blatt und durchlöcherte dabei die Blattader mehrmals mit seinem Fingernagel. Diesmal konnte er mehr Saft aus der Pflanze herauspressen.
Der Frischling schlürfte alles gierig auf und leckte Jakkins Finger nach den Resten ab.
Die dritte Portion schien den Hunger des Drachen endgültig zu stillen und er schlief ein, nachdem er noch einmal flüchtig über Jakkins rot gefleckte Finger geleckt hatte.
Fast eine Stunde lang saß Jakkin mit dem kleinen Drachen auf dem Schoß im Sand, streichelte seinen Kopf und vergrößerte vorsichtig einen Riss in der Eihaut über dem rechten Ohr. Er summte alte Lieder und sang neue Melodien vor sich hin, die er selbst erfunden hatte. Ab und an murmelte er ihm Kosenamen zu. Aber als Akka und Akkhan hoch am Himmel standen und einen doppelten Schatten in den Sand warfen, nahm Jakkin den kleinen Drachen in seine Arme und trug ihn zurück in die Hütte. Wieder deckte er ihn mit seinem alten Hemd zu.
„Schlaft gut, großer Frischling“, flüsterte er ihm zu. „Morgen komme ich wieder zu Euch. Dann bringe ich eine Schüssel und ein Knochenmesser, um Euch ein richtiges Mahl zu bereiten. Das verspreche ich Euch.“

Der Drache antwortete nur mit einem leisen, zischenden Schnaufen.
Jakkin zog seine Kleider an, die in der Hitze mittlerweile wieder getrocknet waren, und verließ, die Fußspuren hinter sich verwischend, die Oase. Ein leichter Wind erhob sich im Osten und vollendete die Arbeit für ihn. Lange bevor die übrigen Knechte wieder aus der Stadt zurückkehrten, war Jakkin schon wieder im Knechtshaus und lag schlafend in seinem Bett.

12. Kapitel

Eine Schüssel und ein Knochenmesser. Das waren Jakkins erste Gedanken, als die Strahlen der Morgensonne über sein Gesicht strömten. Halb lag er in seinem Bett, halb hing er über dem Boden und war hellwach, noch bevor die Glocke geläutet hatte. Eine Schüssel und ein Knochenmesser. Wo sollte er das nur auftreiben? Und welche Ausrede sollte er sich ausdenken, um die Sachen zu bekommen?

Am Ende zog er sich einfach ganz früh an und machte sich auf den Weg in die Küche, bevor die anderen Knechte aufgestanden waren. Kkarina rührte den heißen Takk in einem riesigen Kessel und kostete zwischendurch immer wieder davon.

„Guten Morgen", sagte Jakkin fröhlich.

Die Köchin drehte sich herum und schaute ihn an. Sie hob die Augenbrauen, nahm die Lippen jedoch nicht von ihrem Löffel. Kkarina beeilte sich niemals, wenn sie ein Essen probierte. Schließlich war sie fertig und steckte den Löffel wieder in den Kessel, um weiter darin zu rühren. „Noch ein paar Minuten", sagte sie und meinte den Takk damit.

Jakkin nickte.
„Hol dir eine Schüssel und probiere", sagte sie und zeigte auf eine kleine Kammer neben der Küche.
Gehorsam ging Jakkin in die angewiesene Richtung und fand einen Raum voller Regale mit so vielen Schüsseln, Löffeln und Besteck, wie er sich nur wünschen konnte. Er steckte sich ein Messer mit Knochengriff unter das Hemd, nahm dann eine Schüssel und einen Löffel und ging wieder in die Küche. Das war wirklich einfach gewesen.
„Komm her", sagte Kkarina. „Du musst ein bisschen Fleisch ansetzen."
Spielerisch stach sie mit ihrem Löffel nach ihm. Jakkin wich ihr mit einem kleinen Sprung nach hinten aus, wobei das Messer unter seinem Hemd gegen seine Rippen schlug. Plötzlich überkam ihn die Angst, dass es herausfallen könnte. Darum drückte er die Schüssel gegen sein Hemd und klemmte das Messer zwischen Schüssel und Rippen fest, bevor er zu Kkarina hinüberging.
„Drakktöter", sagte sie voller Zuneigung und lächelte. „Du Held." Sie berührte seinen Beutel und ließ die Münzen darin klimpern.
Jakkin lächelte zurück. Er wusste, dass es ein falsches Lächeln war und hasste sich dafür.
„Magst du mir die Geschichte von der Jagd erzählen?"
Jakkin begann mit der Geschichte, während Kkarina seine Schüssel füllte. Die Stelle des Berichts, die vom

Töten der Drakkmutter handelte, übersprang er hastig, weil er Kkarina nicht erzählen wollte, dass er lediglich sein Messer in einen toten Drakk gestoßen hatte. Und er wollte sie auch nicht anlügen. Das andere Messer, das sich unter seinem Hemd befand, schien währenddessen ein Brandmal in seinen Körper zu brennen.

„So viel habe ich also gar nicht getan", schloss er etwas lahm und erinnerte sich voller Scham an den nassen Lederoverall, den er in den Wäschesack gestopft hatte. Je mehr Erinnerungen in ihm hochkamen, desto weniger gefielen sie ihm. Ein schöner Held war er gewesen.

„Nun, du musst ja etwas dazu beigetragen haben, um einen vollen Beutel und einen zusätzlichen Tag knechtsfrei zu bekommen."

Jakkin blickte in seine volle Schüssel. Der Takk war so heiß, dass Blasen in ihm aufstiegen, die zu einem dunkelrosa Schaum zerplatzten. Er zuckte mit den Schultern.

„Geh und iss. Ich werde dir etwas zum Mittagessen einpacken. Die meisten Männer wollen nach ihrer ersten Treibjagd die Arbeit so weit wie möglich hinter sich lassen. Muss ja wirklich ein Erlebnis sein, so eine Jagd." Sie wandte ihm den Rücken zu und ging zu den Kälteschränken. Als sie wieder zurückkam, hielt sie einen Korb mit einigen in Papier gewickelten Päckchen in der Hand. „Hier. Und jetzt geh. Das ist sicher nicht der einzige Korb, den ich heute vorbereiten muss."

Jakkin nahm die Schüssel in eine Hand, den Korb in die andere und ging in den Gemeinschaftsraum. Er trank den Takk, so schnell es ging, und spürte, wie die heiße, zähe Flüssigkeit sich seinen Hals hinunterbrannte. Dann spülte er die Schüssel und den Löffel ab, warf sie in den Korb und legte die Essenspäckchen darüber. Wenn ihn jemand fragte, würde er einfach sagen ... Er hatte keine Ahnung, was er dann sagen würde.

Die Glocke läutete schrill und Jakkin erschrak. Er konnte die Geräusche der Knechte hören, die in den Räumen auf beiden Seiten des Hauses aufwachten.

Nachdem er den Korb auf seinen Rücken geschnallt und die Lederriemen an seine Schultern angepasst hatte, schob er die schwere Eingangstür auf und trat hinaus ins Tageslicht.

Als er die Farm verließ, hallte Kkarinas Stimme in seinen Gedanken wieder: „Die meisten Männer, nach ihrer ersten Treibjagd ...“ *Die meisten Männer.* Ging der Übergang zwischen Junge und Mann wirklich so einfach? Und war dieser Übergang immer auf Lügen aufgebaut?

Er schob den Gedanken jedoch beiseite, senkte den Kopf und trottete die Straße hinunter, als wolle er in die Stadt gehen.

Der Drache musste sein Kommen bereits gespürt haben, denn er war aus der Hütte gekrochen und wartete

auf ihn. Mittlerweile hingen nur noch einzelne Fetzen der Eihaut an seinem Körper, der seltsam mattbraungelb gefleckt war. Jakkin war einen Moment lang enttäuscht. Mattbraun. Er hatte geglaubt, der Drache würde ein Roter sein. Braune waren gewöhnlich zuverlässige Kämpfer, aggressiv, jedoch ohne viel Fantasie. Die Roten andererseits ... Er kämpfte den Gedanken nieder. Vielleicht wechselte der Drache noch die Farbe. Hieß es nicht auch: „Der erste Schein trügt", weil sich die wahre Farbe eines Drachen oftmals erst später zeigte? Er durfte immer noch hoffen.
Jakkin rückte das Bündel auf seinem Rücken zurecht und die Münzen in seinem Beutel klingelten.
Bei diesem Geräusch hob der Drache die Flügel, die viel zu groß für ihn waren. Sie sahen immer noch ganz zerknittert aus, und die Anstrengung, sie zu bewegen, schien die kleine Echse zu ermüden. Er ließ sich wieder auf dem Bauch nieder, stützte den Kopf auf seine Vorderklauen und wartete darauf, dass Jakkin näher kam.
Jakkin lächelte den Drachen an und dachte: *Einen wunderschönen Morgen wünsche ich Euch, mein Wunderwurm.*
Der Regenbogen, das stumme Kennzeichen seines Drachen, zog wieder durch Jakkins Geist, so klar und eindeutig erkennbar wie die Unterschrift auf einem Stück Papier.
Jakkin kniete sich einen Augenblick lang neben den

Drachen und kratzte ihn von den Ohren den langen Hals hinunter. Der Schlüpfling hob den Rücken und bog ihn genüsslich seiner Hand entgegen.
„Noch nicht, mein Schöner", sagte Jakkin. Er erhob sich und ging in die Hütte, wo er den Korb absetzte und Schüssel und Messer auspackte. „Zuerst müssen wir Euch füttern. Kommt."
Der Drache folgte ihm vertrauensvoll, als er zu dem Feld mit den Kraut- und Wurzpflanzen ging. Im gleißenden Sonnenlicht waren die Blätter alle geöffnet, als wollten sie der Sonne jede Ader zuwenden, um das Licht einzufangen. Am Kopfende des Ackers machte der Drache Halt und vergrub seine Klauen im Sand. Er stand ganz ruhig da, während er die Bewegung des Windes zwischen den Halmen beobachtete.
Jakkin wollte gerade in das Feld hineingehen, hielt dann aber inne. Das war genau der richtige Moment, dachte er plötzlich, für die erste Lektion des Drachen. Er drehte sich um, schaute die Echse an und streckte ihr die Hände mit geöffneten Handflächen entgegen. „Steht still", sagte er erst laut und wiederholte gleich darauf noch einmal stumm in Gedanken: *Steht STILL, mächtiger Kämpfer, STEHT.*" Dann zeigte er dem Drachen noch einmal das Handzeichen und sprach die Worte dazu, während er den Satz auch in Gedanken erneut wiederholte.
Der Drache legte den Kopf auf die Seite, als denke er darüber nach, blieb dann aber mit eingezogenen Krallen unbeweglich stehen.

Jakkin beobachtete ihn genau. Nach einer Minute konnte er sehen, wie der Kleine müde wurde und ein Bein anfing zu zittern. *STEHT STILL*, dachte er noch einmal.

Dann ging er hinüber, drückte den Drachen an sich und kraulte ihn unter dem Kinn. „Mein starker kleiner Frischling. Ihr seid ein großartiger Wurm."

Die Zunge des Drachen schlang sich um seinen kleinen Finger und leckte daran.

„Gleich bekommt Ihr etwas zu fressen", sagte Jakkin. Er lief zurück ins Feld, wobei er Acht gab, die roten Halme nicht zu berühren. Sie waren immer noch unangenehm heiß, ebenso wie die Samenkapseln, die schwere Verbrennungen hinterließen, bis sie mit einer grauen Schicht überzogen waren. Er pflückte eine Hand voll Blätter und ging zurück zur Hütte, wo er Schüssel und Messer hervorholte.

Am Ufer sitzend und mit den Füßen im Bach baumelnd zerschnitt Jakkin die Blätter und durchbohrte ihre dicken Adern mit dem Messer. Danach zerdrückte er sie gründlich mit dem Knochengriff des Messers. Schon bald hatte er eine halbe Schüssel voll Saft vor sich stehen.

„Hier, esst dies", rief er dem Frischling zu, der die Schatten des Kkhanschilfs jagte, die am Rand des Wassers über den Boden tanzten.

Beim Klang seiner Stimme warf ihm der Drache einen Blick zu, rührte sich jedoch nicht.

„Kommt", sagte Jakkin noch einmal und hielt die Schüssel so, dass der Drache sie sehen konnte.
Der Frischling legte den Kopf auf die Seite und peitschte seinen gefurchten Schwanz.
Jakkin lockte ihn in Gedanken: „Kommt, mein hungriger Wurm. Kommt." Nun endlich trottete der Drache zu ihm herüber.
„Ach so, Ihr brauchtet eine offizielle Einladung", sagte Jakkin und lachte, als der Drache sich auf die Hinterbeine setzte und das Maul aufsperrte. Er löffelte ihm den Saft auf die Zunge, wobei er jedes Mal danebentraf, wenn der Drache den Kopf bewegte. Bald waren sie beide von oben bis unten mit dem dunkelbraunen Saft bekleckert.
„Oh, Drachendreck", sagte Jakkin, als die Schüssel leer war. „Seht Euch diese Sauerei an." Rasch zog er seine Kleider aus und wusch Hose und Hemd in dem warmen Bach. Auch sein Beutel war mit dunklen Flecken bespritzt, die aussahen wie Blut. Jakkin beugte sich über das Wasser und versuchte, seinen Beutel, so gut es ging, auszuwaschen. Als er vornübergebeugt am Ufer stand und sich nicht ganz im Gleichgewicht befand, erhielt er einen kräftigen Schubs von hinten, der stark genug war, um ihn nach vorne kippen zu lassen. Er plumpste kopfüber ins Wasser, ging unter und kam prustend wieder hoch. Am Ufer stand der Drache auf den Hinterbeinen, die Flügel auf dem Boden hinter sich gestützt, und schlug mit seinen weichen Vorder-

klauen durch die Luft. Jakkin konnte fühlen, wie sich ein Regenbogenlachen in seinem Kopf bildete.
Sein Ärger löste sich augenblicklich wieder auf. Der kleine Drache sah so wild und so lustig zugleich aus, dass der Junge lachen musste. Erst dann wurde ihm klar, was der Drache gerade Erstaunliches vorführte, und er ermunterte ihn in Gedanken: *Schön so stehen bleiben. Bleibt genau so stehen.* Als der Drache anfing zu schwanken, rief er schnell: „Gut. Jetzt!"
Der Kleine hob die großen Flügel und sprang in den Wasserlauf. Mit einem fürchterlichen Platschen landete er neben dem Jungen. Jakkin spritzte zurück.
Schließlich kletterten sie gemeinsam aus dem Bach und warfen sich auf den Sand. Die Sonne schien wohltuend auf Jakkins Rücken, Schultern und Beinen. Er lag auf dem Bauch und dachte an den Drachen und an die Kämpfe, die vielleicht vor ihm lagen. „Es wird nicht leicht sein, mein Kleiner", sagte er. „Es gibt vieles, was ich nicht weiß. Ich war zu jung, um von meinem Vater viel zu lernen, und ich bin noch nicht alt genug, um als Trainer ausgebildet zu werden. Wenn man schlecht trainierte Drachen in den Arenen beobachtet, schaut man sich nur selbst lauter schlechte Angewohnheiten ab – das habe ich zumindest Master Sarkkhan einmal sagen hören. Er sprach eigentlich mit Likkarn, aber ich habe gelauscht. Master Sarkkhan sagte, dass es nur zwei Wege gäbe, etwas über Drachen zu lernen – von einem guten Trainer oder einem guten Drachen. Lik-

karn ist ein guter Trainer, auch wenn er ein schrecklicher Krauter ist. Aber er hasst mich, das weiß ich. Er würde mir niemals etwas beibringen, obwohl er weiß, dass ich besser als alle anderen Knechte mit den Drachen umgehen kann. Vielleicht sollte ich es mal mit Lächeln probieren und nett zu ihm sein wie Errikkin. Aber das ist Errikkins Art, nicht meine. Ich könnte mich natürlich auch ganz von den Drachen abwenden, so wie Slakk. Nur, wie soll das gehen? Drachen sind mein Leben. Wenn Likkarn mir nichts beibringen will, dann fülle ich meinen Beutel eben selbst."
Jakkin setzte sich auf und starrte den Schlüpfling an. „Wenn ich nicht bei einem guten Trainer lernen kann, dann werde ich eben von Euch lernen. Schließlich kommt Ihr aus einer Familie von Kämpfern, großartigen Kämpfern. Deine Mutter war Herzgeliebte, die Tochter von Sicheres Herz und Bluttraum. Blutsbruder war dein Vater und er war mein besonderer Schützling. Und was ich von Euch lerne, werde ich Euch wieder zurückgeben. Zusammen, Herz meines Herzens und Blut meines Blutes, werden wir unschlagbar sein. Die Zeit wird kommen." Er legte sich zurück in den Sand und flüsterte die letzten Worte wieder und wieder vor sich hin, bis sie beide davon in den Schlaf gesungen wurden.

Als Jakkin die Augen aufschlug, stand die Sonne hoch über ihm am Himmel. Der Drache wachte neben ihm.

Der Junge pflückte noch einmal einige Blätter von den Halmen und presste noch eine Portion Saft aus ihnen heraus. Erst dann machte er sich über sein eigenes Essen her. Es bestand aus großen Scheiben braunem Brot, das großzügig mit Kkarinas selbst gemachter Eiweißpaste bestrichen war, und einer Flasche mit Saft. Als Nachtisch gab es Kuchen.

Jakkin lag kauend auf der Seite und sah dem Drachen dabei zu, wie er sich mit den Klauen die letzten Stücke der Eihaut vom Köper zupfte.

Die Klauen waren nicht mehr so weich wie am Tag zuvor. Sie hatten mittlerweile ein Stadium zwischen spröde und hart erreicht und leuchteten in einem seltsamen Gelb. Sie sahen aus wie die Glöckchenmuscheln, die man im Sukkersumpf finden konnte.

Jakkin löste ein besonders schwer zu entfernendes Stück Haut hinter dem Halskragen des Frischlings und der Drache bedankte sich, indem er dem Jungen die Hand leckte.

„Eure Zunge wird jeden Tag rauer", bemerkte Jakkin. „Bald werde ich Euren Dank nicht mehr allzu wohltuend finden." Er erinnerte sich plötzlich daran, wie Blutsbruder versucht hatte, ihn im Bad zu striegeln, und ihm dabei mit seiner rauen Zunge die Haut abgeschabt hatte. Und er dachte daran, was hinterher mit Blutsbruder geschehen war. Ein Schauder überlief ihn.

„So etwas wird mit Euch nicht geschehen, kleiner

Wurmling", versprach Jakkin. „Das werde ich niemals zulassen. Niemals."
Der Drache wandte ihm seine schwarzen Augen zu und Jakkin glaubte, fremdartige Sternbilder erkennen zu können, die in der unendlichen Nacht dieser Augen geboren wurden. „Mögt Ihr doch immer mein Freund sein", flüsterte er.
Der Drache antwortete ihm, indem er einen dünnen Rauchfaden durch seine Nüstern blies. Es war nicht mehr als ein schwacher Nebelhauch, der einen Augenblick lang das Maul des Drachen verdeckte und dann gleich wieder verschwand. Aber Jakkin glaubte fest, tatsächlich Rauch gesehen zu haben, das erste Anzeichen für das Feuer eines Kampfdrachen.
Er lachte, ein lauter Ausbruch der Freude, der den Frischling so erschreckte, dass er zurückwich.
„Nein, nein, mein Feueratem, macht das noch einmal", sagte Jakkin, und seine Stimme vibrierte noch immer vor Lachen. „Ein großer Kampfdrachen muss Feuer und Rauch speien. Ich werde Euch mehr Saft geben, um Eure Glut zu heizen, denn Pustelkraut und Brennwurz sind der Brennstoff für Eure Flammen." Er erhob sich und machte sich auf den Weg zu dem Krautfeld, während er weiter mit dem Drachen schwatzte. Plappernd und lachend ging er eine Reihe entlang, um nach der gesündesten und reifsten Pflanze zu suchen, und die nächste wieder zurück, bis er am Ende dieser Reihe endlich den Stängel fand, den er wollte.

Auf einmal hielt er abrupt inne. Im Sand neben dem Halm, fast verborgen von einem Blatt, befand sich ein einzelner Fußabdruck. Einen Moment lang wollte Jakkin ihn einfach nicht weiter beachten. Er selbst war schließlich schon oft mit Sandalen durch den Acker gelaufen. Aber die Tatsache, dass hier nur die Spitze eines Abdrucks zu sehen war, so als wäre der Rest verwischt worden, erschreckte ihn. Er drehte sich um, rannte zurück zur Hütte und holte seine eigenen Sandalen. Dann ging er eher zögernd zurück zum Feld. Dort kniete er sich auf den Boden und verglich seine Sandale mit dem Abdruck im Sand. Der Abdruck war ein wenig kleiner als sein Schuh.

Jakkin setzte sich auf die Erde, um nachzudenken. Die Jungen hatten ihn oft Großfuß genannt, weil er schon als Kind riesengroße Füße hatte. Er erinnerte sich daran, dass seine Mutter immer sagte, er würde schon noch eines Tages in seine Füße hineinwachsen, und auch jetzt hatte er noch nicht aufgehört zu wachsen. Aber wenn nicht seine eigenen Sandalen den Abdruck hinterlassen hatten, dann mussten es die Spuren eines anderen gewesen sein.

Er versuchte zu überlegen, wer das sein könnte. Hatte einer der Jungen etwas gesagt, aus dem sich schließen ließ, dass er von der Oase und dem Frischling wusste? Er rief sich ins Gedächtnis, wie sie ihn wegen Akki geärgert hatten. War Slakk nicht ein bisschen weniger sarkastisch gewesen als sonst? Oder war Errikkin

nicht ein bisschen zu eifrig darauf bedacht gewesen, ihm zu gefallen? Oder hatte sich einer der Jüngeren ihm gegenüber vielleicht etwas zu kameradschaftlich verhalten? Vielleicht ... Aber eigentlich konnte er sich nicht vorstellen, dass seine Freunde hinter ihm her spionierten. Er dachte an die Männer und zählte sie im Geiste auf. Balakk und seine zwei Gehilfen waren heute mit der Arbeit auf den Feldern beschäftigt. Und Jo-Janekk machte Inventur im Laden – das hatte er zumindest gesagt. Frankkalin hatte heute ebenfalls einen knechtsfreien Tag erhalten. Vielleicht war es Frankkalin gewesen. Oder der alte Likkarn. Was hatte er vor dem Rückweg noch gesagt? Er hatte sich an Jakkin gewandt und vor ihm ausgespuckt: „Morgen hast du knechtsfrei. Ich bin sicher, du kannst es brauchen, Junge." Damals hatte Jakkin gedacht, die alte Krautnatter meinte damit, dass er die Zeit brauchen würde, um sich von der blutigen Treibjagd zu erholen. „Aber vielleicht", sagte Jakkin laut, „vielleicht wollte Likkarn andeuten, dass ich Zeit für meinen Drachen brauche."
Und Likkarn war ein kleiner Mann, klein und drahtig. Er hatte bestimmt auch kleine Füße. Jakkin dachte angestrengt darüber nach und je mehr er grübelte, desto besser schien sich alles zusammenzufügen. Likkarn musste ihm hierher gefolgt sein und ihn und den Drachen beim Schlafen beobachtet haben. Es passte alles perfekt, bis auf eines: Wenn Likkarn von dem Drachen wusste, warum hatte er es dann nicht gemeldet? Was

für ein Motiv hätte der alte Mann, so etwas geheim zu halten?
Jakkin hockte sich auf die Knie und hielt seine Sandale noch einmal über den Abdruck. Es gab keinen Zweifel. Sein Schuh war größer, zumindest ein bisschen. Likkarn musste also wirklich irgendwann einmal hier gewesen sein und ihn beobachtet haben. Beobachtet und gewartet. Jakkin blickte sich in der Oase um. Sie wirkte nun längst nicht mehr so freundlich, sauber und wunderschön wie zuvor. Ein dunkler Schatten hatte sich durch Likkarns Anwesenheit über sie gelegt.
Zögernd stand Jakkin auf und ging zur Hütte. Er zog sich langsam an und versuchte, sich seine nächsten Schritte genau zu überlegen. Er würde zur Farm zurückkehren müssen, um dort vielleicht herauszufinden, was Likkarn plante. Um sich selbst hatte er keine Angst. Was könnte Likkarn ihm schon tun? Er war bereits ein Knechtsjunge. Natürlich könnten sie seinen Beutel leeren, aber noch mehr erniedrigen konnten sie ihn nicht. Jakkin machte sich jedoch große Sorgen darüber, was der alte Krauter wohl mit dem Schlüpfling anstellen würde. Wenn er einen großen Bullen wie Blutsbruder töten konnte, wie leicht wäre es dann für ihn, ein wehrloses Küken zu vernichten. Er könnte ihn entweder selbst töten oder in den Garküchen umbringen lassen.
Jakkin kletterte auf die Düne, begleitet von dem Drachen. Der Kleine rannte eifrig um ihn herum, obwohl

sich seine Beine doppelt so schnell bewegen mussten, um das Gewicht der Flügel zu ziehen.
„Bleibt“, befahl Jakkin ihm scharf. Dann kniete er sich neben ihn. „Bleibt hier, mein Schöner, bis ich wieder zu Euch komme.“ Er berührte die Nase des Drachen. Der Drache schien ihn zu verstehen. Er kauerte sich nieder, den Kopf auf die Vorderklauen gelegt und die Flügel an den Seiten gefaltet.
Einmal drehte sich Jakkin noch herum, um nach ihm zu schauen, und da lag der Drache schon schlafend im Sand.

13. Kapitel

Jakkin krabbelte auf die Straße, nachdem er sich vergewissert hatte, dass keine Staubwolken zu sehen waren, und bückte sich, um die letzten Fußtritte zu verwischen. Während er eilig auf die Abzweigung zur Drachenfarm zusteuerte und der Korb gegen seinen Rücken schlug, versuchte er noch einmal die mögliche Bedeutung des Fußabdrucks zu ergründen. Er war davon überzeugt, dass er von Likkarn stammte. Aber was wäre, wenn nicht?

Wenn er zu einem der jüngeren Knechte gehörte – Errikkin, Slakk oder Trikko, zum Beispiel – könnte er sich vermutlich mit den Münzen in seinem Beutel freikaufen. Er schüttelte den Beutel, lauschte dem Geklimper der Münzen und nickte zustimmend mit dem Kopf, weil der Beutel recht voll wirkte.

Wenn der Fußabdruck von einem der älteren Knechte stammte, war die Angelegenheit allerdings etwas schwieriger. Vielleicht würde er dann zusätzlich zu seinem Gold noch den halben Anteil an seinem Drachen anbieten müssen. Aber er würde darauf bestehen, dass er, Jakkin, der Trainer des Drachen bleiben würde.

Schließlich reagierte der Drache bereits auf ihn und konnte seine Gedanken lesen.
Doch am allerschlimmsten wäre es, wenn tatsächlich Likkarn ihm nachspioniert hatte. Denn der alte Mann gab schließlich Jakkin die Schuld dafür, dass sein Beutel geleert worden war. Das hatte er ihm mehr als deutlich zu verstehen gegeben.
Jakkin rückte den Korb auf seinem Rücken zurecht und bog in die von Spikkapalmen gesäumte Straße ab, die ihn zur Drachenfarm führte. Es hieß, dass auf Sarkkhans Farm mehr Spikkapalmen gepflanzt wurden als irgendwo sonst auf Austar. Sie waren sehr teuer, wie Jakkin wusste, aber sie halfen gleichzeitig dabei, den Boden fruchtbar zu machen, weil sie mit ihren Wurzeln Wasser ansaugten und speicherten.
Nachdem Jakkin um die letzte Kurve gebogen war, sah er vor sich die Farmgebäude liegen und rechts davon den roten Dunstschleier der Kraut- und Wurzfelder. Unwillkürlich entschlüpfte ihm ein Seufzer und er hielt an. Außer ein paar Erinnerungsfetzen war Sarkkhans Farm alles, was er von der Welt kannte. Seine Heimat. Und doch gehörte sie nicht ihm, denn wenn er seinen Drachen trainiert und die Kämpfe gewonnen hatte und sein Beutel gefüllt war, würde er die Farm verlassen und das Leben eines Herrn beginnen. Ganz allein. Instinktiv fuhr er sich zuerst durch die Haare, berührte dann das Grübchen in seiner Wange und legte schließlich die Hand auf seinen Knechtsbeu-

tel, eine Angewohnheit, deren er sich nicht bewusst war.

Er lachte laut auf und schalt sich selbst: „So, mit Drakk und Drachen wirst du fertig, nur mit deinen eigenen Wachträumen nicht.“

Er setzte seinen Weg fort, fest entschlossen, sich von solchen Ängsten nicht verunsichern zu lassen, da erklang zu seiner Rechten ein seltsamer Laut. Einen Augenblick lang erkannte Jakkin das Geräusch nicht. Es war eine Mischung aus dem Gurren der Drachenweibchen und dem hektischen Piepsen der Schlüpflinge. Doch dann erinnerte er sich wieder. Heute war der Tag des ersten Ausflugs, an dem die Weibchen und ihre Brut aus der Scheune in das Freigehege gelassen wurden.

Jakkin setzte den Korb ab und stellte ihn an die Seite der Scheune, wo er ihn später wieder abholen würde. Er liebte es, die Schlüpflinge bei ihrem ersten Ausflug ins Freie zu beobachten. Nichts war komischer als der Ansturm der Küken, wenn sie unter Aufsicht ihrer Mütter und der Knechtsjungen draußen umherrannten.

Das Freigehege der Weibchen war ein offener Pferch, der von einem Zaun aus Spikkabrettern umgeben war. Ein ausgewachsenes Weibchen konnte zwar ohne Schwierigkeiten über diese von Menschen gefertigte Absperrung steigen oder fliegen, aber die Schlüpflinge würden die nächsten paar Monate höchstens einige längere Luftsprünge fertig bringen. Und da die Mutterdrachen ihre Brut niemals zurücklassen würden, blieben die Echsen innerhalb des Zauns. Die Weibchen kauerten wie große Steinfiguren auf dem Boden und behielten mit ihren unergründlichen, schwarzen Augen die Possen der Jungen im Auge. Die Knechtsjungen saßen in regelmäßigen Abständen verteilt auf dem Zaun und achteten darauf, dass es keine Verletzungen gab. Sie benutzten die langen Stachelstöcke, um übereifrige Schlüpflinge voneinander zu trennen, die bereits eine Hackordnung festlegten, die bis ans Ende ihres Zuchtlebens gültig sein würde.

Jakkin kletterte auf den Zaun, hielt sich oben fest und spähte hinüber. Eilig suchte er die kleinen Drachen mit den Augen ab. Alle hatten sich schon von ihrer Eihaut befreit, wobei die Weibchen ihnen geholfen hatten, die letzten Stücke abzustreifen. Jakkin wusste, dass die Knechtsmädchen die Eihautstücke schon eingesammelt hatten und nun an der langwierigen Aufgabe saßen, aus dem weichen, dehnbaren Material Kleider, Decken und hundert andere Dinge zu nähen. Jakkin sah sich besonders nach dem verkrüppelten Schlüpfling aus dem Gelege von Herzgeliebte um, konnte ihn aber nicht finden. Vermutlich war er schon aussortiert worden. Es gab noch ein oder zwei weitere Winzlinge, die wohl ebenfalls bald an der Reihe sein würden: ein fast weißer Schlüpfling, der sich beim Scheunentor niedergekauert hatte und gerade halb so groß war wie die anderen, sowie ein fein gepunkteter gelber Schwächling, der staubbedeckt zu Füßen seiner Mutter Herz an Herz

lag. Es gab kaum Zweifel daran, dass man diese zwei Schlüpflinge bald aussondern würde.
Jakkin seufzte. Er hasste den Gedanken an die Auslese, wenn man die schwächsten Drachenschlüpflinge unter dem Schreien und Piepen der Weibchen abholte und in den Laster steckte, der zu den Garküchen fuhr. Er wusste, dass es sein musste, weil diese Drachen noch vor Ablauf eines Jahres sowieso sterben würden. Sie würden zertrampelt oder solange von den anderen aus der Brut gebissen, bis sie nur noch dumpf vor sich hin dämmerten. Ließ man sie so lange leben, bis sie sich paarten und Junge austragen konnten, würden die daraus entstehenden Schlüpflinge noch schwächer sein als ihre Eltern. Jakkin wusste über all dies genau Bescheid, aber die schrecklichen Schreie in den Lastern waren dadurch nicht leichter zu ertragen.
Er verglich die Schlüpflinge im Gehege mit seinem eigenen Drachen und alle schnitten im Vergleich schlechter ab. Diese jungen Drachen waren alle von unterschiedlichen Farbflecken bedeckt. In dem ganzen Haufen gab es keinen einzigen dunkelroten Drachen. Ein Schlüpfling war orange, ein anderer trug einen dunklen Senfton und dann waren da noch zwei graubraune mit gelben Tatzen. Sein Drache mit seiner mattbraunen Haut trug die beste Zeichnung von allen. Natürlich – so sagte er sich mahnend – war die Farbe nicht der einzige Hinweis auf den Wert eines Drachen. Und die erste Farbe wechselte sowieso noch einmal.

Aber er konnte ein Lächeln nicht zurückhalten, als er an seinen Drachen dachte und daran, wie er ihn zuletzt gesehen hatte: ein schlafender, brauner Hügel im Sand.
Einige der Kleinen begannen schon, sich Scheingefechte zu liefern. Sie tollten um ihre Mütter herum und traten sich gegenseitig auf die am Boden schleifenden Flügel. Der orangefarbene Schlüpfling schien der wildeste zu sein. Er ließ bereits einen Nebelhauch aus seinen Nasenschlitzen sickern, wenn er sich an einen Feind heranmachte. Aber der dunkelgelbe Drache beherrschte seine Flügel am besten. Er konnte sogar schon einige Herzschläge lang über dem Boden schweben und verblüffte damit seine Spielkameraden.
Die lethargischen Weibchen streckten gelegentlich ihre großen Klauen aus, um zwei Kämpfer zu trennen, wenn sie zu hart miteinander balgten und das gequälte Piepsen des Verlierers zu sehr in den Ohren schmerzte. Doch meistens waren es die Knechtsjungen, die die Schlüpflinge mit den Stachelstöcken trennten. Am Ende waren nur noch der orangefarbene, der gelbe und ein hellbrauner Schlüpfling wach und schlugen mit ihren Krallen nach den Schwänzen der Weibchen, während ihre Brüder und Schwestern sich unter den ausgestreckten Flügeln ihrer Mütter zu einem Schläfchen zusammengerollt hatten.
Jakkin fühlte einen Ellenbogen zwischen den Rippen, und als er den Kopf drehte, blickte er Errikkin direkt ins Gesicht. „Schon wieder zurück?“

Jakkin nickte.
„Ich dachte, du wolltest den ganzen Tag freinehmen. Schließlich …"
„Was schließlich?" Unwillkürlich schaute Jakkin nach unten, um Errikkins Schuhe zu überprüfen. Doch der war barfuß und hatte ein Bein durch die Zaunlücke geschoben.
„Schließlich … du weißt schon." Errikkin grinste und schlug gegen Jakkins Beutel.
„He", rief Slakk über den Hof und erschreckte mit seiner Stimme einige der schlafenden Schlüpflinge, die sich neben den Weibchen unruhig bewegten. „Hast wohl wieder deinen Beutel geleert, was?"
„Ach so", murmelte Jakkin. Sie sprachen von Akki. Sie dachten, er hätte den Tag mit ihr verbracht. Plötzlich war er sich sicher, dass keiner der beiden ihm nachspioniert hatte. Schuldbewusst stieg ihm die Röte ins Gesicht. Er kletterte vom Zaun runter und wollte zur Scheune laufen, um seinen Korb zu holen.
„Warte", sagte Errikkin, „geh noch nicht. Ich möchte dich etwas fragen. Ich weiß, dass du vermutlich der Erste von uns sein wirst, der seinen Beutel füllt …" Errikkin stolperte über seine Worte.
Jakkin wurde kalt und er stieß die nächsten Worte mit eisiger Höflichkeit hervor. „Was meinst du damit?"
Errikkin schien seine Kälte nicht zu bemerken. „Du hast zusätzliches Gold für die Treibjagd bekommen und jetzt, wo jeder weiß, dass du fast ein Mann bist,

wirst du vermutlich noch mehr Gold zusätzlich verdienen können. Das ist doch ganz normal."

In einem Anflug von Kameradschaft, der zugleich seine Erleichterung und sein schlechtes Gewissen widerspiegelte, legte Jakkin den Arm um Errikkins Schulter. „Frag nur, du lausiger Knecht. Frag – und es soll dir gewährt werden."

Errikkin wurde rot. „Also, ich habe mir etwas überlegt. Wenn du ein Herr bist, werde ich immer noch in der Knechtschaft sein. Ich kann irgendwie einfach nichts sparen. Weißt du, ich gehe zu gerne in die Garküchen und in die Arenen." Errikkins Hände hoben sich in gespielter Verzweiflung. „Und wenn du noch Gold übrig hättest und so. Nun, ich meine, würdest du dir vielleicht auch überlegen, meinen Beutel zu kaufen? Ich würde viel lieber für dich arbeiten als für den alten Sarkkhan. Damit will ich nicht sagen, dass er ein schlechter Herr ist. Es ist nur so, dass ich ihn eigentlich gar nicht kenne. Er ist ja nie hier. Und dich kenne ich eben. Und …" Errikkin lächelte und zuckte mit den Schultern.

Jakkin war völlig verblüfft. Langsam hob er seinen Arm von Errikkins Schulter und schaute zu Boden.

„Drachendreck", sagte Errikkin. „Ich hoffe, ich habe dich mit meinen Worten nicht verärgert."

Jakkin sah wieder auf und sagte ebenso zu Errikkin wie zu sich selbst: „Darüber habe ich eigentlich noch nie nachgedacht. Ich habe nie darüber nachgedacht,

was passiert …", sagte er zögernd. „Ich meine, ich habe nie daran gedacht, dass ich selbst auch Knechte besitzen könnte, wenn ich einmal ein Herr geworden bin. Ich glaube nicht, dass ich das überhaupt möchte."
„Aber was bedeutet es dann deiner Meinung nach, ein Herr zu sein?", fragte Errikkin ungläubig.
„Ich dachte, es bedeutet … na ja, frei zu sein. Das tun zu können, was man will und wann man es will. Zum Beispiel morgens lange schlafen. Oder seinen eigenen Drachen trainieren. Oder …"
Slakk, der sich ihnen von hinten näherte, hörte den letzten Teil ihres Gesprächs mit und mischte sich sofort ein: „Und wie könnte jemand von uns einen eigenen Drachen trainieren, außer es handelt sich um einen Wilddrachen? Und gerade du solltest über die Folgen einer solchen Dummheit besser Bescheid wissen als alle anderen. Ist dein Vater nicht von einem wilden Gelben in den Dünen getötet worden? Ich jedenfalls möchte lieber ein lebendiger Knecht bleiben als ein toter freier Mann zu werden."
„Du wirst ein toter Knecht sein, wenn du nicht sofort wieder auf diesen Zaun kletterst", ertönte eine Stimme hinter ihnen. Es war Likkarn, dessen Augen rot leuchteten von den Kräutertränen. „Und du auch, Jakkin. Wenn du wieder hier bist, ist dein Knechtsfrei vorbei. Behalte diese Schlüpflinge gut im Auge, sonst wirst du so übel stinken wie ein Drakk, wenn ich mit dir fertig bin." Drohend streckte er ihnen den Stachelstock entgegen.

Die Jungen kletterten zurück auf den Zaun, aber Jakkin musste ständig über das Gespräch mit Errikkin nachdenken. Erst beim Abendessen, nachdem die Brut wieder zurück in die Scheune getrieben worden war, fiel ihm ein, dass er vergessen hatte, den Schuhabdruck in der Oase mit den Füßen der Knechte zu vergleichen. Außer einem schnellen Blick auf Errikkins nackte Füße hatte er nicht weiter nachgeschaut. Er musste herausfinden, wer ihm nachspioniert hatte – und zwar schnell.

14. Kapitel

An diesem Abend grübelte Jakkin während des ganzen Wegs zurück zur Oase über sein Problem nach. Dann kam ihm die Idee, dass die nächtliche Rückkehr ins Knechtshaus die beste Möglichkeit für ihn bot. Er würde einfach seine Sandalen ausziehen, bevor er in den Schlafsaal kam, und seine Schuhe ganz leise mit denen der anderen vergleichen. Die schlafenden Knechte hatten ihre Sandalen immer ordentlich neben ihren Betten aufgestellt. Wenn er schnell und leise war, würde er innerhalb weniger Minuten wissen, wer die möglichen Verdächtigen waren. Außer Likkarn und Jo-Janekk, die beide in Einzelzimmern schliefen. Für sie musste er sich etwas anderes ausdenken.

Jakkin war so sehr in Gedanken versunken, dass er fast über den braunen Drachenhaufen gestolpert wäre, der im Sand auf ihn wartete.

„Drachendreck, du hast mich beinahe umgebracht", beschwerte er sich. Aber die Verwendung der ungewohnten Anrede Du verwirrte den kleinen Drachen, und er ließ fragende Farbstrahlen im Kopf des Jungen aufblitzen.

Beschämt kniete Jakkin sich neben den Drachen und nahm ihn in die Arme. „Vergebt mir, mein Großer." Der Frischling rieb die Nase an seinem Knechtsbeutel und leckte ihn unter dem Kinn. Dann knuffte er ihm gegen die Brust und warf den Jungen durch die Wucht des Stoßes zu Boden.

„So behandelt Ihr also einen Freund?", fragte Jakkin und tat, als ob er böse wäre. Aber der Drache konnte durch den vorgetäuschten Ärger in Jakkins Stimme das Lachen in seinem Kopf erkennen und blies ihm mehrere kleine Rauchwölkchen zu. Dann drehte er sich um und trottete über die Düne zum Pustelkraut- und Brennwurzfeld.

Jakkin folgte. „Seid Ihr wieder hungrig, mein Dickerchen? Ich werde bestimmt viel zu schnell durch dieses Krautfeld eilen, wenn Ihr Euch nicht beherrschen könnt." Er lachte laut auf, sowohl wegen seines unbeholfenen Gebrauchs des Wortes „Ihr" als auch wegen dem Drachen, der mit aufgesperrtem Maul neben dem Beet auf sein Essen wartete.

Rasch streifte Jakkin die größten Blätter von zwei Halmen. Er war erfreut, als er sah, dass an den Stängeln, deren Blätter er zuvor geerntet hatte, neue Knospen sprossen. Bei den Knechten hieß es: „Frühlingszeit ist Blütezeit", weil sowohl Drachen als auch Pflanzen im Frühjahr unglaublich schnell wuchsen. Und wenn er seinen eigenen Frischling betrachtete, der ihm mittlerweile bis zur Hüfte reichte, glaubte Jakkin das gerne.

Der kleine Drache folgte ihm zurück zur Hütte, wo Jakkin die Schüssel und das Knochenmesser hervorholte.
Er saß im Sand und begann, die Blattadern zu zerdrücken. Der Drache schmiegte sich derweil mit offenem Maul an seinen Ellenbogen. Jakkin musste den Schlüpfling immer wieder wegschubsen. „Rückt ein Stückchen zur Seite, Wunderwurm, sonst kann ich Euer Abendessen nicht fertig machen." Der Drache rückte ein paar Zentimeter zur Seite und hockte sich dann wieder auf den Boden, die Nase in den Sand gesteckt. Ausgestreckt war der Drache von der Nase bis zum Schwanz mittlerweile fast so groß wie Jakkin. Seine Flügel, die noch am Nachmittag verknittert und schwach ausgesehen hatte, ließen bereits den gummiartigen Glanz der erwachsenen Drachen erkennen. Im nachlassenden Sonnenlicht wirkte die Haut des Drachen schlammbraun, aber wenn Jakkin die Augen zusammenkniff und genauer hinsah, konnte er darunter ein rötliches Glühen erkennen. Jakkin dachte: *Wenn ein anderer Junge diese hässliche braune Haut gesehen hätte, hätte er den Frischling vielleicht sofort in die Garküchen verkauft. Das hätte schließlich auch ein paar Münzen ergeben. Vielleicht sogar etwas mehr als nur ein paar. Je jünger der Drache, desto mehr Münzen. „Je jünger desto zarter", wie die Küchenmeister zu sagen pflegen.* Außerdem war das Trainieren eines Drachen ein langes und unsicheres Vorhaben, denn es dauerte

mindestens ein Jahr, bis ein Drache zu seinem ersten Kampf antreten konnte.
Plötzlich überwältigte den Jungen die Ungeheuerlichkeit dessen, war er getan hatte, als er nach dem Drachen gegriffen hatte. Ein Jahr lang. Ein ganzes Jahr musste er sich immer alleine hierher schleichen und den Drachen in den Dünen verstecken. Ein Jahr lang musste er ihn heimlich trainieren. Ein Jahr … Aber dann, was bedeutete schon ein Jahr für einen Knecht? Doch nur unendlich lange Tage voller Arbeit. Auf der Farm teilte man das Jahr in drei Jahreszeiten: die Zeit der Paarung, die Zeit der Eier und der Schlüpflinge und schließlich die Zeit, in der die neuen Kämpfer trainiert und die übrigen Drachen verkauft wurden. Und Jakkins Anteil an diesem Jahr bestand normalerweise aus nichts weiter als Staub und Drachendreck, Drachendreck und Staub. Doch dieses Jahr, dem Jahr von Jakkins Drachen, würde alles anders werden.
Er drückte die letzten Tropfen Saft aus den Blättern und goss einen Teil davon in das Maul des Drachen. Der Frischling leckte ihn eifrig auf und wartete auf den Rest. Um seine Schnauze glänzten noch Tropfen der roten Flüssigkeit.
„Seht zu, dass Ihr bald an Eurem ganzen Körper in dieser Farbe glänzt“, sagte Jakkin streng und tröpfelte den restlichen Saft in den geöffneten Rachen des Drachen.
Der Schlüpfling leckte die letzten Tropfen auf und antwortete ihm mit einem Zucken seines Schwanzes.

Später paddelten sie gemeinsam in der warmen Quelle und beobachteten, wie die Sonne hinter dem Horizont versank. Der Himmel wirkte, als sei er von Blut befleckt. Während Jakkin auf dem Rücken in der Quelle trieb, den Knechtsbeutel schwer auf der Brust, durchzog ihn ein Gefühl des Friedens. Er schloss die Augen und ließ die hellen Regenbogen aus dem Geist des Drachen hinter seinen geschlossenen Lidern entlangtreiben. Malve und Rosa und ein etwas helleres Gelb als der Farbton der Eihaut zogen sich in einem Regenbogen über eine Traumlandschaft, die die heitere Welt des kleinen Drachen widerspiegelte.
Plötzlich zersprang der Regenbogen in eine Flut von winzigen, zuckenden, roten Lichtblitzen und Jakkin hörte ein schreiendes Zischen. Er öffnete die Augen und umklammerte automatisch seinen Knechtsbeutel mit der rechten Hand. Ein dunkler Schatten überquerte den in Rot getauchten Himmel. Unversehens blickte Jakkin auf zweieinhalb Meter breite Flügel und Klauen, die zum Angriff bereit waren. Ein Drakkmännchen. Im Wasser der Quelle spiegelte sich die blutrote Farbe des Himmels. Der Drache war nirgendwo zu sehen.
Der Drakk begann, über der Quelle zu kreisen. Er flog mit den Luftströmen und senkte erst einen Flügel und dann den anderen. Seine Geruchsfühler nahmen die Witterung des Drachen auf. Allerdings konnte er den Drachengeruch auf dem Wasser nicht verfolgen;

das Einzige, was er wahrnahm, war die Witterung, die noch im Sand und an den Schilfpflanzen hing.

„Wo seid Ihr, Schöner?“ Jakkin rief verzweifelt und ängstlich nach seinem Drachen.

Daraufhin tauchte weiter unten zwischen den Halmen des Kkhanschilfs ein erdfarbener Hügel aus dem Wasser auf, der sich heftig schüttelte. Der Schlüpfling hatte den Angriff geahnt und sich unter Wasser geflüchtet, wo der Drakk ihn nicht aufspüren konnte.

Bleibt im Wasser, befahl Jakkin dem Schlüpfling in Gedanken und überlegte, ob der junge Drache ihn wohl trotz seiner Furcht verstehen würde. *Bleibt unter Wasser, mein Wunderwurm.* Dann krabbelte er die Uferböschung hinauf und rannte geduckt zur Hütte. Er wusste, dass der Drakk jede Minute einen Angriff auf ihn starten konnte, dem er ohne seine Kleider schutzlos ausgeliefert war. Aber der Drakk konzentrierte sich nur auf den Drachen und beachtete ihn nicht weiter.

Hektisch zog er sein Hemd und seine kurzen Knechtshosen an, die ihm allerdings kaum Schutz bieten würden. Am Boden der Hütte lag sein altes Hemd, das er dem Schlüpfling überlassen hatte. Es roch stark nach dem Drachen. Jakkin streifte es ebenfalls über. Zwei Schichten waren sicher besser als eine. Er nahm die Schüssel und das Messer mit dem Knochengriff, holte tief Luft und stürmte wieder nach draußen.

Der über der Oase kreisende Drakk suchte unaufhörlich nach einer Spur seiner Beute. Plötzlich war der

Drachengeruch wieder stärker, als Jakkin aus der Hütte auftauchte. Der Drakk peilte den Geruch an und versuchte, die merkwürdig aussehende Gestalt mit seinen kurzsichtigen Augen zu erkennen. Er legte seine Flügel an, deckte damit seine Geruchsfühler ab und griff im Sturzflug an.

Jakkin hörte, wie sich die Luft über ihm teilte und blickte gerade noch rechtzeitig nach oben. Er hob die Holzschüssel wie ein Schild über den Kopf. Der Schwung des Ansturms riss ihn zu Boden, und die Flügel des Drakk streiften sein Gesicht. Die dicke Schüssel hatte jedoch den ersten Angriff des Drakk abgewehrt, und eine seiner Krallen war abgebrochen.

Mit einem zornigen Zischen flatterte der Drakk davon. Er vollführte eine scharfe Wendung in der Luft und machte sich für einen zweiten Ansturm bereit.

Jakkin stellte sich breitbeinig in festem Stand in den Sand, hob das Messer und wartete.

Wieder kam der Drakk im Sturzflug auf ihn zugestürmt. Im letzten Augenblick jedoch wurde er unsicher und schwenkte zur Seite. Nun, da Jakkin aufrecht stand, ähnelte seine Gestalt nicht im Geringsten dem Umriss eines Drachen. Der verwirrte Drakk drehte im letzten Moment ab, allerdings nicht rechtzeitig, um Jakkins Messer zu entkommen, das seine Flügelspitze aufschlitzte. Das Tier zischte vor Schmerz und griff sofort wieder an, ungeachtet der Lügen, die ihm seine Augen zu erzählen schienen. Noch einmal durch-

schnitt er mit seinen messerscharfen Krallen die Luft über Jakkins Kopf.
Jakkin stieß das Messer nach oben. Die Klinge glitt durch die Federn des Drakk und schnitt dann nur durch die Luft. Die Klaue des Drakk traf sein Handgelenk und hinterließ entlang der Innenseite seines Armes einen grausamen Schnitt, der fast bis zur Ellenbeuge ging. Wenn eine der Krallen nicht bei dem Angriff zuvor gebrochen wäre, hätte der Drakk dem Jungen die Hand vom Handgelenk abgetrennt.
Jakkin schrie vor Schmerz und stürzte zu Boden, während der Drakk sich wieder hoch in die Luft schwang. Der Aufschrei des Jungen trieb den Drachen aus dem Wasser. Er kam zu ihm gelaufen und sein Schwanz peitschte bestürzt hin und her.
„Geht zurück!", schrie Jakkin. „Ins Wasser. Los, zurück." Aber der kleine Drache stand neben ihm und drängte ihn durch ein Stupsen mit der Nase dazu aufzustehen.
Jakkin erhob sich unsicher und schwindelig vor Schmerz, gerade als der Drakk erneut angriff. Der Junge lehnte sich gegen den Drachen. Er versuchte, ihn abzuschirmen und sich gleichzeitig auf ihn zu stützen. In der anderen Hand hielt er das Messer und wartete. Er hatte nun nur noch eine Chance gegen diesen schrecklichen Gegner und er wusste, dass er nicht versagen durfte.
Der Drakk griff erneut an. Sein Zischen eilte ihm vo-

raus und sein Schlangenkopf war so lang gestreckt wie ein Speer. Er verließ sich ganz auf die hypnotische Wirkung seiner milchig weißen Augen, um seine Beute an der Flucht zu hindern.

Jakkin bat den Drachen in Gedanken: „Schaut ihn nicht direkt an. Schaut auf die Seite. Und wenn ich mich bewege, dann lauft in die andere Richtung davon. Aber erst wenn ich es sage.“ Ein ganz schwacher Farbhauch kam als Antwort zurück und Jakkin betete, dass der Schlüpfling ihn verstanden hatte.

Seine Kiefernmuskeln spannten sich und die Übelkeit aus Schmerz und Furcht in seinem Magen wurde immer größer. Die Angst, die er auf der Treibjagd gefühlt hatte, war nichts im Vergleich zu der hier. Und er wusste genau, dass man ihn und seinen Drachen vielleicht niemals finden würde, wenn sie in den Dünen starben. Er erinnerte sich, wie seine Mutter über dem blutigen Leichnam seines Vater geweint hatte. Um ihn würde dann niemand weinen.

Der heranfliegende Drakk schien unbeweglich in der Luft zu hängen und stürmte doch so schnell auf ihn zu, dass Jakkin den Aufprall im Kopf nicht berechnen konnte. Der Junge stand ganz ruhig im Sand, sekundenlang, stundenlang – eine Ewigkeit. Dann, in der letzten Sekunde, stieß er den Drachen beiseite, warf sich selbst in die andere Richtung und schrie: „Lauft! Lauft, mein Schöner!“

Der Drache raste davon und Jakkin stellte beide Füße

breitbeinig auf den Boden, um einen festen Stand zu haben. Das Messer hielt er wegen der Verletzung des rechten Arms nun in der linken Hand weit über seinen Kopf gestreckt.
Der Drakk sah sich plötzlich hin- und hergerissen zwischen der richtigen und der falschen Drachengestalt, die beide stark nach Drache rochen, und unterbrach seinen Sturzflug für einen Moment, so als wolle er wieder abdrehen. In diesem Augenblick stieß Jakkin mit dem Messer zu und durchschnitt den Hals des Drakk genau dort, wo er mit dem Körper verbunden war.
Heißes, übel riechendes Drakkblut ergoss sich über Jakkins Ärmel und überzog ihn mit einem ölig-violetten Farbfilm. Der Geruch ließ ihn erst würgen und dann nach Luft schnappen, bis er schließlich zusammenbrach. Er sah nicht, wie der Drakk zu Boden fiel und direkt neben ihm landete. Seine Klauen öffneten und schlossen sich im Todeskampf. Eine der Krallen verfing sich in Jakkins Hemd und schlitzte es vom Nacken bis zum Saum auf.
Vorsichtig stapfte der Drache zu dem Drakk hinüber. Er schüttelte den Kopf, wie um seine Nase dadurch von dem fürchterlichen Gestank zu befreien. Dann schob er vorsichtig den toten Drakk von hinten mit einem Fuß so weit wie möglich von der Hütte weg. Prüfend tapste er zurück zu Jakkin und stupste ihn mit der Nase an. Als der Junge sich nicht regte, legte sich der Drache neben ihn und begann gezielt, das blutige Handgelenk

und den Arm mit seiner rauen Zunge zu lecken. Einmal, zweimal, dreimal fuhr er mit der Zunge über den tiefen Schnitt und schon war die Wunde sauber, auch wenn immer noch Blut aus ihr sickerte. Der Drache rollte seinen Körper um den Jungen, schlief jedoch nicht ein. Immer wieder berührte seine Zunge die Wundränder, als würde sich durch das Lecken die Wunde schließen.
Einmal kam Jakkin kurz zu sich, als ein riesiger Sonnenschweif voller bunter Farben seinen Kopf erfüllte, dann verlor er wieder das Bewusstsein, das Gesicht halb im Sand vergraben.

Jakkin erwachte mit Schmerzen. Eines seiner Handgelenke schien in einem Schraubstock gefangen zu sein und entlang des anderen Armes brannte ein stechender Schmerz. Ihn umgab ein schrecklicher Gestank, der ihm zusammen mit den starken Schmerzen heftige Übelkeit verursachte. Mit großer Mühe bezwang er seinen Magen. Als er versuchsweise einmal kurz aufstöhnte, legte sich eine kühle Hand auf seine Stirn.
„Schsch. Still. Alles in Ordnung“, flüsterte ihm eine Stimme ins Ohr. Als er sie erkannte, öffnete er die Augen. Er erwartete die weißen Wände der Krankenstation zu sehen und zu erfahren, dass er nur geträumt hatte. Stattdessen fand er sich im dämmrigen Licht der Schilfhütte. Er drehte den Kopf zu der Stimme und schaute verblüfft.

„Du.“ Einen Moment konnte er überhaupt nichts denken. Der schreckliche Gestank benebelte ihn. „Du …“

Akki lächelte zu ihm herab. Ihr dunkles Haar verdeckte eines ihrer Augen, und sie schob es mit der Hand zurück. „Das wird ja langsam zur Gewohnheit“, sagte sie.

Plötzlich passte alles zusammen: Sie war die einzige Person, die er nicht im Verdacht gehabt hatte.

„Du hast ganz schön große Füße für ein Mädchen“, sagte er und setzte sich trotz seiner Schmerzen mühsam auf. „Fast so groß wie meine.“

Sie lachte. „Eine lustige Feststellung. Aber was willst du damit sagen?“

„Ich will damit sagen, dass ich bei dem Krautfeld einen Fußabdruck von dir gefunden habe. Einen, den du nicht ganz verwischt hast. Ich dachte nur die ganze Zeit, er würde von Likkarn stammen“, erklärte Jakkin, der immer noch völlig überrascht war.

„Ich wusste nicht, dass ich etwas übersehen hatte“, antwortete sie.

„Ganz schön unordentlich“, sagte er und lachte.

„Meine schlechten Gewohnheiten habe ich bei dir abgeschaut“, sagte Akki. „Wie hätte ich dich denn sonst überhaupt finden können?“

„In der Nacht, als du mich vor der Mondhelle gerettet hast?“

„Ja, ich bin extra früh aufgestanden, um deine Fußspuren wegzufegen.“

„Und du hast sie gleichzeitig hierher zurückverfolgt“, sagte er. Bewunderung schwang in seiner Stimme mit.

„Ja.“ Wieder lächelte sie, als sie seine Bewunderung bemerkte.

„Ich glaube, ich muss dir für eine Menge Dinge danken“, sagte er langsam und sah sich unauffällig um. Er hoffte, dass sie trotz ihres Herumschnüffelns den Drachen niemals mit eigenen Augen gesehen hatte. Vielleicht glaubte sie ja, dass er sich hier einen Rückzugsort eingerichtet hatte, eine Oase für seine knechtsfreien Tage.

„Er ist draußen“, sagte sie.

Er verlagerte sein Gewicht von seinem schmerzenden Arm und betrachtete sein fachmännisch verbundenes Handgelenk. „Der Drakk?“

„Was von dem Drakk noch übrig war. Du hast ihm fast den Hals vom Körper getrennt“, sagte sie. „Mit einem stumpfen Küchenmesser ist das eine tolle Leistung.“

Diesmal lächelte Jakkin geschmeichelt. „Und auch noch mit der linken Hand“, sagte er, froh, dass er etwas hatte, mit dem er vor ihr prahlen konnte.

„Dein Drache steht immer noch Wache an der Leiche des Drakk. Tritt ihm immer wieder mit dem Fuß Sand ins Gesicht. Der Sand scheint den Gestank ein wenig erträglicher zu machen.“ Sie rümpfte ihre Nase. „Er stinkt immer noch gewaltig, aber der Drache wirft unverdrossen mit Sand. Was für ein Wunderwurm.“

„Oh.“ All seine Ängste spiegelten sich in diesem einen Wort. Akki hörte es und sah ihn langsam an.
„Ich werde dich nicht verraten“, sagte sie. „Niemals.“
Jakkin starrte immer noch auf den Verband um sein Handgelenk, anstatt Akki wieder ins Gesicht zu schauen. Das Verbandsmaterial war etwas ungewöhnlich. Er sah auf und erkannte zum ersten Mal, dass Akki sein altes Hemd trug, das er dem Drachen gegeben hatte. Es hatte keine Knöpfe mehr und war vorne mit einem großen Knoten zusammengebunden. Darunter war ihr Knechtsbeutel zu sehen. Und ziemlich viel Haut. Schnell sah er zur Seite. Dann blickte er sie wieder schüchtern an.
Sie schien seine Gedanken zu erraten und zeigte auf ihre Kleidung. „Das Hemd hier war zu schmutzig, um es um deine Hand zu binden, darum habe ich mein eigenes zerrissen. Und dann habe ich dieses hier genommen. Es war vorne von oben bis unten aufgerissen, wahrscheinlich von dem Drakk. Also musste ich es eben zubinden. Es stinkt aber ganz schön. Und du übrigens auch.“ Sie zögerte einen Moment und fügte dann hinzu: „Und ich wahrscheinlich auch.“ Nun errötete sie tatsächlich unter seinem Blick.
Sein Handgelenk pochte plötzlich und er zuckte zusammen.
„Die Wunde war sauber“, erzählte Akki weiter. Sie sprach in dem gleichen amüsierten Tonfall mit ihm wie schon in der Krankenstation. „Der Drache hat an dem

Schnitt geleckt und er war schon am Verheilen. Es gibt viele alte Geschichten darüber, aber im wirklichen Leben habe ich es noch nie gesehen. Dass Drachenzungen heilen können, meine ich. Dein anderer Arm war ein bisschen vom Blut des Drakk verbrannt, aber das Hemd hat dich geschützt. Und der Drache hat außerdem etwas Sand darauf gescharrt. Das schien auch zu helfen."

Jakkin grunzte und erhob sich auf die Knie. Doch ihm wurde gleich wieder schwindelig und er sackte zur Seite. Sogleich war Akki neben ihm und half ihm beim Aufstehen. Er war sich nicht sicher, ob er sich wirklich an sie lehnen wollte, aber er hatte keine Wahl: entweder anlehnen oder hinfallen. Und da er eher gestorben wäre als vor ihr zu Boden zu gehen, stützte er sich lieber auf sie. Sie fühlte sich weich und hart zugleich an und beide wurden schon wieder rot. Diesmal blickte sie zuerst zur Seite.

„Ich habe deinen Drachen gefüttert", sagte sie.

„Was?"

„Saft von den Krautpflanzen. Stell dir vor, ich habe mich sogar an einem der Halme verbrannt." Sie hob ihre Hand, aber es war schon zu dunkel, um die Brandwunde deutlich zu erkennen.

„Wir sollten lieber wieder zurück zum Knechtshaus gehen. Die Monde sind beide schon aufgegangen." Sie half ihm aufrecht zu stehen und legte den Arm um seine Taille. Sie reichte ihm nur bis zu den Schultern.

„Du hast wirklich ganz schön große Füße für so ein kleines Mädchen“, sagte er.
Sie lachte wieder. „Das stimmt.“
Bevor sie gingen, rief er seinem Drachen noch zu: „Passt gut auf Euch auf, mein mächtiger Heiler.“ Das gewaltige Farbfeuerwerk, das daraufhin in Rot und Orange und einem leuchtendem Gold in seinem Kopf explodierte, traf ihn völlig unvorbereitet. Er stolperte und fasste sich mit der Hand an die Schläfe.
„Was ist los?“
„Der Drache ... mein Kopf ...“ Einen Moment lang war er verwirrt. Dann merkte er, dass die Farben ihn erfüllten und ihm Kraft gaben, und dass sie nicht drohten, seinen Verstand zu überfluten. *Zügelt Euer Feuer ein wenig*, bat er den Drachen in Gedanken. Die Farben ließen ein wenig nach. „So ist es besser“, sagte er laut.
„Du bist sicher noch schwach vom vielen Blutverlust“, sagte Akki.
Der Drache kam zu ihm und rieb sich gegen sein Bein. Einen Augenblick lang richtete er seine schwarzen Augen auf Akki. Dann trottete er zu ihr und leckte ihre freie Hand.
„Er mag dich“, sagte Jakkin, überrascht, wie eifersüchtig er deswegen war.
„Nur, weil ich dir helfe“, sagte sie. Aber sie kitzelte den Drachen hinter den Ohren, und er begann unter ihren Händen leise zu schnurren.

Was seid Ihr für ein wankelmütiger Wurm, dachte Jakkin, laut aber sagte er: „Schau, Akkhan beginnt schon zu sinken. Wir sollte uns auf den Heimweg machen."
„Nicht ohne den Drakk", sagte Akki.
„Der Drakk?"
„Hör zu: Du stinkst und ich stinke. Und es ist kein Geruch, der normalerweise einen Jungen und ein Mädchen nach einer gemeinsam verbrachten Nacht in den Dünen begleiten würde. Wenn wir den Drakk mitbringen, werden sie nur denken, dass wir draußen in der Wüste beisammen waren und dann auf diese ... diese Schreckgestalt gestoßen sind. Oh, ich werde ihnen eine schöne Geschichte erzählen, darüber, wie du mich gerettet hast und ..."
Jakkin unterbrach sie: „Aber dann werden sie alles wissen. Denn die Drakk greifen keine Menschen an."
Akki überlegte eine Minute und fuhr sich mit der Hand durch das Haar. „Aber warst du heute Nachmittag nicht mit den Schlüpflingen draußen?"
„Ja, schon. Woher weißt du das?"
„Ich weiß eben eine Menge", antwortete sie. „Wir erzählen ihnen einfach, dass der Drakk vermutlich die Schlüpflinge an dir gerochen hat."
„Und außerdem wusste, dass ich am Tod seines Weibchens und der Jungen beteiligt war", vollendete Jakkin.
„Ich weiß nicht, ob die Drakk so denken", sagte Akki.

„Oder ob sie überhaupt denken“, fügte Jakkin hinzu. „Aber wer weiß das schon? Das lumpige Stück Dreck hat uns eben angegriffen und ich habe es abgewehrt. Und du als Krankenschwester hast mich dann verarztet.“ Mittlerweile gefiel Jakkin die Geschichte richtig gut.
„Und wir werden den stinkenden Kadaver nach Hause bringen und als Helden gefeiert werden.“ Sie lächelte. „Bis jemand fragt, woher ich das Messer hatte.“
Akki runzelte die Stirn. „Oh, das.“
Jakkin nickte. „Genau, das.“
„Da müssen wir uns noch etwas einfallen lassen“, sagte Akki.
Jakkin konnte sich nun ohne ihre stützende Hand auf den Beinen halten und fühlte sich schon stärker. „Wir sollten auf dem Weg darüber nachdenken.“
„Du nimmst den Drakk. Wenn du kannst. Ich möchte ihn nicht berühren. Und das Messer. Ich fege derweil die Fußspuren weg“, sagte Akki.
Jakkin lief zu dem von Sand bedeckten Drakk und trat mehrmals gegen den Rücken des Kadavers, um sicherzustellen, dass er wirklich tot war. Er blickte prüfend zu Akki, ob sie darüber lachte, aber die Drakk waren nicht zum Lachen. Das Biest rührte sich nicht. Jakkin nahm ihn mit der linken Hand bei den Klauen und warf ihn über seine Schulter. Er wog sicher über fünf Kilo und stank immer noch erbärmlich. Jakkin hasste es, das Tier an seinem Rücken zu spüren. Er fragte

sich, ob er den Gestank jemals wieder aus seiner Haut herausbekam.
Akki lief hinter ihm und fegte über ihre Fußspuren entlang des Wegs. Dabei benutzt sie einen langen Besen mit herausziehbarem Stiel. „Schau", sagte sie fröhlich, „ich muss mich nicht bücken."
„Auf die Idee bin ich gar nicht gekommen", gestand Jakkin reumütig. Akki schien an vieles zu denken, was er selbst nie bedacht hatte. Er überlegte, über was sie wohl sonst noch alles Bescheid wusste: Besen und Krankenpflege, Drachen und ... Männer? Auf der Farm hatte es Gerede über sie gegeben, über sie und Sarkkhan. Eigentlich nur Vermutungen. Gerüchte eben. Niemand wusste Genaueres über sie, obwohl Slakk oftmals mit kleinen informativen Leckerbissen ankam, von denen er schwor, dass sie wahr seien. Jakkin konnte sich daran erinnern, dass Akki vor etwa drei Jahren auf die Farm gekommen war. Jemand sagte, Sarkkhan habe sie in einem Freudenhaus gefunden. Ein anderer Knecht hatte einmal vermutet, sie sei das Mädchen des Doktors. Sie schien gehen zu können, wohin sie wollte und wann sie wollte, fast als wäre sie eine Freie. Aber sie war ein Knechtsmädchen, das zeigte ihr Beutel. Jakkin erinnerte sich plötzlich daran, wie sie in der Krankenstation neben seinem Bett gestanden und etwas aufgeschrieben hatte. Wenn sie schreiben konnte, konnte sie auch lesen. Und wenn sie lesen konnte, war sie entweder selbst frei oder hatte zumindest eine en-

ge Beziehung zu jemandem, der frei war. Dem Doktor zum Beispiel. Oder Master Sarkkhan. Doch so wie sie sich an diesem Abend benommen hatte, schien sie nicht Sarkkhans Mädchen zu sein. Schließlich hatte sie von einem Jungen und einem Mädchen gesprochen, die in der Wüste beisammen gewesen waren. Und sie war Jakkins Spuren gefolgt. Sie hatte ihn gerettet. Außerdem hatte sie versprochen, ihn nicht zu verraten. Wenn sie die Frau eines freien Mannes oder sonst wie vermählt wäre, würde sie sich sicherlich nicht so verhalten. Oder vielleicht doch? Es war ein Rätsel, ein Geheimnis, das Jakkin nicht lösen konnte.

Den Großteil des Wegs legten sie schweigend zurück. Nach einer Weile hörte Jakkin auch auf, weiter nachzudenken, weil das Laufen und der schwere Drakk seine gesamte restliche Kraft beanspruchten.

Als sie die Straße zur Farm erreicht hatten, sagte Akki schließlich: „Mir ist immer noch nichts eingefallen, wie wir die Sache mit dem Messer erklären können", sagte sie.

„Mir auch nicht."

Doch am Ende fragte auch niemand danach. Es herrschte große Aufregung, als sie den toten Drakk neben die Treppe des Knechtshauses legten. Der Geruch weckte die anderen Knechte und ließ die Drachenweibchen laut aufschreien. Jakkin und Errikkin wurde gemeinsam mit dem maulenden Slakk und dem verschlafenen Trikko damit beauftragt, den Drakk so-

gleich hinter dem Farmgelände zu vergraben. Sie waren gerade noch vor der Mondhelle fertig und eilten dann zurück unter die Duschen.
Am nächsten Morgen durfte Jakkin ausschlafen. Akki sah er erst am Abend wieder.

15. Kapitel

Abends gab es ein Festessen auf der Farm. Es war die erste Feier seit dem fünfundzwanzigsten Jahrestag ihrer Gründung. Den Drakktötern zu Ehren hatte Kkarina einen kunstvollen Kuchen gebacken. Er war mit einem dunkelroten Zuckerguss überzogen und auf ihm thronte die kandierte Figur eines toten Eiräubers, perfekt modelliert mit karamellisierten Augen und einem Messergriff, der aus dem Bauch herausragte.

Diesmal aß sogar Master Sarkkhan persönlich mit den Knechten. Der Farmbesitzer war gerade erst von einem erfolgreichen Abstecher zu einer der Kleinarenen zurückgekehrt und saß nun bei den älteren Knechten, die er mit Geschichten von seinen ersten Kämpfen unterhielt. Nur Likkarn ließ sich nicht blicken. Es hieß, er habe Sarkkhan ins Gesicht geflucht und ihn einen „Goldherren“ und „Drakkfeigling“ genannt. Jakkin überlegte, ob der alte Mann vielleicht wieder geraucht hatte oder ob er tatsächlich eifersüchtig auf Jakkins Erfolg war.

Soll er doch in seinem Zimmer bleiben und schmollen, dachte Jakkin bei sich. Doch dann tat ihm der alte Mann plötzlich Leid, der sie alle so furchtlos in den

Kampf gegen die Drakk geführt hatte. Nun, da er nicht mehr glaubte, dass Likkarn ihm hinterherspionierte und seinen Schlüpfling bedrohte, konnte Jakkin es sich leisten, Mitleid mit ihm zu haben.
Am Ende des Essens wurde Jakkin zu Sarkkhans Tisch gerufen. Der Herr war immer noch mit dem rotgoldenen Anzug bekleidet, den er auch in den Arenen immer trug, und überreichte ihm eine Hand voll Gold. Jakkin war dem Farmbesitzer noch nie gegenübergestanden. Der Mann war groß, kompakt, mit breiten Schultern und großen Händen, die von rotgoldenen Haaren bedeckt waren. Er lächelte ausgelassen.
„Hier", sagte er und sein buschiger, roter Bart wippte dabei. „Dein Beutel ist noch nicht voll. Fülle ihn mit dem Dank der Drachenfarm. Denn ein toter Drakk bedeutet für uns viele lebende Drachen."
Jakkin nahm das Gold und öffnete seinen Beutel mit zwei Fingern, ohne dabei die Augen von Sarkkhan abzuwenden. Er schob die Münzen in die Tasche und hörte, wie sie eine nach der anderen klirrend in seinen Beutel fielen: eins, zwei, drei, vier, fünf. Dann murmelte er verlegen seinen Dank.
„Der Dank liegt ganz auf unserer Seite, junger Jakkin", erwiderte Sarkkhan. „Ich habe schon seit einiger Zeit ein Auge auf dich geworfen."
Jakkin überlegte kurz, was Sarkkhan damit wohl meinte. Dann gelang es ihm endlich zurückzulächeln und er sagte kühn: „Auch Akki hat Dankesworte und

Münzen verdient", und schloss mit den rituellen Worten: „Ihr Beutel ist noch nicht voll."
Sarkkhan räusperte sich durch die Nase wie ein verärgerter Zuchtdrache. Vom Tisch der Jungen ertönte ein Kichern, in dem Jakkin Slakks Lachen erkannte.
Sarkkhans Augen verengten sich und sein Mund wurde schmal, auch wenn er weiterhin lächelte.
„Sie war zusammen mit mir dort. Sie hat mir geholfen", beharrte Jakkin.
„Das habe ich bereits gehört", entgegnete Sarkkhan. „Und ich weiß deine Aufrichtigkeit zu schätzen. Was das Gold für sie angeht ..."
Am Tisch der Knechtspaare erhob sich Akki und rief laut: „Ich fülle meinen Beutel nicht mit Sarkkhans Gold." Dann verließ sie den Raum.
Jakkin sah sie gehen und wollte ihr schon folgen, doch Sarkkhans Hand auf seinem Arm hielt ihn auf.
„Lass sie gehen", sagte der Farmbesitzer. „Ihr Kopf ist härter als ein Drachenknochen und ihr Narrenstolz hat seinesgleichen noch nicht gefunden. Genau wie ihre Mutter. Setz dich wieder auf deinen Platz." Das war kein Vorschlag, sondern ein Befehl.
Jakkin setzte sich wieder zwischen Errikkin und Slakk und ließ die Szene noch einmal im Geiste vor sich ablaufen. Man konnte sie auf so viele unterschiedliche Arten interpretieren. War Sarkkhan eifersüchtig? War er wütend? Oder einfach nur amüsiert? Die anderen Jungen schwatzten um ihn herum, während sie ein

zweites Stück Kuchen verdrückten. Jakkin schien an zwei Orten gleichzeitig zu sein: Wieder durchlebte er die Unterhaltung mit Sarkkhan und saß doch gleichzeitig bei den anderen Jungen. Als er Sarkkahns Stimme „Narrenstolz" sagen hörte, kaute Trikko gerade an einem zweites Stück Kuchen – Trikko, der normalerweise von Takk und Wasser lebte.

„Hättest du mir nicht ein Stückchen vom Zuckerguss übrig lassen können?", nörgelte Slakk.

„Sei doch nicht so", sagte Errikkin. „Du hast doch schon drei Stücke gehabt. Jakkin …"

Jakkin drehte sich langsam um und richtete die Aufmerksamkeit auf Errikkin. „Ja?"

„Erzähl noch mal. Wie hast du's geschafft, den Drakk zu töten?"

Jakkin wiederholte seine Geschichte noch einmal, aber seine Gedanken wanderten bereits nach draußen zu Akki. Er konnte es kaum abwarten, bis das Abendessen zu Ende war und er sie endlich suchen konnte.

Im Knechtshaus war Akki nicht zu sehen. Jakkin fand sie schließlich an der südwestlichen Ecke des Gebäudes. Sie saß an die Wand gelehnt im Sand, spielte mit ihrem Knechtsbeutel und blickte in die Ferne, in Richtung des Spikkawäldchens, wo die ersten Drakk getötet worden waren.

„Akki", sagte er leise und ließ sich neben ihr an der Mauer zu Boden rutschen.

Sie schaute ihn nicht an, sondern ließ den Beutel auf ihre Brust fallen. Kein Münzgeklingel war zu hören.
„Lass mich in Ruhe."
„Aber du hast mich doch auch nicht in Ruhe gelassen, als ich es wollte."
„Er weiß ganz genau, dass ich sein Gold nicht nehme. Ich habe es ihm schon vorher gesagt. Ich werde meinen Beutel nicht mit dem Gold eines Mannes füllen." Sie sprach in einem grimmigen Flüsterton und legte schützend die Hand über die Ledertasche.
„Sarkkhan?", flüsterte Jakkin zurück.
„Dieser drachenschädelige, von sich selbst so überzeugte … Ich hasse ihn." Ihr Stimme war nun wieder laut und hart.
Jakkin hockte sich nun auf die Fersen und drehte sich zu ihr. „Jetzt warte aber mal", sagte er, legte die Hände um ihr Gesicht und zwang sie, ihn anzusehen. „Das Gold für deinen Beutel war meine Idee, nicht die von Master Sarkkhan."
„Master!" Sie spie das Wort förmlich aus.
„Ja, Master Sarkkhan. Er ist mein Herr, bis ich selbst einer bin. Und deiner ebenfalls."
„Kein Mann ist mein Herr."
Jakkin schwieg schockiert.
„Ich fülle meinen Beutel nicht mit dem Gold eines Mannes", wiederholte sie und ließ ihren Beutel vor seinem Gesicht pendeln. Er griff danach und drückte ihn mit der Hand zusammen – nicht einmal eine

Grabmünze befand sich darin. Er hatte noch nie einen Knecht getroffen, der nicht einmal diese eine Münze besaß.

„Meine Mutter war ein Freudenmädchen", erzählte Akki. „Sie starb bei meiner Geburt. Die anderen Frauen dort haben mich dann großgezogen. Mit zwölf Jahren wusste ich, dass ich einmal Ärztin werden wollte, für Menschen und für Drachen, anstatt das Leben eines Freudenmädchens zu führen. Also bin ich gegangen. Seitdem arbeite ich hier. Und lerne. Ich bin ja erst fünfzehn und habe noch viele Jahre zu lernen vor mir. Aber ich fülle meinen Beutel nicht mit dem Gold eines Mannes."

„Verstehe", sagte Jakkin, obwohl er das nicht richtig begreifen konnte.

„Los, komm. Kümmere dich nicht um mich. Lass uns lieber deine kleine Schönheit besuchen gehen", sagte Akki. Sie strich sich das Haar aus dem Gesicht und fuhr sich über die Augen.

Jakkin tat so, als würde er das nicht bemerken. Er hatte das Gefühl, dass es ihr nicht recht war, wenn er wüsste, dass sie geweint hatte.

„In Ordnung", sagte er und stand auf. Er wollte ihr gerade die Hand reichen und sie nach oben ziehen, als sie sich ohne seine Hilfe erhob. „Hast du den Besen?"

„Was denkst du denn?", fragte sie.

Er nickte und sie liefen zusammen die Straße entlang, etwas voneinander getrennt, aber doch nah genug nebeneinander, dass Jakkin die Wärme ihres Körpers spüren konnte.

Der Drache lag in der Schilfhütte und schlief. Er wachte nicht einmal auf, als sie eintraten. Sie setzten sich neben ihn, lauschten seinem zischenden Schnarchen und beobachten das unentwegte Auf und Ab seiner schlammbraunen Haut. Ein leises Zucken lief durch seine Flügel, als träumte er vom Fliegen.
„Schau", sagte Akki und zeigte auf den Schwanz. „Hier kommt schon etwas Rot durch. Ein Beerenrot, glaube ich."
Jakkin sah genauer hin. Ein Flecken roter Farbe zog sich wie ein Heiligenschein um die Spitze des Schwanzes. „Es ist Rot, aber dunkler als Beerenrot."
Akki rückte näher und schaute.
„Du hast Recht", sagte sie. „Es ist wirklich dunkler. Es hat die gleiche Farbe wie dein Blut gestern im Sand."
„Bist du sicher?"
„Hab ich gestern nicht genug davon sehen können?", fragte sie.
Jakkin nickte und hob sein Handgelenk. Es war nur noch mit einem leichten Verband umwickelt und tat auch nicht mehr weh. „Drachenzunge und Herzblut", sagte er.
Der Drache stieß ein langes, langsames Gähnen aus und erwachte. Verschlafen breitete er seine Flügel aus und scharrte mit den Klauen im Sand.

„Wacht auf, Ihr fauler Wurm“, sagte Jakkin laut.
„Sagst du immer *Ihr* zu deinem Drachen?“
Jakkin nickte. „Zumindest versuche ich es, obwohl ich meine *Ihrs* und *Euchs* oft verwechsle. Mein Vater kannte sich mit Drachen aus, und er sagte, dass die besten Trainer immer *Ihr* zu ihnen sagen. Offenbar hat man dadurch eine engere Verbindung zu ihnen. Und es scheint wirklich zu funktionieren.“
Sie überlegte einen Moment. „Ich denke, das trifft auch auf Menschen zu“, meinte sie dann.
„Soll ich *Ihr* zu dir sagen?“, fragte Jakkin spontan.
„Ich weiß nicht, ob wir uns wirklich so nahe kommen wollen“, antwortete sie lachend. „Zumindest im Moment.“
Aus irgendeinem Grund verletzte ihn ihr Lachen und er entgegnete schnell: „Außerdem – wer von uns wäre dann der Trainer und wer der Drache?“
„Nun, ich habe jedenfalls geeignete Klauen“, sagte sie und hielt ihre Hände nach oben, die groß und kräftig aussahen. „Aber du hast den Knochenkopf.“
„Komisch. Das hat Master Sarkkhan auch über dich gesagt“, gab Jakkin zurück.
„Er muss es ja wissen.“
Jakkin fragte sich, was sie damit wohl meinte.
„Komm, zeig mir, was dieser Wurm alles kann. Außer essen, schlafen und Drakks mit Sand bewerfen.“ Akki stand auf und rannte aus der Hütte. Der Drache folgte ihr und knabberte spielerisch an ihren Fersen.

Auch Jakkin erhob sich und ging nach draußen. Eine Minute lang sah er den beiden beim Spielen zu. Wenn Akki sich bewegte, schwang ihr dunkles, hüftlanges Haar um ihren Körper. Der Drache erwischte eine Strähne davon und zog daran. Akki fiel zu Boden, der Drache stürzte sich auf sie und gemeinsam rollten sie bis zum Rand des Wasserlaufs.

„Vorsicht“, warnte Jakkin. Aber es war schon zu spät. Sie fielen ins Wasser und paddelten in verschiedene Richtungen davon.

Jakkin streifte seine Sandalen ab, zog sein Hemd aus und sprang hinter ihnen her, wobei er sie noch mehr voll spritzte. Akki plantschte mit den Händen zurück und der Drache wirbelte das Wasser mit seinen Flügeln auf.

„Es reicht“, rief Akki schließlich und kletterte auf Händen und Knien die Uferböschung hinauf.

Jakkin griff nach ihr, packte ihren Knöchel und zog sie zurück in den Bach. Als sie wieder auftauchte, sagte er: „Das konnte ich nur machen, weil deine Füße so groß sind.“

Der letzte Teil des Satzes wurde von einem Hustenanfall erstickt, weil er sich an der Wasserfontäne verschluckte, die sie ihm entgegenstrampelte. Als der Hustenanfall vorüber war, sah Jakkin Akki und den Drachen ausgestreckt im Sand liegen und sich im warmen Wüstenwind trocknen. Er kletterte ebenfalls aus dem Wasser und machte es sich etwas entfernt von ihnen bequem.

Akki drehte sich auf die Seite, legte den Kopf auf den Ellbogen und schaute ihn an. Sand hing an ihren Kleidern und an ihrem Beutel. „Nun zeige mir, was dieser Drache alles kann. Schließlich willst du doch versuchen, einen Kämpfer aus ihm zu machen, oder?"
Jakkin rief den Drachen zu sich und zeigte ihr seine Kampfstellung. Er musste den jungen Drachen zuerst auf seinem Platz festhalten, aber als der Frischling es einmal begriffen hatte, stand er still und wartete, bis Jakkin ihm mit einem Nicken gestattete, sich zu bewegen. Dann folgte der Stand auf die Hinterbeine. Und schließlich blies er auf Kommando noch ein paar dünne, blasse Rauchfäden in die Luft.
„Das ist noch nicht viel", erklärte Jakkin. „Aber wir haben ja noch ein Jahr Zeit. Und dieser prächtige Wurm ist seinen Brutgenossen bereits weit voraus. Sie haben gerade erst ihren ersten Ausflug nach draußen gemacht. Er hat sich bereits mit meinem Geist vereint und gegen einen Drakk gekämpft, er ist in der Luft geschwebt und hat Rauchschwaden ausgestoßen. Ein guter Drache, findest du nicht?"
„Aber du hast doch noch nie zuvor einen Drachen trainiert ...", wandte sie ein.
„Natürlich nicht."
„Hast du mal gesehen, wie einer trainiert wurde?"
„Mein Vater hat in den Dünen mit Wilddrachen gearbeitet", sagte Jakkin. „Ich glaube, ich erinnere mich noch an ein paar Sachen. Und ich habe auf der Farm

heimlich zugeschaut. Letztes Jahr habe ich Likkarn bei einer Trainingsstunde beobachtet. Das werde ich dieses Jahr wieder versuchen."
„Was hältst du davon, einmal selbst zu einem Drachenkampf zu gehen?"
„Nun, ich habe Sarkkhan einmal sagen hören, dass die Drachen selbst die besten Lehrer sind. Und ich werde mein Gold für Futter und andere Sachen brauchen."
Akki nickte. „Ich werde dir ein Buch besorgen. Kannst du lesen? Du bist doch frei geboren worden."
Er nickte. „Ja, ein bisschen."
„Gut", sagte sie. „Sonst hätte ich es dir beigebracht."
„Du kannst also lesen?", fragte er. Es war eher eine Feststellung als eine Frage.
Sie beachtete seine Worte nicht weiter. „Ich habe mehrere Bücher über das Drachentraining in der Krankenstation gesehen und noch mehr in Sarkkhans Haus. Ich glaube, ich kann sie für dich holen, ohne dass jemand Verdacht schöpft."
Jakkin fragte sie nicht, was sie in Sarkkhans Haus zu suchen hatte. Vielleicht hatte sie ihn einmal behandelt, als er krank war. Sie schien ihn gut zu kennen – und zu hassen. Vielleicht stimmten die Gerüchte ja doch. Schließlich war sie in einem Freudenhaus aufgewachsen. Und auch wenn sie es mit zwölf verlassen hatte … nun, manche Mädchen begannen schon früh. Sarkkhan hatte keine Frau und Akki war wunderschön. Vielleicht nicht so schön, wie das Mädchen auf Kkarinas Foto, aber …

„Lass uns diese Bestie füttern und nach Hause gehen“, sagte Akki. „Ich bin müde. Und nass.“
„Wir werden schon wieder trocknen“, sagte Jakkin, froh, dass sie das Thema gewechselt hatte. „Unsere Kleider werden trocken sein, lange bevor wir auf der Farm in unseren Betten liegen.“
Sie rissen die Blätter von drei Krauthalmen und pressten den Saft für den Drachen mit ihren Nägeln aus, weil sie nun kein Messer mehr hatten. Dann wuschen sie ihre Hände in der warmen Quelle und machten sich auf den Heimweg.

16. Kapitel

Akki hielt Wort und brachte ihm in den nächsten paar Wochen drei Bücher über das Trainieren von Drachen sowie weiße Traineranzüge für sie beide. Jakkin fragte nicht, woher sie die Sachen hatte oder was sie tun musste, um sie zu bekommen. Er wollte es gar nicht wissen und sie sagte von sich aus nichts darüber.

Er las die Bücher langsam und ganz genau und sprach einige der komplizierteren technischen Begriffe laut aus. Die wenigen Male, die Akki ihn zur Oase begleitete, erteilte sie ihm Unterricht in Drachenanatomie.

„Der große Knochen in der Keule", erklärte sie und deutete auf den Oberschenkel des Drachen, „wird Humerus genannt, das heißt Oberarmknochen. Und der Beugeknochen hier heißt Carpus, wie der Knochen in unserem Handgelenk."

Er wiederholte die Namen der Knochen, die sie ihm vorgesagt hatte – Humerus, Ulna, Radius, Carpus – und deutete dabei erst auf seinen eigenen Körper und dann auf den des Drachen. Er staunte über die Ähnlichkeiten und wollte nun alles über Drachen wissen, innen wie außen. Er lernte auch die wissenschaftlichen

Namen der fünf Krallen an den Drachenklauen aus einem der Bücher. Die großen, vorderen Doppelkrallen hießen Lanceae, die drei hinteren Unum, Secundum und Tricept, fremdartig klingende Worte aus einer anderen Welt, die er sich vorsingen musste, um sie im Gedächtnis zu behalten.

Akki fragte ihn die wissenschaftlichen Namen ab und dann zeigte er ihr im Gegenzug die Übungen, die er in der vergangenen Woche mit dem Drachen gemacht hatte.

Aber Akki war nicht so oft bei ihm, wie Jakkin es gerne gehabt hätte. An den meisten Abenden ging sie mit ihm zusammen los und hielt manchmal sogar seine Hand, wenn sie das Knechtshaus verließen. Doch an der Hauptstraße schüttelte sie dann plötzlich den Kopf und zog ihre Hand weg, als sei alles nur Theater für die anderen gewesen. Sie ließ ihn allein nach Osten zur Oase gehen, während sie einen mehr nördlichen Pfad in Richtung des Narrakka-Flusses einschlug. Sie warnte ihn davor, ihr zu folgen. Er gehorchte ihrem Wunsch.

Er gehorchte ihr, weil der Drache ihn brauchte. Obwohl er dem Jungen schon bis an die Brust reichte und allmählich sogar über seine Schulterhöhe hinauswuchs und obwohl er mittlerweile groß genug war, um die Blätter und Halme des Brennwurz- und Pustelkrauts, die Jakkin für ihn pflückte, selbst zu kauen, konnte Jakkin in seinem Kopf fühlen, wie das Tier nach ihm rief.

Und so verstrich die Zeit der Eier.
Tagsüber arbeitete Jakkin zusammen mit Slakk, Errikkin, Trikko und den anderen, säuberte die Zuchtscheune und brachte die Drachenbullen in ihr Schlammbad. Likkarn erschien immer seltener in den Scheunen. Er war ständig unterwegs in den Arenen, wie man hörte, nachdem sein Streit mit Sarkkhan wieder einmal beigelegt worden war. Jakkin vermisste ihn nicht im Geringsten.
Ein neues Lied machte auf der Farm die Runde, das „Ein Kleiner in der Kleinarena“ genannt wurde und von einem Drachen handelte, der alle seine Kämpfe verloren hatte, bis auf den einen gegen den besten Champion der Welt. Jakkin lernte das Lied für die Schlammbäder und stellte fest, dass die eingängige Weise mit dem langsamen Auf und Ab der Melodie wunderbar beruhigend auf die erregbaren Männchen wirkte. Sogar Blutroter Morgen, der nach dem Tod seines Stallgefährten oftmals schwer zu handhaben war, schien sich zu beruhigen und schnurrte, wenn die Töne des Liedes in sein Ohr drangen.
Staub, Drachendreck und Schlammbäder füllten Jakkins Tage, nachts dagegen arbeitete er mit seinem eigenen Drachen und brachte ihm die Grundlagen des Drachenkampfs bei. Er erfand Namen für sämtliche Finten und Ausweichmanöver und Kampfhaltungen, die ein Drache von Natur aus beherrschte, und brachte diese Namen dann seinem Wurm bei. Als die Zeit

der Eier vorüber war, wurden die Tage kürzer und in den Nächten zeigte sich ein leuchtender Mondreigen am Himmel. Jakkins Drache reagierte inzwischen auf jeden Gedanken des Jungen. Zwei- oder dreimal in der Woche ging er die verschiedenen Kampfbewegungen mit ihm durch: erst die linke Klaue nach vorne, dann die rechte, sich auf die Hinterbeine stellen und stehen bleiben. Der kleine Drache gehorchte und verbesserte sich mit jeder Übungsstunde.

Als die Zeit des Trainings und Verkaufens anbrach, war Jakkins Drache den Tieren auf der Farm weit überlegen. Diese waren gerade erst in Kämpfer und Ausschuss eingeteilt worden. Die Schlüpflinge, die oben in der Hackordnung standen, also jene, die bereits einen Instinkt für Blut gezeigt hatten, wurden automatisch für das Training ausgewählt. Die ruhigeren, ängstlicheren Drachen wurden für die Garküchen aussortiert, obgleich gelegentlich ein besonders schönes Tier, mit schönen Flecken oder Streifen, davon ausgenommen wurde. Freudenmädchen oder die Frauen der reichen Herren nahmen solche Drachen oftmals gerne als Haustiere. Diese kastrierten Zierdrachen wurden nur schulterhoch und entwickelten sich zu sanften, sauberen Wesen.

Der Auslesetag war immer der schlimmste Tag des Jahres. Große Laster fuhren auf das Farmgelände, die mit dem blutroten Zeichen der Garküchen aus Rokk bemalt waren: ein Drache über zwei gekreuzten Messern. Über dem Drachenkopf hing wie eine Gloriole in goldenen Buchstaben das Wort „Qualität". Die schlechte Laune der Knechte übertrug sich auf sämtliche Drachen der Farm. Die Weibchen stampften mit ihren großen Füßen auf und ab und wiegten ihre Leiber unter Grollen und Ächzen von einer Seite auf die andere. Zwischen ihren Beinen kauerten still die Schlüpflinge, sogar die Anführer der Hackordnung zitterten und drückten sich an die massiven Beine ihrer Mütter. Aus der Zuchtscheune ertönte das Gebrüll der Männchen, als würde ihnen die Erinnerung an ihre eigene Schlüpflingszeit hochkommen.

Das Essen an diesem Tag war immer sehr schlecht, da Kkarina am Auslesetag niemals anwesend war und es den Knechten überließ, ihre mündlichen Instruktionen auszuführen. Ohne sie ging jedoch in der Küche immer irgendetwas schrecklich daneben: Das Fleisch war schlecht oder der Takk wurde nicht heiß oder die Herde funktionierten nicht richtig.

Nur der alte Likkarn schien die Auslese zu genießen. Jedes Jahr leitete er sie mit einer Nacht des zügellosen Kräutergenusses ein. Jo-Janekks geschwollenes linkes Auge und ein blauer Fleck auf Balakks Wange an diesem Morgen zeugten von Likkarns Stärke in seinem Pustelkrautrausch. Diesmal waren vier Männer nötig gewesen, um ihn nachts ins Bett zu bringen. Doch am Morgen folgten sie wieder mürrisch seinen Befehlen. Er war zwar ein Krauter, aber mit Drachen kannte er sich aus. Seine Finger zeigten auf einen Schlüpfling nach dem anderen, sortierten die einzelnen Tiere aus und zögerten nur einmal bei einem schön gefleckten Orangefarbenen, der schließlich den Zierdrachen zugewiesen wurde. Jakkin freute sich insgeheim, dass er alle außer dem letzten richtig geraten hatte. Sein Blick war ebenso gut wie Likkarns.

Er wusste auch, dass in ganz Austar IV ähnliche Auslesetage abgehalten wurden. Es war vernünftig, die besten Drachen für die Zucht auszuwählen. Er hatte in den Büchern gelesen, dass sich die berühmten Austar-Drachen einst kurz vor dem Aussterben befunden und sich erst unter Obhut der ersten Siedler langsam wieder erholt hatten. Die Enzyklopädie enthielt sogar einen ganzen Artikel über die Drachen. Die Tiere hatten sich damals bis auf den Tod bekämpft und die Menschen mussten erst wieder den alten Instinkt in ihnen trainieren – oder vielmehr neu in ihnen wecken –, nur so lange zu kämpfen, bis der Sieger feststand. Aber auch das machte den Auslesetag nicht erträglicher.

Jakkin überlegte kurz, warum die Auslese so grausam sein musste und warum Weibchen und Schlüpflinge einer solch abrupten Trennung unterworfen wurden. Gleichzeitig war er sich darüber im Klaren, dass man die Schlüpflinge nur dann richtig auswählen konnte, wenn man sie alle beisammen sah. Aus diesem Grund gab es keinen praktikablen Weg, den Schrecken der Auslese zu lindern. Wenn man die Schlüpflinge betäubte, verdarb man das zarte junge Fleisch für die

Garküchen und verwirrte die Zierdrachen. Außerdem wusste Jakkin ganz genau, wie schwer es war, Energiezellen für die Drachenkarabiner aufzutreiben. Sie wurden nur selten benutzt und nur in Situationen, in denen es um Leben und Tod ging.

In dieser Nacht saß Jakkin in der Oase und hielt den Kopf seines Drachen im Schoß. Er sang ihm alle alten Lieder vor, die er kannte, und versuchte, an schöne Dinge zu denken, während er ihn hinter den Ohren kratzte. Aber der dunkle Schatten des Auslesetags war offenbar dennoch durch seine Gedanken gedrungen, denn der Drache schob seine Hand beiseite und trottete hinter das Krautfeld. Traurig schnüffelnd verschwand er zwischen den Halmen. Jakkin überließ ihn seinen Gedanken und kehrte an diesem Abend schon früh zur Farm zurück.

Zwei Tage später, als auf der Farm wieder der Arbeitsalltag eingekehrt war, begannen die Weibchen mit der langwierigen Arbeit, ihre restlichen Schlüpflinge zu entwöhnen. In der Oase musste Jakkin das Gleiche mit seinem Drachen machen. Er zwang sich dazu, wegzubleiben und nur jede dritte oder vierte Nacht zu kommen, obwohl er jedes Mal große Angst hatte, der Drache könnte in der Zwischenzeit ohne seine Hilfe verhungert sein. Doch bei seiner Rückkehr begrüßte ihn der Drache jedes Mal voll Freude und wieder eine Handbreit größer als beim letzten Besuch. Im Krautfeld zeigten sich die Spuren seines Grasens. Jakkin war hin- und hergerissen zwischen der Freude über das Wachstum seines Drachen – er war mittlerweile so groß wie der Junge – und einer tief sitzenden Enttäuschung, dass der Frischling ihn während seiner Abwesenheit nicht zu brauchen schien. Doch der Stolz auf die wachsende Stärke und das zunehmende Können seines Drachen verdrängte bald alle anderen Gefühle.

Am letzten Tag der Trainingszeit lehrte Jakkin dem Drachen eine Bewegung, die in keinem der Bücher stand. Eigentlich geschah dies eher zufällig. Sie tollten gerade miteinander herum, auch wenn Jakkin dabei nun sehr viel vorsichtiger sein musste. Der Drache war etwas größer als er, und seine Beine waren so dick wie der Stamm einer jungen Spikkapalme. Die Schuppen an seinem Rücken, Hals und Schwanz waren hart und glänzend wie neu geprägte Münzen. Nur entlang des Bauchs und dort, wo die Beine in den festen Leib übergingen, waren die Schuppen immer noch butterweich.

Jakkin war nach einem leichten Schubs mit dem Drachenschwanz über den Boden gerollt und auf dem rechten Flügel des Tiers gelandet. Die Flügelrippen waren von einer harten, gräulichen Haut überzogen, die einen scharfem Gegensatz zum dunkelroten Körper des Drachen bildete. Nur im knubbeligen Teil der Flügel, dort, wo die gummiartige Haut straff über den Knochen gespannt war, konnte man in dem Grau auch eine Spur von Rot entdecken. Jakkin stellte sich etwas

unsicher auf den Flügel, wobei er Acht gab, ihn nicht zu zerkratzen oder aufzureißen.
Der Drache drehte langsam den Kopf und schaute ihn mit schwarz verschleierten Augen an.
„Und nun seht zu, mächtiger Wurm, ob Ihr Euch von dieser Last befreien könnt", sagte Jakkin und stand ganz still.
Der Drache öffnete sein Maul und gähnte, dann schwenkte er langsam seinen freien Flügel.
Jakkin entspannte sich. „Nichts? Könnt Ihr wirklich nichts tun?", hänselte er ihn freundlich und beobachtete, wie der andere Flügel ein kleines bisschen flatterte. Plötzlich schwang sich der Schwanz von hinten an ihn heran und wischte ihn mit einer einzigen, fließenden Bewegung von der Flügelspitze. Jakkin, der darauf nicht vorbereitet war, stolperte und rollte auf den Boden, wo er von der linken Hinterklaue des Drachen gepackt wurde. Eine ganze Minute lang wollte ihn dieser nicht mehr loslassen. Er konnte das Lachen des Drachen in seinem Kopf spüren, große, wogende Wellen aus Blau und Grün.
„Und das", sagte Jakkin, als der Drache ihn endlich wieder aufstehen ließ, „das nennen wir den Großen Fall". Er schlug sich den Staub von den Kleidern. „Ich habe es zugelassen, dass du mich umwirfst, aber ein Drache in der Arena wird sich nicht so leicht narren lassen." Er wollte schon weglaufen, als der Schwanz des Drachen wieder hinter ihm auftauchte und ihn noch einmal in den Sand warf.

Jakkin lachte und drehte sich auf den Rücken. „Du hast gewonnen, du hast gewonnen", sagte er atemlos, als der Schwanz erneut auf ihn zukam und ihn unter dem Arm stupste, wo der Junge, wie der Drache wusste, besonders kitzlig war.

Und dann kam die Zeit der Paarung.

Die Knechte waren Tag und Nacht beschäftigt. Sie halfen den Zuchtbullen, sich zu putzen, und führten sie einen nach dem anderen in die großen Höfe, wo das auserwählte Weibchen wartete. Während die Menschen zuschauten, begann die Werbung der Drachen. Das Weibchen stand scheinbar uninteressiert herum, während das Männchen im Hof hin und her lief und es mit seinen Augen begutachtete. Immer wieder blieb der Bulle stehen und besprühte den Boden mit den erweiterten Duftdrüsen an der Unterseite seines Schwanzes oder blies Rauchböen in den Sand. Sein Kragen stellte sich auf. Das Umkreisen ging so lange, bis das Weibchen sich entweder zu einer Kugel zusammenrollte und vorgab zu schlafen – ein Zeichen dafür, dass sie an dem Männchen nicht interessiert war – oder bis es mehrere Meter hoch in die Luft sprang, mit den großen Flügeln schlug und den Schwanz hob.

Wenn das Weibchen die Werbung des Männchens ausschlug, sprangen die Knechte in den Ring und führten den gar nicht mehr stolzen Drachen hinaus. Die Duftdrüse des Drachenmännchens hing nun so schlaff wie ein Knechtsbeutel ohne Münzen an seinem Unterleib und sein Kragen war wieder auf die normale Größe zurückgeschrumpft.

Doch sobald sich ein Weibchen für einen Bullen entschied und ihre Wahl durch einen Luftsprung signalisierte, schwang sich das Männchen hinter ihr in die Luft. Dann schossen sie gemeinsam über dem offenen Hof durch die Lüfte, während das Weibchen den Drachen, der immer etwas hinter ihr flog, mit lauten Schreien herausforderte. Unter gellendem Geschrei kreisten sie immer höher über der Farm, bis man sie nur noch als zwei schwarze wirbelnde Punkte am Himmel erkennen konnte.

Eine Stunde später, wenn der wilde Poussierflug vorüber war, kehrten die beiden Flügelspitze an Flügelspitze in den Hof zurück, wo die Knechte inzwischen einen weichen, moosigen Bodenbelag ausgerollt hatten. Dort bestieg der Drache unter den Blicken der Zuschauer das Weibchen und paarte sich mit ihr. Die restliche Nacht lagen sie Seite an Seite nebeneinander. Am nächsten Morgen trennten sie sich entweder freiwillig oder mithilfe der Stachelstöcke der Knechte. Der Zuchtbulle ging zurück in seinen eigenen Stall, das Weibchen in die Brutscheune.

Während der Paarungszeit konnte Jakkin nur noch an einem Abend in der Woche zur Oase gehen. Er war plötzlich befördert worden und musste nun bei der Paarung helfen, und zwar unter Likkarns direkter Aufsicht. Das war keine leichte Aufgabe. Außerdem bedeutete es, dass er am selben Tag knechtsfrei hatte wie Likkarn. Jakkins größte Angst war, dass der alte Mann ihm einmal aus reiner Gehässigkeit durch die Dünen folgen würde, um sich für jeden Fehler zu rächen, der Jakkin seiner Meinung nach in den Paarungshöfen unterlief. Doch an jedem Knechtsfrei verschwand Likkarn als Erster. Nach seinem dritten knechtsfreien Tag ließ Jakkins Vorsicht etwas nach. Er vermutete, dass Likkarn einen Ort weit weg von der Farm gefunden hatte, wo er den Tag mit dem Inhalieren des Pustelkrauts verbringen konnte, denn jeden Morgen nach dem Knechtsfrei leuchteten Likkarns Augen glühend rot.

Am dritten Knechtsfrei, als Jakkin und sein Drache nach einer harten Trainingsstunde im Sand faulenzten, dachte Jakkin an den letzten Paarungsflug, den er gesehen hatte.

„Könnt Ihr Eure Flügel bereits gebrauchen?“, fragte er und ließ in Gedanken noch einmal das wilde Flugritual der Drachen an sich vorbeiziehen. „Könnt Ihr auch mehr als nur in der Luft schweben?“

Der Drache antwortete, indem er seine Flügel heftig auf- und abschlug, bis der Sand aufgewühlt war und sich kleine Schaumstrudel im Bach zeigten. Während Jakkin ihn beobachtete, erhob sich der Drache in die Lüfte. Seine großen Flügel schlugen kräftig und Jakkin konnte sehen, wie sich die kräftigen Brustmuskeln unter dem Schuppenpanzer seiner Haut bewegten. Der Drache flog erst über das Dach der kleinen Schutzhütte, dann brachten ihn zwei weitere Schläge bis über Baumhöhe, wo er etwa eine Minute schwebend verharrte. Plötzlich jedoch geriet er in einen Luftstrom und schwang sich in die Weite des Himmels.

Jakkin stand im Sand, die Hand über die Augen gelegt, und bemühte sich, dem schnell verschwindenden Drachen mit den Blicken zu folgen. Er biss sich auf die Lippe und berührte seinen Beutel. Nun, da er wusste, wozu seine Flügel gut waren, würde der Drache vielleicht nie wieder zurückkehren. Vielleicht würde er nun wild werden und sich draußen in den Bergen einer Herde Wilddrachen anschließen. Einen Drachen an die Wildnis zu verlieren – das konnte immer passieren. Und doch hatte er nicht wirklich geglaubt, dass es so kommen würde. Nicht bei seinem Drachen.

Auf der Farm durften die Drachen nur bei der Paarung fliegen. Dann waren die Weibchen jedoch schon zwei, die Männchen drei Jahre alt und somit längst an den Farmalltag gewöhnt. Aus diesem Grund entfloh kaum jemals ein Farmdrache und wurde wild. Jakkin konnte sich nur an einen Drachen erinnern, der aus Sarkkhans Farm auf seinem ersten Paarungsflug entwischt war – ein rotgoldener Zuchtdrache, passenderweise mit dem Namen Blutwanderer. Das war passiert, als Jakkin das erste Mal bei der Arbeit in den Scheunen geholfen hatte. Likkarn hatte tagelang voller Zorn gewütet und je-

der hatte die harte Außenkante seiner Hand oder zumindest seine spitze Zunge zu spüren bekommen.
Über eine Stunde blieb der Himmel leer, und Jakkin war schon nahe dran zu verzweifeln. Dann kehrte der Drache wieder zurück. Er vollführte elegante Drehungen in der Luft und fiel und stieg ebenso schwungvoll mit den Winden wie mit den Wellen beim Schwimmen im Bach. Schließlich flog er wieder nach unten und landete mit einem dumpfen Plumps direkt neben Jakkin im Sand.
Der schaute ihn mit einem breiten Grinsen an. „Keiner ist wie Ihr“, sagte er, schlang seine Arme um den Hals und legte seine Wange zärtlich an den schuppigen Kiefer. „Keiner.“
Er wurde von einem Feuerregen belohnt, einem rauschenden Wasserfall, einem Sonnenaufgang an Farben, und diesmal bat er den Drachen nicht, die wilde Farbenpracht in seinem Kopf zu dämpfen.

3. Teil

Der Kämpfer

17. Kapitel

Das Jahr verstrich mit all seinen Jahreszeiten, doch Jakkin achtete nur auf das Auf und Ab in den Fortschritten seines Drachen. Am Ende des Jahres überragte ihn der Drache bei weitem, und es fiel Jakkin schwer, in ihm den kleinen Schlüpfling mit der gelblichen Eihaut zu sehen, der unter dem Gewicht seiner viel zu großen Flügel in der Oase umhergetaumelt war. Dieser Jährlingsdrachen leuchtete in einem wunderschönen matten Rot. Es war nicht das Rot der Stachelpalmbeeren oder das Rot des wilden blühenden Trilliums, das am Rande des Sukkersumpfes wuchs, sondern das dunkle Rot von Blutspritzern im weißen Sand. Die Krallen an seinen Vorderklauen, vor einem Jahr noch so zerbrechlich wie die Schalen der Glöckchenmuschel, waren nun hart und seine Lanceae damit unzerstörbar. Seine Augen glichen zwei schwarzen Schleiern. Zwar hatte er immer noch nicht gebrüllt, aber Jakkin wusste, dass das Brüllen noch kommen würde – laut und voll und wild –, wenn er zum ersten Mal im Ring Blut lassen musste. Die Stärke dieses Gebrülls würde dafür sorgen, dass die Wetten unter den Zuschauern wieder aufs Neue be-

gannen, da die Leute einen Kämpfer zu einem großen Teil nach dem Klang seiner Stimme bewerteten.
Nachts träumte Jakkin von den Kampfarenen, tagsüber ärgerte er sich über sie. Die nächstgelegenste Kleinarena – ein Erstkämpfer konnte niemals in einer Großarena antreten, da diese nur für die Champions reserviert waren – befand sich noch hinter Krakkow, der Stadt, die fünfzehn Kilometer von der Drachenfarm entfernt lag. Jakkin hatte versucht, den anderen Knechten scheinbar unschuldige Fragen über die Strecke nach Krackow und die Straßen, die in noch weiter entfernte Orte führten, zu stellen, weil auch Akki noch nie in Krakkows Kleinarena gewesen war. Doch einmal hatte Likkarn eine solche Unterhaltung mit angehört und sich im Vorbeigehen eingemischt, um zu fragen: „Interessierst du dich aus einem bestimmten Grund für die Kampfdrachen, Junge?“, gerade so, als würde er etwas wissen. Darum stellte Jakkin lieber keine Fragen mehr.
Er hatte überlegt, ob er an einem seiner knechtsfreien Tage zu einer der Kleinarenen fahren sollte, um sie selbst auszukundschaften. Aber die Fahrt mit dem Laster kostete bereits eine Münze und für den Eintritt brauchte man noch ein weiteres Goldstück, obwohl Slakk sagte, man könne sich auch so hineinschleichen. Vermutlich hätte Jakkin an einem langen Tagesmarsch auch zu Fuß zur Arena und wieder zurück laufen können, aber er brauchte den knechtsfreien Tag für das

Training und er hatte sowieso kaum noch Goldstücke in seinem Beutel übrig. Das meiste hatte er Akki gegeben, damit sie noch mehr Brennwurz- und Pustelkrautsamen für ihn kaufte. Er fragte sie nie, woher sie die Sachen bekam, sondern dankte ihr nur, wenn sie ihm die kostbaren Papiertüten mit den Samen überreichte.

Natürlich hätte er das, was er brauchte, auch aus dem Farmladen stehlen können. Eine kleine Hand voll Samen wäre vermutlich nicht weiter aufgefallen. Doch Jakkin zog diese Möglichkeit niemals in Betracht, ebenso wie es für ihn auch nicht infrage kam, sich ohne Eintritt in eine Arena hineinzuschleichen. Der Diebstahl eines Dracheneis war noch zu vertreten, weil er dadurch möglicherweise zum Herrn werden konnte. Aber ein Diebstahl von den Vorräten der Farm verurteilte vielleicht einen älteren Drachen in einem schlechten Jahr zu halben Rationen und konnte im schlimmsten Fall sogar den Tod von Schlüpflingen zur Folge haben. Das Einschleichen in die Arena, ohne dafür zu bezahlen, schadete dagegen dem wichtigsten Sektor der austarianischen Wirtschaft. Und wenn man dabei erwischt wurde, drohte eine Gefängnisstrafe auf einem anderen Planeten. Für Jakkin kam so etwas daher einfach nicht infrage.

Eines Abends, während Jakkin mit dem Roten verschiedene Kampfmanöver übte, kam Akki leise durch das Kraut- und Wurzfeld geschlüpft. Die alten Schösslinge waren fast alle abgegrast, aber aus dem neuen Feld, das Jakkin mit den gekauften Samen angepflanzt hatte, stiegen kleine Rauchsignale in die ruhige Abendluft. Als Akki durch das Feld streifte, huschte der graue Rauch von den Halmen in die Höhe. Einige der Wölkchen verfingen sich in ihrem dunklen Schopf und krönten ihn mit krausen, grauen Juwelen. Mit ungeduldigen Händen verscheuchte sie den Rauch aus ihrem Haar und von ihrem Beutel.

„Akki“, rief Jakkin, als er sie erblickte. Die Freude in seiner Stimme ließ sich nicht verbergen. Es war schon viele Tage her, seit sie die Oase das letzte Mal besucht hatte.

Sie grinste schief. „Ich habe dir ein Geschenk mitgebracht.“

„Ein Geschenk? Für mich? Was denn?“ Er klang wie ein Kind und musste sich zwingen, mit dem Geplapper aufzuhören.

Sie öffnete ihren Knechtsbeutel und zog ein paar zerknitterte Blätter hervor.

„Anmeldeformulare. Für die Kleinarena in Krakkow“, sagte sie und hielt sie ihm entgegen.

„Das verstehe ich nicht“, begann Jakkin.

„Das habe ich mir schon gedacht. Sieh mal, du musst nur diese Papiere unterschreiben, damit dein Drache in der Arena kämpfen darf. Sie lassen schließlich nicht jeden hinein, weißt du.“ Lächelnd schüttelte sie den Kopf über ihn.

„Aber mein Vater hat nie …"
„Dein Vater trainierte einen Wilddrachen", erklärte sie ihm. „Wahrscheinlich ist er nie so weit gekommen, ihn registrieren zu lassen. Doch seit vielen Jahren – zumindest seit wir die Verfassung haben – gibt es für die Kämpfe gewisse Regeln."
Jakkin fühlte sich plötzlich ebenso zerknittert wie das Papier vor ihm. „Das wusste ich nicht. Oje, was hätte ich nur gemacht?" Er wollte noch ein Dutzend weiterer Sätze sagen, beendete jedoch keinen davon und sprach dabei gleichzeitig mit Akki und mit sich selbst.
„Macht nichts", sagte Akki. „Ich habe die Papiere schon alle ausgefüllt. Du musst sie nur noch mit deinem Zeichen unterschreiben."
„Das ist alles?"
„Das ist alles. Ich werde die Papiere hinbringen und sie bei den zuständigen Leuten einreichen", sagte Akki. „Und dann, am richtigen Tag, wirst du mit deinem Drachen dort sein. In der Arena. Das heißt, wenn du glaubst, dass dein Drache bereit ist dafür."
„Bereit?" Jakkin zeigte auf den Drachen. „Schau doch nur." Der Jährling lag am Rande des Baches. Er streckte sich neben dem hellen Band des Wassers, sodass seine rote Farbe einen scharfen Gegensatz zu dem blauweißen Farbton des Wasser bildete. Im Mondlicht strahlten das Wasser und die Drachenschuppen gleichermaßen hell. Langsam hob und senkte sich sein Schwanz und malte schlängelnd kleine Fantasiefiguren in die Luft.

Akki nickte langsam. „Ihr seid wahrhaftig eine Schönheit. Wahrhaftig“, sagte sie und diesmal lag in ihrer Stimme nicht der übliche spöttische Unterton.
Beim Klang ihrer Stimme rührte sich der Drache und sah sich nach ihnen um.
„Also“, sagte Akki und wandte sich schnell wieder an Jakkin. „Wie sollen wir deiner Meinung nach den Drachen dorthin bekommen? Sollen wir einfach die Hauptstraße entlangschlendern, während dieses Ungetüm neben uns stapft? Oder willst du ihn im Schutz der Dunkelheit heimlich hinbringen und dabei während der Mondhelle erfrieren?“
Betreten blickte Jakkin auf seine Füße. Das war eine Frage, die ihm schon oft Sorgen bereitet hatte, und er hatte es immer wieder aufgeschoben, ernsthaft darüber nachzudenken.
„Vielleicht … ich dachte …“, fing er an zu stottern und endete dann hastig: „Dass der Drache mich tragen könnte.“
„Schau“, sagte Akki und zog ihn bei der Hand dorthin, wo der Drache im Sand lag. Dann, so als gebe sie einem recht dummen Kind eine Lektion im Buchstabieren, führte sie aus: „Die Schultern des Drachen, hier und hier, sind zu dünn und zu glatt geschuppt, um darauf zu sitzen. Außerdem würde der Halskragen durch den Druck beschädigt werden. Und wenn du versuchst, dich hier und oder da festzuhalten“ – sie berührte den Drachen an seinem langen, gewundenen Rücken –,

„würden bei der geringsten Drehung seines Körpers diese scharfkantigen Schuppen in deine empfindlichsten Körperteile schneiden."
Angesichts dieses vernichtenden Vortrags saß Jakkin ganz steif am Boden und fasste mit einer Hand verlegen nach seinem Knechtsbeutel. Akki hatte Recht. Und das Schlimmste daran war, dass er sich das selbst auch schon überlegt hatte.
„Man hat schon öfter versucht, auf einem Drachen zu reiten", sagte Akki. „Und die Männer, die es versuchten, hatten Narben, die sie nicht einmal den Freudenmädchen zeigen wollten." Ihre Stimme wurde hart. „Diejenigen jedenfalls, die es überlebten."
„Ich dachte eher an einen Gurt", sagte er leise. „Mit einer Art Schaukel daran."
Akki schwieg einen Augenblick. „Hmmm. Weißt du. Das könnte vielleicht sogar funktionieren. Wenn ... ja, wenn du mehr Zeit zum Trainieren hättest. Und einen Drachen, bei dem es dir nichts ausmacht, wenn seine Klauen beim Üben ruiniert werden. Aber dieser hier, mein Junge, dieser Drache ist ein Kämpfer."
„Das brauchst du mir nicht zu sagen", sagte Jakkin. Dann erhob er sich und lief davon.
Akki löste zwiespältige Gefühle in ihm aus. Einerseits freute er sich immer sehr darüber, sie zu sehen, aber andererseits war er auch wütend auf ihre langen Vorträge und darüber, dass sie ihn als Jungen bezeichnete. Er hatte seine Männlichkeit bereits bewiesen; er hatte

gegen die Drakk gekämpft und einen Drachen gestohlen und trainiert. Was wollte sie also von ihm? Sein Ärger übertrug sich auf den Drachen, der ihren Fuß daraufhin unvermittelt mit seinem heißen Atem anhauchte.

Akki holte Jakkin ein und berührte seine Schulter. „Und was willst du dann machen?"

Jakkin zuckte vor ihrer Berührung zurück und ließ sich in den Sand fallen, den Kopf zwischen den Armen vergraben. „Ich ... weiß ... es ... nicht." Er sprach die Worte mit einer Endgültigkeit, die jedes Mitleid ausschloss.

Akki setzte sich ihm gegenüber, sodass ihre Zehen die seinen berührten. Sie zog seinen Kopf mit ihrer Handfläche nach oben. „Aber ich!", sagte sie und wartete.

Er schaute sie an, konnte jedoch kein Wort sagen.

„Ich habe Freunde ... mit einem Drachenlaster", sagte sie fast flüsternd. „Einem großen Schlepper."

„Du hast gesagt", begann Jakkin, jedes Wort eine einzige Anklage, „du hast gesagt, dass du es niemandem erzählen würdest."

„Das habe ich auch nicht. Noch nicht."

„Dann lass es. Ich fülle meinen Beutel selbst."

Sie hörte ihre eigene Stimme in seinen Worten widerhallen und nickte. „Aber was kannst du denn sonst tun? Dein Kampf findet in drei Tagen statt." Sie hielt ihm die Papiere noch einmal vors Gesicht.

„Was?" Er griff nach den Formularen und strich sie

glatt. In Akkas schwachem Licht las er die gedruckten Buchstaben.

VERTRAG
aufgesetzt am 127. Tag in der Zeit der Zucht
des Jahres 2507,
zwischen der Verwaltung der Krakkow Kleinarena
und Jakkin Stewart von Sarkkhans Drachenfarm.
Unter Berücksichtigung der beidseitig gültigen
VERPFLICHTUNGEN, erklären sich beide
Parteien mit den nun folgenden Punkten
einverstanden …

„Wo steht das?“, fragte Jakkin, für den die Worte auf dem Papier ein einziges Durcheinander waren. Einige der Worte hatte er noch nie zuvor gehört, geschweige denn buchstabiert.
„Hier“, sagte Akki und deutete mit dem Finger auf eine Zeile in der Mitte der Seite.
Jakkin sah genauer hin. Zwischen den Worten „Jakkins Roter“ und „Erster Kampf“ stand ein Datum. „Es ist tatsächlich schon in drei Tagen“, stöhnte er.
„Das war der einzige freie Termin“, erklärte Akki. „Die Saison ist schon völlig ausgebucht mit Drachen von den ganzen Groß- und Kleinfarmen. Aber bei diesem einen Kampf ist ein Drache ausgefallen, ein viel versprechender Zweitkämpfer. Er ist angeblich in die Wildnis entflohen. Seine Besitzer sind jetzt ebenfalls

ganz wild, aber vor Zorn. Sie haben sogar jemanden der Piraterei angeklagt und beschuldigt, den Drachen freigelassen zu haben. Jedenfalls konnte ich den Platz für dich bekommen. Frag nicht, wie. Es war nämlich gar nicht so einfach. Aber es ist deine einzige Chance für diese Saison in Krakkow."

Jakkin sah zu ihr auf. Er wollte ihr schon danken, hielt dann aber inne, als er sich an die Worte erinnerte, die sie vor einem Jahr gesagt hatte. „Du hast mal zu mir gesagt, dass man einen verborgenen Preis bezahlen müsste, wenn einem ein anderer den Beutel füllt."

Akki lächelte ihn mit ihrem schiefen Mund an. „Du hast wirklich ein gutes Gedächtnis", sagte sie. Seltsamerweise fühlte er sich wie ein Kind, das ein Lob erhalten hatte. „Ich glaube, es hängt alles davon ab, ob du findest, dass das, was du dafür erhältst, den Preis wert ist."

Jakkin sah zu seinem Drachen. „Ein Erster Kampf. In drei Tagen", sagte er. „Das ist es wert." Er zögerte. „Ich würde alles dafür geben."

„Bist du bereit?"

„Die Frage ist eigentlich eher, ob der Drache bereit ist", antwortete Jakkin und fragte sich, warum sie auf diese Antwort mit dem Kopf schüttelte.

Als der Drache Jakkins Stimme hörte, blickte er auf und ließ eine kurze, gelbe Stichflamme zwischen den beiden auflodern.

„Er ist bereit", sagte Akki und begann zu lachen.

18. Kapitel

Akkis Planung war perfekt. Jakkins knechtsfreier Tag fiel genau mit dem Tag des Kampfs zusammen. Als die Kälte der Mondhelle nachließ, war er bereits angezogen und befand sich auf dem Weg zur Oase, eine Papiertüte mit einem Stück Fleisch und zwei Brotscheiben unter seinem Hemd. Das Essen hatte er sich vom Abend zuvor aufgespart. Er war zu aufgeregt gewesen, um etwas herunterzubekommen, und auch fast zu nervös, um in dieser Nacht ein Auge zuzutun.

In der Oase polierte er erst einmal die Schuppen des Roten von der Schwanzspitze bis zu den Nasenschlitzen. Die erste Säuberung nahm er im Wasserlauf vor, wo er das Bachbett so lange aufwühlte, bis das Wasser braun wurde und eine Art Schlammbad entstand. Der zweite Durchgang wurde hinterher am Ufer durchgeführt, wo er den Drachen sorgfältig mit dem alten Hemd trocken rieb, das Akki ihm besorgt hatte.

Lange bevor die Sonne ihre ganze Strahlkraft entfaltete, marschierte Jakkin schon durch die Wüste und der Drache trottete gehorsam hinter ihm her. Sie gingen

zuerst nach Norden, dann nach Westen, weit weg von der Farm, zu einer Furt im Narrakka-Fluss. Er hatte versprochen, Akki und ihren Freund dort zu treffen.
Der Laster wartete bereits. Er erkannte ihn aufgrund Akkis Beschreibung, aber aus alter Gewohnheit war er dennoch zunächst auf der Hut. Er warnte den Drachen: „Setzt Euch und bleibt, wo Ihr seid."
Der Drache ließ sich auf seine Hinterbeine nieder und wartete.
Jakkin ging alleine voraus, die Gedanken stets auf den großen, unbeweglichen Drachenkörper hinter sich gerichtet. Wenn nötig, würde er innerhalb eines Sekundenbruchteils dem Drachen den stummen Befehl geben, sich in die Luft zu schwingen und an der Oase vorbei zu den fernen Bergen zu fliegen, wo er wild und frei leben konnte. Er lief zum Laster und klopfte zögernd an die Tür.
Ein Mann schaute aus dem Fahrerhaus. Seine Augen leuchteten blau und hatten einen abschätzenden Blick, er trug einen Vollbart, und seine Haut spannte sich straff über seine Wangenknochen. „Bist du Jakkin?", fragte er.
Jakkin nickte und drehte sich schnell um, als er Fußtritte hinter sich hörte.
„Hallo", sagte Akki. „Das ist Ardru." Sie deutete auf den Mann im Laster, der daraufhin die Fahrertür öffnete und aus der Kabine stieg.
Er war ein bisschen größer als Jakkin und hatte eine

Narbe im Gesicht, die sich von seinem rechten Augenwinkel bis zu seinen Koteletten zog. Sie gab ihm das Aussehen eines Piraten. Ardru streckte die Hand aus. „Es ist mir eine Freude, einem Freund von Akki behilflich zu sein", sagte er. Seine Stimme war so tief und er sprach die Worte so deutlich aus, dass Jakkin jede einzelne Silbe genau verstehen konnte. Ardru lächelte. „Akki scheint eine Menge Freunde zu haben."

Ardrus Name – falls dies sein ganzer Name war – wies nicht das doppelte *K* auf, das ihn als Knecht oder Nachkommen eines Knechts kennzeichnete. Nur jene, deren Vorfahren zu den ursprünglichen Herren gezählt hatten – und davon gab es nur noch ganz wenige – trugen Namen ohne das doppelte *K*, mit dem man einst die Sträflinge markiert hatte. Jakkin hatte noch nie zuvor einen solchen Menschen getroffen. Er berührte seinen Beutel mit zwei Fingern, während er kurz nachdachte, dann streckte er unvermittelt seine Hand aus. Ardrus Handschlag war kühl und fest.

Jakkin befahl nun seinem Drachen im Stillen: *Fliegt zu mir, Erstkämpfer.*

Das Rauschen der Drachenflügel erfüllte die Luft und der Sand um die Räder des Lasters wurde aufgewühlt, als der Rote herbeigeflogen kam und in der Luft über ihnen kreiste. Der Drache senkte seinen Schwanz und benutzte ihn als Steuer, während er sich langsam mit vorsichtigen Flügelschlägen auf der Erde niederließ. „Ihr seid wirklich ein beeindruckender Wurm", sagte Ardru laut und lief furchtlos auf den Drachen zu. Er streckte ihm die Hand entgegen, damit er daran schnuppern konnte. Zufrieden stieß der Drache ein kurzes Grollen aus und setzte sich dann in den Sand.

Jakkin war ebenfalls zufrieden. Der Drache füllte seinen Kopf mit ruhigen, grünbeigen Landschaften.

Ardru öffnete die Ladetüren des Lasters und gab Jakkin ein Zeichen. Der Junge kletterte in den Laderaum des Lasters, dessen Stoff überzogener Stangenkörper im Innern wie eine Höhle geformt war, und suchte alles gründlich nach möglichen scharfen Kanten ab, die den Drachen verletzen könnten. Nachdem er nichts gefunden hatte, redete er dem Drachen gut zu, ihm ins Innere zu folgen. Der Drache reagierte sofort und kletterte mit einem Eifer in den Laster, der Jakkins Begeisterung ebenbürtig war. Der ganze Laster bebte, als der Dache sich niederließ, den Schwanz um seine Beine schlang und seine Nase auf Jakkins Sandalen legte.

„Komm, fahr vorne bei uns mit", sagte Akki und spähte in die Dunkelheit.

„Nein", erwiderte Jakkin. „Der Wurm braucht mich."

„Er wird auch ohne dich zurechtkommen", sagte Akki.

„Der Junge weiß schon, was am besten ist, Akki", sagte Ardru und legte seine Hand auf ihren Arm.

Ardrus unbefangene Vertrautheit mit Akki und die glatte Art, wie er ihn als Jungen bezeichnet hatte, verärgerten Jakkin. Doch als er aus dem Laster klettern wollte, wurden die Türen schon zugeschlagen und es umgab ihn nur noch tiefste Finsternis. Durch den schweren, dunklen Stoff konnte er nichts mehr um sich herum erkennen. Er hörte lediglich, wie der Schwanz des Drachen unvermittelt ein warnendes Signal gegen die Wagenwand hämmerte, als das Tier den Ärger in seinen Gedanken bemerkte.

Die Fahrt zur Kampfarena bestand aus einer Reihe von dumpfen Schlägen und Stößen. Jakkin lehnte sich gegen die Flanke des Drachen und versuchte, die Stöße nicht mit seinem Hinterteil abzufangen, aber trotzdem schmerzte ihm am Ende der Reise jeder einzelne Knochen in seinem Körper.

Der plötzliche, zitternde Halt des Laster und die Lichtblitze, die durch die geöffnete Tür drangen, schienen gleichzeitig auf ihn einzustürmen.

„Los, komm. Raus hier. Mach schnell.“ Das war Akki.

Er erhob sich etwas unsicher und ging zur Tür, die Augen zu dünnen Schlitzen zusammengekniffen, um die Sonnenstrahlen abzuwehren. Gemeinsam führten Akki und Jakkin den Drachen aus dem Laster.

„Wo ist dein Freund?“, fragte er, während der Rote im Sand umherstapfte und sich erst einmal streckte.

„Er hält Wache“, antwortete sie.

Jakkin sah sich um. Sie waren immer noch in der Wüste, und der hellbraune Laster wurde durch die Dünen verdeckt. Doch vor ihnen, etwa einen Kilometer entfernt, konnte er bereits ein großes Gebäude erkennen, das wie ein riesiges, rundliches Untier im Sand kauerte.

„Das ist die Kampfarena“, sagte Akki und nickte mit dem Kopf in Richtung Horizont. „Wir wollten dich nicht dort aussteigen lassen. Es soll niemand wissen, dass wir dir geholfen haben. Ich bekomme sonst Ärger auf der Farm und zwar richtig schlimmen Ärger. Und Ardru – nun, sein Name darf mit dieser ganzen Sache nicht in Verbindung gebracht werden. Verstehst du?“

„Dann ist das gar nicht sein wirklicher Name?“, fragte Jakkin.

„Es ist ein Name“, entgegnete Akki. „Und mehr brauchst du nicht zu wissen. Ja, eigentlich solltest du ihn lieber wieder vergessen. Wenn ich selbst fahren könnte, hätte ich ihn niemals um Hilfe gebeten.“

„Ich werde niemandem davon erzählen“, sagte Jakkin und schaute sie an. „Dieses Versprechen hast du mir auch einmal gegeben. Nur – ich halte meine Versprechen.“

„Und wenn ich mein Versprechen gehalten hätte, wärst du dann hier?“, fragte sie. „Oder wenn nicht ich der Spion gewesen wäre, sondern Likkarn? Oder Slakk? Oder auch Errikkin?“

Jakkin schwieg.

„Ach, Jakkin, geh einfach. Ich habe mein Versprechen dir gegenüber gehalten – wenn nicht in Worten, dann doch in Taten. Los, geh schon. Außerdem könnt Ihr beide einen Spaziergang gut gebrauchen.“

Jakkin fühlte, wie der Kloß in seinem Hals sich in der Anspannung seiner Muskeln widerspiegelte, und nickte. Sagen konnte er in diesem Moment nichts.
Ein durchdringender Pfiff rief Akki zur Fahrerkabine des Lasters zurück. Ardru kam hinter der anderen Seite des Lasters hervor.
„Die Luft ist rein", sagte er zu Jakkin, während er hinter das Steuer kletterte. „Und, Junge ..."
Jakkin sah hinauf in die kühlen, abschätzenden Augen des Mannes. „Ja", sagte er, und seine Stimme zögerte zwischen Ablehnung und Dank.
„Das ist ein großartiger Kampfdrachen, den du da hast. Du solltest ihn so behandeln wie eine Frau – voller Achtung und Liebe."
Bevor Jakkin eine passende Antwort darauf finden konnte, war der Laster bereits mit einem gedämpften Brummen angesprungen und fuhr davon, große Furchen im Sand hinterlassend.
Mit langsamen Schritten ging Jakkin die Radspuren entlang. Der Drache folgte ihm gehorsam.

Die Kleinarena von Krakkow war ein riesiges, rundes, zweigeschossiges Gebäude, das zwischen zwei kleinen Städten lag, aber nur unter die Gerichtsbarkeit der einen fiel, nämlich Krakkow. Jakkin konnte in der Mitte eine große Blase erkennen, die von innen heraus beleuchtet wurde, vermutlich die Kampfarena. Man hatte ihm erzählt, dass es darin zahlreiche Sitzreihen auf den Zuschauertribünen gab, in denen die Wetter saßen, und viele Ställe in den unteren Ebenen.

Er prüfte den Vertrag noch einmal sowie den Brief, den Akki ihm gegeben hatte. Darin stand nichts weiter als die Nummer seines Kampfs, die zehnte Partie, und die Nummer der Box, die für „Jakkins Roter" bereitgestellt worden war. Die Erstkämpfer trugen gewöhnlich den Namen ihres Herrn und eine Farbbeschreibung als Identifikation. Die richtige Namensgebung erfolgte später.

„Box vierundzwanzig", flüsterte er seinem Drachen über die Schulter hinweg zu. Im Licht des frühen Morgens leuchteten die roten Schuppen der Echse trotz der Staubschicht, die das Tier mittlerweile bedeckte.

Nachdem sie etwas näher an die Arena herangekommen waren, erlebten sie eine Explosion von Geräuschen, Gerüchen und Farbblitzen, als die Drachen aus den Lastern geladen und durch zwei hölzerne Tore geschoben und getrieben wurden. Jakkin hörte das schrille Schreien eines wütenden Drachen und beobachtete, wie ein riesiger Brauner mit einem gelben Fleck an der Schnauze sich auf die Hinterbeine aufbäumte. Er war noch größer als der Laster, der ihn zur Arena transportiert hatte. Eine Gruppe von Männern mit etwas kleineren Drachen warnte Jakkin, seinen Roten dicht bei sich zu halten.

Ruhig, ruhig, besänftigte er den Roten, aber das Tier konnte seine eigene Anspannung genau fühlen und

ließ eine Flut von Lichtblitzen durch Jakkins Kopf rasen.
Endlich wurde der große Braune von einem Mann beruhigt, der ihm mit einem Stachelstock auf den empfindlichen Teil seiner Nase schlug. Danach schlich der Drache folgsam durch das Tor, gefolgt von mehreren, gut angezogenen Männern. Nahebei ließ ein orangefarbener Drache seinen Körper vor- und zurückwiegen und verkündete mit einem lauten Grollen seinen Unmut. Einige andere Drachen begannen daraufhin, ebenfalls zu grollen.
Jakkins Drache setzte sich für einen Augenblick und sah sich um. Jakkin ging zu ihm zurück, streichelte sein Maul und kratzte ihn hinter den Ohren. „Drinnen gibt es Kraut- und Wurzblätter für Euch, mein Schöner", sagte er. „Und dann könnt Ihr ihnen zeigen, was Ihr könnt. Aber kommt. Kommt. Und bleibt ruhig."
Der Drache wandte ihm seine schwarzen Augen zu und sie starrten sich lange Zeit an. Eine Art Brücke entstand in Jakkins Kopf und in Gedanken stellte er sich vor, dass zwei Farben, ein reines Rot und ein reines Blau, sich in der Mitte dieser Brücke trafen. Dann erhob sich der Drache und folgte Jakkin über die festgestampfte Erde und durch die Tore, wo ein gelangweilter Aufseher die Papiere stempelte, die Jakkin in seinem Beutel trug. Der Aufseher knipste schnell ein Bild des Drachen und klebte es auf einen Anstecker, den er so nachlässig an Jakkins Hemd befestigte, dass

er nach zwei Schritten bereits runterfiel. Jakkin hob die Plakette auf und steckte sie selbst wieder fest.

Die Box mit der Nummer vierundzwanzig im Keller der Arena war solide aus Holz gebaut und im Futtertrog stapelten sich die frischen Halme und Blätter. Der Drache kaute glücklich daran, während Jakkin das Fleisch und das Brot unter seinem Kittel hervorzog. Obwohl die Sachen in braunes Papier gewickelt gewesen waren, hatte der Fleischsaft Flecken auf seinem sauberen Hemd hinterlassen. Vergeblich versuchte Jakkin, die Schmutzstelle wegzureiben.
„Vielleicht“, murmelte er vor sich hin, „vielleicht sieht es ja aus wie Drachenblut.“ Aber er wusste genau, dass die Flecken unverkennbar nach Essen rochen. Obwohl er seine Kleider am Morgen sorgfältig ausgesucht hatte, sah er nun doch wieder aus wie ein armer Knecht. Er zuckte mit den Schultern, verscheuchte seinen Ärger und begann den Roten mit einem Tuch zu säubern, das an einem Haken in der Box hing.
Geräusche drangen durch die Holzdecke. Jakkin konnte das Ächzen der Bodenbalken hören, als die Wetter und Zuschauer sich auf ihre Plätze drängten. Eine geisterhafte Stimme rief die Namen der Drachen für den Eröffnungskampf auf: „Sarkkhans Schweres Herz und Nokkars Goldgräber.“
Sarkkhan hier in der Arena! Und mit einem getauften Drachen! Jakkin konnte plötzlich das laute Trommeln

seines eigenen Herzschlags hören. Warum hatte Akki ihn nicht gewarnt? Sie musste doch davon gewusst haben. Warum hatte er es nicht selbst herausgefunden? Er hätte nur Balakk oder Jo-Janekk oder einen der anderen älteren Knechte fragen müssen. Diese Information hätte er wirklich leicht herausbekommen können. Aber er hatte sich so davor gefürchtet, durchschaut zu werden, dass er selbst überhaupt nichts durchschaut hatte. Er verfluchte seine eigene Unfähigkeit, sein eigenes Unvermögen. Er war wirklich ein Junge. Und nun konnte er nur noch darauf hoffen, dass Sarkkhan gewann und ging oder dass er verlor und ging. Er hatte keine Ahnung, was er machen sollte, wenn sein Herr den Roten erkannte.

Plötzlich lachte er jedoch laut auf. Wie könnte Master Sarkkhan den Roten überhaupt erkennen? Er hatte ihn ja noch nie gesehen. „Ihr seid mein“, flüsterte er dem Drachen triumphierend zu. „Ich habe Euch genommen, ich habe Euch aufgezogen und ich habe Euch trainiert.“ Er attackierte die Drachenschuppen mit dem Lappen, als wären sie ein Feind, den es wegzureiben galt. „Und Euer Name ist Jakkins Roter.“

Der Drache war zu sehr mit dem Kauen der Blätter beschäftigt, um zu antworten.

Dann veränderten sich die Geräusche über ihnen. Jakkin hörte Jubelrufe und gelegentlich ein heiseres Gebrüll. Er konnte die Worte nicht verstehen, aber es war eindeutig, was sie meinten. Dazwischen ertönten

die lauten Schläge und Schreie und das Gebrüll der Drachen, die um den Sieg in der Arena kämpften.
In diesem Durcheinander an Geräuschen wurde ein Muster erkennbar und Jakkin, der immer noch seinen eigenen Drachen putzte, hörte es und stellte seine eigenen Atemzüge darauf ein. In den Reaktionen der Menge konnte er Angriff und Gegenangriff, Finten und Vorstöße erkennen. Er konnte die Schreie der Drachen in Ausfälle und Attacken übersetzen, die dumpfen Schläge in Luftsprünge und in ein gelegentliches Aufbäumen auf die Hinterbeine. Nur auf die plötzliche Stille am Ende des Kampfes war er nicht vorbereitet, und als es ruhig wurde, hielt er den Atem an.
Dann schwebte die mechanische Stimme des Ansagers durch die Stille und zerstörte den Frieden, indem sie rief: „Sieg für Schweres Herz."
Sarkkhans Wurm hatte den ersten Kampf gewonnen. Jakkin wusste nicht, ob das nun gut oder schlecht war. Er beugte sich über die Klauen des Roten und polierte die Doppelklauen des rechten Vorderfußes mit besonderer Sorgfalt. Er bemerkte nicht einmal, wie Sarkkhans Gewinner durch das Drachentor flog und in seine Box zurückkehrte.

19. Kapitel

Nach dem sechsten Kampf verlor Jakkin den Überblick, aber er konnte hören, wie über ihm die Reinigungmaschinen geräuschvoll ihre Kreise zogen und den alten Drachendreck mit ihren eisernen Mündern verschlangen. Sie spuckten frisches Sägemehl aus und fuhren weiter. Gewöhnlich vergingen mehrere Minuten zwischen den Kämpfen, in denen das mechanische Klappern der Reinigungsmaschinen vom Gebrüll der kampferfahrenen Drachen und den Rufen ihrer Herren, die in letzter Minute noch Wetten abschlossen, übertönt wurde.

Jakkins Finger verrieten seine Nervosität. Er konnte sie einfach nicht still halten. Sie zupften Staubflocken weg und wischten winzige Stäubchen von den bereits schimmernden Schuppen. Sie polierten und glätteten und polierten noch einmal.

Im Augenblick jedoch schien der rote Drache gegen die Panik der Erstkämpfer unempflindlich zu sein. Genüsslich bog er sich Jakkins Händen entgegen.

Die Reinigungsmaschinen rasselten durch die Robo-Tore aus dem Ring. Jakkin sah auf. Er fuhr sich mit

den Fingern durch das Haar und versuchte zu schlucken; dann berührte er das Grübchen in seiner Wange. Schließlich fand seine Hand den Knechtsbeutel und knetete den Glücksbringer mehrmals.
„Bald geht es los", versprach er dem Drachen mit einem heiseren Flüstern, die Hand immer noch an seinem Beutel. „Bald. Wir werden ihnen einen Ersten Kampf zeigen, den sie nicht vergessen werden."
Die einzige Antwort waren die Kaugeräuschen des Drachenkiefers, während das Tier an den restlichen Halmen in seinem Trog kaute.
Endlich kündigte die geisterhafte Stimme den nächsten Kampf an. „Jakkins Roter gegen Mekkles Feuerwasser."
Jakkin zuckte zusammen. Er hatte am Vormittag einige Sachen über Feuerwasser aufgeschnappt, als er hinausgegangen war, um noch mehr Wurzblätter zu besorgen. (Brennwurz schürte das innere Feuer eines Drachen, sodass die Flammen im Kampf noch heißer glühten.) Während die Drachenherren und Trainer ihre Kämpfer vorbereiteten, schwatzten sie zwar nicht miteinander, die Wetter hingegen umso mehr, und Jakkin war zufällig neben einer Box auf eine Gruppe von ihnen gestoßen. Drei von ihnen trugen die eleganten Schutzoveralls, die die freien Austarianer in den Arenen bevorzugten. Bei ihnen stand ein Außenweltler, der erste, den Jakkin jemals gesehen hatte. Er trug einen himmelblauen Anzug, der mit goldenen Borten

verziert war. Jakkin wusste gleich, dass er Raketenjockey war, weil der Planetenname und die Nummer groß auf seiner Tasche aufgenäht waren.

Die Wetter hatten unter anderem gesagt, dass Mekkles Feuerwasser ein helles, orangefarbenes Männchen wäre, das gerne von der linken Seite aus angriff und drei seiner sieben Kämpfe gewonnen hatte – und zwar die letzten drei. Aus ihm würde nie ein große Kämpfer werden, so das Geflüster, aber für die Kleinarenen war er gut genug. Jakkin hatte dieses bisschen an Information in seinem Kopf gespeichert, zusammen mit vielen weiteren Hinweisen.

Und nun, dachte er unglücklich, konnte er das, was er wusste, auch gut gebrauchen. Feuerwasser war eine harte Partie für einen neuen Drachen und für einen zukünftigen Drachenherren möglicherweise verheerend. Wenn Mekkle es sich leisten konnte, seinen Drachen in vier Kämpfen in Folge ohne Sieg antreten zu lassen, bis er ausreichend Ringerfahrung gesammelt hatte und alt und stark genug war, um zu gewinnen, dann musste er eine Drachenfarm besitzen. Jakkin, dessen Beutel nun nicht einmal mehr die Grabmünze enthielt, hatte diese Möglichkeit dagegen nicht.

Der Junge wusste, dass sein Roter mit der Zeit sehr gut, vielleicht sogar großartig werden würde, je nachdem, wie viel Glück er bei der Auslosung der Gegner hatte. Er besaß alle Eigenschaften, die ein Kämpfer haben musste: Er gehorchte gut, hatte Mut und tat al-

les, was von ihm verlangt wurde. „Und noch mehr", flüsterte Jakkin vor sich hin. „Noch viel mehr."
Aber der Rote war kein besonders großer Drache und dies war sein Erster Kampf. Dazu kam, dass er die Gesellschaft anderer Drachen nicht gewöhnt war. Und nun begann auch der Drache nervös zu werden. Er rollte mit den Augen und gab laute, grollende Geräusche von sich. Als er vorhin die Box betreten hatte, wollte er sogar schon seinen Kragen aufplustern, doch Jakkin hatte ihn schnell wieder beruhigen können. Der Drache war noch nie in einem Kampfring gestanden, nicht einmal in einem Übungsgehege oder einer Trainingsarena hinter einer Scheune. Welche Chance hatte er gegen einen kampferfahrenen, dreimaligen Sieger? Der Rote hatte noch nie bluten müssen oder sein Gebrüll ertönen lassen. Jakkin musste verrückt sein zu glauben, dass sie tatsächlich eine Chance hatten.
Jakkin vermutete, dass bereits in diesem Augenblick die Wetten gegen den jungen Roten liefen. Nach der Ankündigung des Kampfes meinte er hören zu können, wie wieder neue Wetten abgeschlossen wurden. Vermutlich war die Quote so schlecht, dass er niemals einen Sponsor für den zweiten Kampf finden würde, selbst wenn sich der Rote im Ring gut schlagen konnte. Erstkämpfe waren umsonst, hatte Akki ihm erzählt. Aber Zweitkämpfe kosteten Gold. Und ohne Sponsor und ohne Gold blieben ihm für den Drachen nur die Garküchen – und die Rückkehr in die Knechtschaft für ihn selbst.

Jakkin streichelte noch einmal über seinen Knechtsbeutel und knöpfte dann sein Hemd darüber zu, um ihn zu verstecken. Noch wusste er nicht, wie es sich anfühlen würde, frei zu sein. Er hatte ein Jahr gehabt, in dem er sich das Freisein in seiner Oase erträumen konnte, ein Jahr voller kurzer Nächte und einem gelegentlichen Knechtsfrei fern vom Klatsch der Knechte und von Likkarns strenger Hand. Aber er konnte noch weitere Jahre als Knechtsjunge ertragen, wenn er müsste. Balakk und Jo-Janekk schienen es auch gut auszuhalten. Und es würde noch andere Gelegenheiten für ihn geben, ein Ei zu stehlen, noch andere Jahre, in denen er es erneut versuchen konnte. Oder er könnte bei Likkarn als Trainer in die Lehre gehen, seinen Stolz hinunterschlucken und sich beugen und lächeln wie Errikkin, um die Gunst des alten Mannes zu kaufen. Er würde das aushalten können – wenn er müsste. Aber wie konnte er den Roten den Garküchen überlassen? Es handelte sich schließlich nicht um irgendeinen alten Drachen – einen zornigen Zuchtbullen wie Blutsbruder – oder um einen jungen Schwächling. Es handelte sich um seinen Schönen, seinen Roten. Sie hatten bereits ein Jahr miteinander verbracht, mit vielen Nächte und ein paar wenigen kostbaren Tagen draußen in den Dünen. Er kannte die Gedanken des Roten besser als seine eigenen, diese tiefe, glühende Höhle voller Farben und Lichter und Geräusche.

Er erinnerte sich an das erste Mal, als er sich wirklich

in den Kopf des Roten hineingefühlt hatte, anstatt sich von den Farbströmen und leidenschaftlichen Blitzen überfallen zu lassen, die das Tier ihm ansonsten nach eigenem Gutdünken übermittelte.
Er war auf der Seite gelegen, ein wenig erschöpft vom Herumrennen. Der Rote lag neben ihm wie ein kleiner Berg im Sand. Jakkin hatte seine Augen geschlossen und versuchte den Roten in Gedanken zu erreichen. Plötzlich hatte er gefühlt, wie sich der Drache öffnete, und es war, als würde er einen leuchtenden Pfad in eine Höhle hineinlaufen, wo Farben herabtropften wie lang gestreckte Kristalle, die an einem purpurroten Dach hingen. Regenbogenpfützen lagen vor ihm auf dem Boden und kunterbunte Fische sprangen singend aus dem Wasser empor. Ein dröhnendes Schnurren war dort zu hören gewesen, ein Summen, das die Luft erfüllte und sich auch auf ihn übertrug.
Der Rote beruhigte ihn, wenn er aufgeregt war, und munterte ihn auf, wenn Jakkin glaubte, nur noch traurig sein zu können. Er war mittlerweile so eng mit ihm verbunden, dass er es niemals ertragen könnte, seine letzten Schreie in den Garküchen zu hören, wenn die scharf geschliffenen Hackmesser sich durch die empfindlichen Halswirbel schnitten und das heiße Blut in den Kessel tropfte. Wie könnte er das hören, ohne dabei verrückt zu werden?
Vielleicht, dachte er plötzlich, vielleicht ist das der Grund, warum Likkarn die jüngeren Knechte immer

anbrüllte, warum er Pustelkraut rauchte, das seinen Verstand benebelte und ihn rote Tränen weinen ließ. Und vielleicht war dies auch der Grund, warum die meisten Drachen in den Garküchen früh aussortierte Tiere oder untrainierte Jährlinge waren. Nicht, weil sie weicher und saftiger waren, sondern weil niemand mit ihnen verbunden war und ihre Schreie hören konnte.
Jakkins Haut fühlte sich schmierig an vor Schweiß, und der Drache drehte sich herum und schnüffelte an ihm. Er ließ ein paar Rauchfäden aus seinen Nasenschlitzen emporsteigen.
Jakkin kämpfte seine eigene Furcht nieder. Wenn er sie nicht beherrschen konnte, hatte sein Roter überhaupt keine Chance. „Ein Drache ist nur so gut wie sein Herr", sagten die Knechte gerne. Er holte mehrmals tief Luft und stellte sich dann vor den Kopf des Roten und starrte ihm in die regungslosen Augen.
„Ihr seid wunderbar, mein Roter", flüsterte er. „Das ist für uns beide der Erste Kampf, aber ich vertraue Euch." Er zögerte einen Moment. „Vertraut Ihr mir auch?"
Der Drache antwortete mit kleinen, runden Rauchwölkchen. Tief in seinen Augen glaubte Jakkin kleine Lichter zu entdecken.
„Drachenfeuer!", stieß er erleichtert aus. „Die Nähe der anderen Drachen muss es in Euch geweckt haben. Ihr seid ein Kämpfer. Ich wusste es."
Jakkin entfernte den Eisenring vom Nacken des Roten und rieb über die darunter liegenden Schuppen. Sie

waren noch nicht so hart wie bei einem erwachsenen Kämpfer – immer noch weich genug für die Hackmesser. Einen Moment lang sorgte sich Jakkin, dass der ältere Feuerwasser den Roten so verletzten könnte, dass er sich nie wieder erholte. Er zog den Kopf des Drachen nach unten und flüsterte ihm ins Ohr: „Passt gut auf diese Stelle auf." Dann rieb er mit den Fingern unter die Schuppenglieder des Halses, und sagte ihm nachdrücklich in Gedanken immer wieder das Wort *Gefahr.*

Der Drache schüttelte spielerisch den Kopf. Jakkin schlug ihm leicht auf den Rücken und schubste ihn nach hinten und aus der Box heraus.

Die Eisenlamellen des Drachentors weiteten sich wie die Pupille eines Auges und der Rote stürmte den Gang hinauf in den leeren Ring.

20. Kapitel

„Er ist kampfhungrig.“ Ein Raunen zog sich durch die Menge. Das gefiel den Leuten an einem jungen Drachen. In der Arena würde er schon noch vorsichtig genug werden. Ältere Drachen zögerten oftmals und mussten durch Stiche mit den Stachelstöcken hinter die Flügeln oder in die empfindliche Unterseite ihres Schwanzes angetrieben werden. Die Wetter betrachteten dies als großen Mangel. Jakkin hörte, wie die Menge den Roten beklatschte, als er selbst hinauf auf die Tribüne stieg.

Eigentlich wäre es sicherer für Jakkin, unten bei den Ställen zu bleiben und den Drachen nur durch seine Gedanken zu lenken. So hätte Master Sarkkhan keine Gelegenheit, ihn zu finden.

Viele Trainer, darunter auch Mekkle, blieben unten bei den Boxen, tranken und aßen und lenkten ihre Drachen dort, wo die Geräusche und der Anblick der Zuschauer sie nicht beeinflussen konnten. Doch Jakkin musste den Roten nicht nur fühlen, sondern auch sehen und den Kampf nicht nur durch die Augen des Roten, sondern auch durch seine eigenen Augen wahrnehmen. Sie hatten zu lange allein zu zweit in den Dünen geübt. Weder Jakkin noch sein Roter wussten, wie ein anderer Drache im Kampf reagieren würde. Darum musste Jakkin auf der Tribüne stehen, um alles genau zu verstehen. Und außerdem war der Rote daran gewöhnt, ihn in der Nähe zu wissen. Er wollte das noch nicht ändern. Nicht jetzt. Außerdem war Jakkin im Gegensatz zu vielen anderen Knechten selbst noch nie bei einem Kampf dabei gewesen. Er hatte darüber nur in den Büchern gelesen oder von Akki und seinen Knechtsfreunden davon erzählt bekommen. Dies, so dachte er bitter, war vielleicht seine einzige Gelegenheit, einmal selbst zuzuschauen. Darüber hinaus hatte er sich überlegt, dass er in den Tribünen mehr über den gegnerischen Drachen herausfinden könnte. Was er dort erfuhr, konnte ihm vielleicht dabei behilflich sein, den Roten bei seinem Kampf zu unterstützen.

Jakkin sah sich vorsichtig von der Treppe aus in den Tribünen um. Er sah niemanden, den er kannte, weder Knechte von der Farm in den oberen Rängen, wo die gewöhnlichen Zuschauer saßen, noch Herren, die mit Sarkkhan Geschäfte machten, in den Sitzen neben dem Ring. Langsam und unauffällig rückte er in die unteren Tribünen vor, als wäre er einfach ein freier Junge, der sich bei den Drachenkämpfen amüsierte. Der leere Knechtsbeutel unter seinem Hemd war das Einzige, was die Aufmerksamkeit in der Herrentribüne auf ihn lenken könnte. Sorgfältig überprüfte er deswegen noch einmal seine Knöpfe, um sicherzugehen, dass auch alle geschlossen waren. Dann lehnte er sich nach vorne, die Hände auf die Lehne des Sitzes vor ihm gestützt, und sah zu, wie sein Roter in der Arena kreiste.

Mit hoch erhobenem Kopf maß der Drache die Größe des Rings und die Höhe der Mauern. Er betrachtete die Wetter auf den Tribünen, als wolle er sie zählen, woraufhin ein anerkennendes Lachen durch die Menge ging. Dann kratzte der Rote mehrmals im Sägemehl und prüfte dessen Tiefe. Sein Gegner war immer noch nicht in der Arena erschienen.

Doch dann kam Feuerwasser wie eine Rakete durch das Drachentor gestürmt und landete mit allen vier Beinen tief im Sägemehl, wo sich seine Klauen unverrückbar in die Bodenbretter gruben.

„Gute Kampfstellung", rief jemand in der Menge, und die Wetten begannen von neuem.

Der Rote flatterte ein wenig mit den Flügeln, ein Zittern, das man als Nervosität werten könnte, und Jakkin beruhigte ihn in Gedanken: *Er ist ein Niemand. Ein Steher. Aber Eure Nägel und Flügel sind noch frisch. Habt keine Angst. Denkt an Euer Training.* Daraufhin reckte sich der Kopf des kleinen Roten nach oben, und seine Nackenschuppen glänzten in der künstlichen Sonne der Arena.

„Seht Euch diesen Hals an", schrie ein Zwischenrufer. „Der wird bald bluten."

„Zu bald“, antwortete ein anderer von der gegenüberliegenden Tribüne.
Feuerwasser stürzte sich sofort auf den einladend dargebotenen Nacken.
Genau darauf hatte Jakkin gehofft, denn ein Angriff aus der Kampfstellung heraus war immer ein ungeschicktes Manöver. Die Klauen mussten sich alle gleichzeitig vom Boden lösen oder der Drache blieb an den Brettern hängen. Und je jünger das Tier, desto zerbrechlicher waren seine Krallen. Feuerwasser war zwar um sieben Kämpfe älter als der Rote, aber er war noch nicht ausgewachsen. Tatsächlich verfing sich bei seinem Angriff eine der Krallen seiner Vorderklaue – vermutlich der Unum, dachte Jakkin – in den Bodenbrettern und splitterte, sodass der Drache einen Augenblick lang schwankte. Genau in diesem Moment wich der Rote ein winziges Stück zur Seite. Und anstatt den Roten am Hals zu verletzen, krachte Feuerwasser mit dem Kopf voran gegen den Brustpanzer seines jüngeren Gegners, dem härtesten und glättesten Teil des Schuppenkleides eines Kampfdrachen. Die Menge zuckte zusammen, als mit einem lauten Quietschen Zahn gegen Schuppen traf. Nur Jakkin war bereit, denn dieses Manöver hatte er seinem Drachen in den Dünen beigebracht.
„Jetzt!“, schrie und dachte er zugleich.
Der junge Drache musste nicht angetrieben werden. Sein Hals schnellte in einem flinken, hinterhältigen

Hieb herum und hinter den Ohren von Feuerwasser spritzte Blut hervor.
„Erstes Blut!“, schrie die Menge.
Nun werden sich die Wetten ändern, dachte Jakkin nicht ohne Freude und berührte den Knechtsbeutel unter dem dünnen Stoff seines Hemdes. Bisse in die Ohren bluteten zwar stark, hatten aber keine entscheidende Wirkung. Der Drache fühlte einen kleinen Schmerz, etwa so wie ein Mensch einen Nadelstich oder Splitter, aber das würde ihn nur wütend machen und – wichtiger noch – auch vorsichtiger werden lassen. Dennoch, es war das erste Blut in diesem Kampf! Auf die Wetter machte das einen guten Eindruck.
Feuerwasser quittierte den Biss mit einem lauten und durchdringenden Brüllen. Sein Gebrüll saß noch etwas zu weit oben im Hals, war aber schon erstaunlich kräftig. Jakkin lauschte genau und versuchte, die Stimme des Drachen zu beurteilen. Er hatte schon Drachen auf der Farm brüllen gehört, aus Wut oder Furcht oder weil Likkarn einen von ihnen verletzt hatte, für einen Kunden, der die Stimme des Drachen vor dem Kauf hören wollte. Ihm kam es so vor, als steckte die ganze Kraft des Drachen in den oberen Tönen. Es fehlte der Nachhall. Vielleicht hatte er ja Unrecht, aber wenn sein Roter diesen Kampf möglichst lange durchhalten könnte, würde das die Zuschauer vielleicht beeindrucken.
In seinem Eifer, dem Roten zu helfen, war Jakkin mitt-

lerweile bis zum Geländer am Rand der Arena vorgedrungen und hatte sich mit dem Ellbogen den Weg durch eine Gruppe älterer Männer gebahnt.
„He, Junge, was hast du hier zu suchen?“ Die Worte kamen von einem Mann, der mit einem grauen Schutzoverall aus Leder bekleidet war. Wie jeder, der einen solchen Anzug trug, war er mit der Arena offenbar bestens vertraut. Der Teil seines Gesichts, den man hinter dem grauen Bart erkennen konnte, war von Drachenblutnarben durchzogen.
„Zurück auf die Tribüne. Die Ringlogen sind nur für Herren und Geldmänner bestimmt“, sagte sein Kollege und musterte Jakkins geflicktes und beflecktes Hemd und seine kurzen Knechtshosen mit einem verächtlichen Blick. Prahlerisch schüttelte er den vollen Beutel, der an einem Lederband von seinem Handgelenk baumelte; ehemalige Knechte trugen häufig ihre alten Knechtsbeutel am Handgelenk.
Jakkin beachtete die Männer nicht weiter und umklammerte den Anstecker mit dem Bild des Roten. Er lehnte sich weit über das Geländer, und befahl dem Drachen in Gedanken: *Weg, weg, guter Roter.* Er lächelte, als der Rote sich sofort umdrehte und sich flügelschlagend von seinem verwundeten Gegner entfernte. Erst dann wandte der Junge sich um und sprach die beiden finster blickenden Wetter an. „Ringrecht, verehrte Herren“, sagte er respektvoll und zeigte gleichzeitig auf die Plakette an seinem Hemd.

Die beiden murrten etwas, machten ihm aber dennoch Platz. Ein Trainer hatte in der Arena immer Vorrang, auch wenn er kein Geld besaß.
Der orangefarbene Drache schüttelte den Kopf. Das Blut perlte um seine Ohren wie eine Krone. Ein paar Tropfen spritzten auch über die Wände in die Tribünen. Überall, wo sie auftrafen, brannten sie mit jenem Leuchten, das für das ätzende Drachenblut typisch war. Die Zuschauer duckten sich. Ein Schaulustiger in der dritten Reihe der Tribüne konnte nicht schnell ausweichen, und einer der Tropfen verbrannte ihm die Wange. Er legte die Hand auf die Wunde, blieb jedoch auf seinem Platz sitzen.
Feuerwasser richtete sich nun wieder zu seiner voller Größe auf und vergrub die Klauen wieder im Staub.
„Wieder die Kampfstellung", sagte der Mann im grauen Leder zu Jakkins Rechten.
„Pah, das ist alles, was er kann", sagte ein dunkelhäutiger Außenweltler neben ihm. „Damit hat er auch seine letzten drei Kämpfe gewonnen. Ein guter Stand – aber mehr hat er nicht zu bieten. Ich frage mich, warum ich überhaupt auf ihn gesetzt habe. Lasst uns lieber etwas trinken gehen. Dieser Kampf ist langweilig."
Jakkin blickte den Männern aus dem Augenwinkel nach und saugte die Information in sich auf. Wenn Feuerwasser wirklich ein Steher war, würde das Jakkin und seinem Drachen bei diesem Kampf helfen.
Der Rote hatte sich mit einem Satz aus der Reichweite

seines Gegners gebracht und stand nun am nördlichen Rand der Arena. Als Feuerwasser wieder seine feste Kampfstellung einnahm, umkreiste er ihn vorsichtig. Jakkin erklärte ihm jedoch leise: *Er ist ein guter Steher. Greift ihn nicht dort an. Lasst ihn lieber zu Euch kommen.*

Wie immer kamen die Gedanken des Drachen deutlich zu Jakkin zurück, wortlos zwar, aber voller Farben und Gefühle. Der Rote wollte unbedingt angreifen; der Drache, den er bluten ließ, wartete auf ihn. Der Drang, den Kampf zum Feind zu bringen, überwältigte ihn fast.

Nein, mein Roter. Vertraut mir. Seid kampfhungrig, aber nicht närrisch, mahnte Jakkin und sah sich nach einer anderen Möglichkeit um, den Gegner aus der Deckung zu locken.

Doch die Menge war ebenso kampfhungrig wie der junge Drache und hatte ebenfalls Verbindung mit ihm aufgenommen. Die Schreie der Männer und ihre Gedanken an Angriff übertönten Jakkins beschwichtigenden Gedankenstrom. Der Rote begann sich zu bewegen.

Als Feuerwasser sah, dass sein Gegner sich zum Angriff bereitete, festigte er seinen Stand noch einmal. Seine Schultern wurden steif vor Anspannung.

Jakkin wusste genau, dass sich der Rote leicht einen der kleinen Knochen in seinem Nacken brechen konnte, wenn er sich gegen diesen stehenden Felsen stürzte. In den Anatomiestunden mit Akki hatte er gelernt, dass ein Drache selten wieder in die Arena zurückkehren konnte, wenn die Halsknochen erst einmal verletzt worden waren. Dann taugte er nur noch für die Zuchtfarmen – sofern er gute Leistungen in der Arena gezeigt hatte – oder für die Garküchen.

„Ruhig, ruhig", sagte Jakkin laut und schrie dann, während er wild mit der Hand winkte: *Nein!*

Der Rote hatte seinen Angriff schon begonnen, doch die Bewegung von Jakkins Hand und sein Rufen waren so starke Signale, dass er sie nicht ignorieren konnte. Im letzten Moment drehte er seitlich ab und stürmte an Feuerwasser vorbei. Dieser stieß mit weit geöffnetem Maul auf ihn herab und zerfetzte ihm die Flügelspitze.

„Blut", brüllte die Menge, und wartete darauf, dass der rote Drache ihnen antwortete.

Jakkin fühlte seine Verwirrung, und als die Gedanken des Tieres ihn erreichten, trieb auch sein Geist im roten Strom des Drachenbluts. Er beobachtete, wie der Drache sich zum Dach des Gebäudes hinaufschwang und dort die Flügelspitze an die künstliche Sonne presste, um die Wunde auszubrennen. Dann, während er über der Arena kreiste, öffnete der Rote sein Maul für das Brüllen des ersten Blutes.

Doch kein Laut erklang.

„Ein Stummer!", rief ein Mann von der Tribüne und spuckte verärgert auf den Boden. „Hab noch nie einen gesehen."

Ein Spaßvogel in der Nähe schrie zurück: „Hab auch noch nie einen gehört."
Die Menge lachte darüber und ließ den Witz durch die Tribünen gehen.
Jakkin jedoch starrte nur fassungslos auf seinen Roten. *Ein Stummer*, dachte er. *Oh, mein armer Roter. Damit bist du so machtlos wie ich.*
Der Gebrauch des ungewohnten Pronomens du verwirrte den jungen Drachen noch mehr und er begann, in einer trostlosen Spirale nach unten zu treiben, immer näher auf den wartenden Feuerwasser zu. Seine Gedanken waren nur noch ein trüber Strudel aus Schwarz und Grau.
Doch Jakkin erkannte seinen Fehler noch rechtzeitig. *Es spielt keine Rolle*, schrie er in Gedanken auf. *Auch ohne Schrei, auch stumm werdet Ihr groß und mächtig sein*. Er dachte das mit mehr Überzeugung, als er selber fühlte. Aber das reichte dem Roten schon. Er brach aus seiner Abwärtsspirale aus und flog mit gleichmäßigen Flügelbewegungen wieder nach oben.
Dieses Manöver kam so unerwartet, dass es den kampferprobten Feuerwasser überraschte. Staub und Drachendreck aufwirbelnd löste er sich aus seinem Stand, hielt kurz inne und griff dann erneut an. Der Rote wich ihm leichtfüßig aus. Er stürzte sich auf den Rücken des Gegners und krallte seine Klauen in die orangefarbenen Schuppen. Zwar floss kein Blut, aber der ältere Drache bekam Angst und bäumte sich auf die Hinterbeine auf.

Er hielt mit dem Schwanz das Gleichgewicht und ragte fast drei Meter in die Höhe. Seine Vorderklauen harkten durch die Luft und ein einzelner Feuerstoß strömte aus seinen Nasenschlitzen.

Der Rote wich den Flammen aus und wartete.

Ruhig, ruhig, dachte Jakkin, der sich nun wieder unter Kontrolle hatte. Er ließ in seinen Gedanken für sie beide die stillen Dünen und die kühlen Nächte vor sich aufsteigen, als sie gegen den schattigen Umriss der Hütte Angriff und Festkrallen gespielt hatten. Dann wiederholte er laut: „Ruhig, ruhig."

Da brach eine harte Hand auf seiner Schulter in seine Gedanken ein, während der durchdringend süße Geruch von Pustelkraut seine Nase attackierte. Jakkin drehte sich um.

„Du selbst bist ja nicht gerade ruhig", tönte eine vertraute Stimme.

Jakkin starrte hinauf in das verwüstete Gesicht, das von Blutnarben durchzogen und von Tränenspuren gefleckt war.

„Likkarn", stieß Jakkin hervor und Panik überkam ihn. Schnell wollte er sich wieder zurück zum Ring drehen, wo sein Roter wartete. Doch die Hand auf seiner Schulter war zu stark, die Finger bohrten sich wie Klauen durch sein Hemd.

„Und seit wann bist du ein Drachenherr?", fragte der alte Mann.

Zuerst dachte Jakkin daran sich herauszureden. Der

alte Stallbursche war viel sehr zu in seine Rauchträume versunken, um ihm wirklich zuzuhören. Lügen und dann abhauen – denn der wilde Zorn, der nach den Kräuterträumen einsetzte, ließ einem Krauter keine Zeit vernünftig zu überlegen. „Ich habe ... ein Ei gefunden, Likkarn", sagte er. Das könnte durchaus auch stimmen. Es gab tatsächlich einige Wilddrachen. Meistens stammten sie von flüchtigen Kampfdrachen ab, die sich in der Wildnis niedergelassen hatten. Und manchmal stieß ein glücklicher Knecht draußen in den Dünen auf ein Versteck mit Dracheneiern.

Der Mann sagte kein Wort, sondern schüttelte nur den Kopf.

Jakkin starrte ihn an. Dies war ein neuer Likkarn – strenger als sonst und sehr entschlossen. Dann sah er, dass Likkarns Augen klarer waren, als er es jemals erlebt hatte. Sie leuchteten nicht mehr grellrot wie sonst bei einem Krauter, sondern in einem hellen Rosa. Offensichtlich hatte er mehrere Tage lang nichts geraucht. An Ende der Saison hatte sich Jakkin so sehr auf seinen eigenen Drachen konzentriert, dass die Arbeitstage auf der Farm, an denen er die Paarungsflüge überwacht hatte, einfach an ihm vorbeigezogen waren. Doch Likkarn war zu wachsam. Es hatte keinen Sinn zu lügen oder wegzurennen. „Ich habe ihn von der Farm gestohlen, Likkarn. Und ihn in den Dünen großgezogen. Ich habe nachts mit ihm trainiert, im Licht der Monde."

„Schon besser, Junge. Viel besser. Lügner sind mir ein Gräuel“, sagte der Mann mit einem bitteren Lachen. „Und mit was hast du ihn gefüttert? Mit Sachen, die du dem Herren gestohlen hast, wette ich. Ihr Erbknechte habt einfach keine Ahnung.“

Mittlerweile brannten Jakkins Wangen wie Feuer. „Ich bin kein Erbknecht. Mein Vater und sein Vater waren frei geboren. Das sind zwei Generationen.“ Allerdings erwähnte er den Urgroßvater nicht, dessen Namen er trug und dem er das doppelte *K* zu verdanken hatte. „Und ich würde niemals aus dem Laden des Herrn etwas stehlen. Ich habe letztes Jahr Samen aus dem Sumpf geholt und Pustelkraut und Brennwurz angepflanzt. Und dann neue Samen mit meinem Drakkgold gekauft. Während meiner freien Tage.“ Letzteres fügte er heftig hinzu.

„Knechte haben keine freien Tage“, murmelte Likkarn böse. „Von Futterzusätzen ganz zu schweigen.“

„Der Herr sagt, dass Zusätze im Futter nicht gut sind für einen Kämpfer. Sie machen ihn zwar am Anfang schneller, verdünnen aber das Blut.“ Jakkin blickte nun etwas mutiger in Likkarns Augen. „Das hat der Herr gesagt. Zu einem Käufer.“ Er erwähnte nicht, dass es Akki war, die ihm das erzählt hatte.

Likkarns Lächeln war schief und verzerrt. „Und ein Lauscher bist du auch noch.“ Daraufhin bohrte er seine Finger besonders schmerzhaft in Jakkins Schulter.

Jakkin keuchte und schloss die Augen vor Schmerz. Er

wollte aufschreien und dachte auch, er hätte es getan, doch dann begriff er, dass er nicht seine eigene Stimme gehört hatte, sondern einen Schrei aus der Arena. Er befreite sich aus Likkarns Griff und starrte in den Ring. Der Schrei, ein triumphierendes Heulen, ertönte aus Feuerwassers Kehle. Er stand über dem Roten und hatte dessen verwundeten Flügel unter seiner rechten Vorderklaue eingeklemmt.

„Jakkin …", ertönte Likkarns Stimme warnend hinter ihm. Wie oft hatte Jakkin dieses Tonfall gehört, wenn Likkarn sich in einen der Wutanfälle hineinsteigerte, die unvermeidlich auf den Kräuterrausch folgten. Likkarn mochte zwar alt sein, aber er hatte immer noch eine eiserne Faust.

Jakkin zitterte, aber er zwang seine Konzentration auf den Roten, dessen Gedanken nun in einem Gewirr aus gedämpften Farben und Gejammer auf ihn einstürmten. Er fasste mit der Hand an den kleinen Hügel unter seinem Hemd, wo der leere Beutel hing. Durch das Leder hindurch konnte er sein Herz schlagen hören. *Keine Angst, mein Roter*, beruhigte ihn Jakkin. *Kümmert Euch nicht um den Schmerz. Erinnert Euch an damals, als ich auf Eurem Flügel stand und wir den Großen Fall gespielt haben. Erinnert Euch gut daran, mächtiger Kämpfer. Erinnert Euch.*

Der Rote bewegte sich nur ein kleines bisschen und flatterte zaghaft mit seinem freien Flügel. Die Menge wertete dies als Geste der Unterwerfung. Feuerwasser sah dies ebenfalls als Zeichen seines Sieges und durch ihn auch sein Herr Mekkle. Doch Jakkin wusste, was das Flattern des Roten wirklich bedeutete. Er wusste, dass der Rote ihm gut zugehört und ihn verstanden hatte. Das Spiel war noch nicht vorbei. Drachenkämpfe wurden nicht nur durch Muskelkraft entschieden – wie oft hatten die Bücher dies gesagt. Die besten Kämpfer, diejenigen, die jahrelang erfolgreich in den Arenen kämpften, mussten nicht unbedingt groß sein. Sie brauchten auch nicht über außergewöhnliche Kräfte zu verfügen. Aber sie mussten schlaue Spieler sein, und das war etwas, das Jakkin von Anfang im Wesen des Roten erkannt hatte – seine Liebe zum Spiel.

Das Flattern des freien Flügels zog Feuerwassers Blick auf sich. Er richtete seine Aufmerksamkeit in diese Richtung und lockerte seinen Griff auf den anderen Flügel.

Wieder flatterte der Rote mit seinem freien Flügel. Flattern und täuschen. Flattern und täuschen. Die Aufmerksamkeit des Gegners musste völlig auf diesen Flügel gerichtet sein. Dann konnte sein Schwanz sich heimlich anpirschen, so wie er es in den Dünen mit Jakkin gelernt hatte.

Feuerwasser folgte dem Flattern, als ob er bereits über seinen bevorstehenden Triumph lachen würde. Sein Kiefer öffnete sich leicht zu einem tödlichen Grinsen. Wenn Mekkle nun auf der Tribüne gesessen hätte, anstatt unten in den Ställen, hätte der Trick vielleicht nicht funktioniert. Aber der orangefarbene Drache konzentrierte sich völlig auf den flatternden Flügel. Er legte den Kopf weit in den Nacken und öffnete seinen gefährlichen Kiefer, bereit für den letzten Schlag. Was hinter ihm passierte, sah er jedoch nicht.

Jetzt!, schrie Jakkin in Gedanken. Später begriff er, dass die gesamte Tribüne mit ihm gemeinsam geschrieen hatte. Allerdings hatte die Menge mit ihren Rufen den falschen Drachen gemeint.

Mit einem lauten Knall wirbelte der Schwanz des Roten herum, so böse und so zielsicher wie die Peitsche eines Drachentreibers. Er traf den Gegner an seinem verletzten Ohr und verletzte ihn am Auge.

Anstatt in Siegesgebrüll auszubrechen, schrie Feuerwasser auf und gab den Flügel des Gegners frei. Der Rote kam sofort wieder nach oben und stürzte sich auf Feuerwassers Hals.

Ein, zwei Schläge mit seiner Klaue, und die rituellen Schnitte waren vollzogen. Die orangene Kehle glänzte vor Blut und Feuerwasser ging zu Boden.

Jakkins Drache wich sofort von ihm zurück. Er flog etwas krumm, wegen der Wunde in seinem Flügel.

„Sieg für Jakkins Roten“, sagte die geisterhafte Stimme durch den Lautsprecher.

21. Kapitel

Die Menge blieb seltsam stumm. Dann ertönte ein lauter Freudenschrei von einer Stimme tief unten von den Tribünen, vermutlich ein Wetter, der mit einem Erstkämpfer sein Glück versucht hatte.

Diese einzelne Stimme schien Feuerwasser wieder aufzuwecken. Erschöpft hob er seinen Kopf vom Boden. Nur der Schädel und der halbe Hals ragten aus dem Staub. Er versuchte, den Kopf zu drehen und entblößte dabei die untere Seite des Halses. Die zwei roten Schnitte glänzten wie dünne, hungrige Münder. Dann begann Feuerwasser ein seltsames, schreckliches Summen von sich zu geben, das sich schnell in ein hohes, grelles Jammern verwandelte. Sein Körper fing an zu zittern, und auch das Zittern wurde allmählich zu einem Teil des Gebrülls, während der Staub um ihn herum aufwirbelte.

Der rote Drache flog herab und stand dann unbeweglich wie ein Stein vor dem gefallenen Gegner. Auch er begann zu zittern.

Das Wehklagen, das der besiegte Drache von sich gab, wechselte von einem Jammern zu einem schrillen

Gebrüll. Noch nie zuvor hatte Jakkin einen derartigen Laut gehört. Er legte die Hände an seinen Beutel und dann schnell über die Ohren.
„Was soll das? Was passiert denn jetzt?", schrie er, aber die Männer neben ihm waren schon zurückgewichen. Die Hände gegen die Ohren gepresst liefen sie zu den Ausgängen. Viele aus der Menge waren bereits die Stufen in die unteren Etagen der Arena hinabgestiegen, wo die dicken Holzwände vor dem Lärm schützten.
Jakkin versuchte, die Gedanken des Drachen zu erreichen, aber alles, was er fühlte, waren orangefarbene Sturmwinde, die heiß und grell tobten, und ein Strahl brennenden weißen Lichts. Während er hilflos zusah, erhob sich der Rote auf seine Hinterbeine und schlug wild mit den Vorderklauen durch die Luft, als würde er sich für einen letzten, tödlichen Hieb bereit machen.
„Narrenstolz", ertönte Likkarns niedergeschlagene Stimme hinter ihm, so nahe an seinem Ohr, dass er es hören konnte. „Dieser verdammte orangene Drache fordert den Tod. Er ist beschämt worden und nun wird er deinen Roten durch sein Geschrei dazu bringen, ihn zu töten. Und dann wirst du wissen, was das bedeutet. Dann hast du nur noch einen Killer in den Händen. Drei Stück habe ich auf diese Weise verloren. Drei. Drei Drachen und drei volle Beutel. Narrenstolz." Das letzte Wort konnte er nur noch Jakkins Rücken zurufen. Denn der war bei Likkarns ersten Worten bereits über die Brüstung in den Ring gesprungen. Er landete

auf allen vieren, erhob sich sofort wieder und rannte los.

Auch Jakkin hatte den Begriff Narrenstolz schon gehört, diese Erblast aus der blutigen Vergangenheit der Kampfdrachen, die man noch nicht ganz aus ihnen herausgezüchtet hatte. Narrenstolz nannte man es, wenn besiegte Drachen den Tod forderten. Es hatte einst fast dazu geführt, dass die Drachen ausgestorben wären. Wenn die Menschen nicht sorgfältig die Stammbäume verfolgt und die Kämpfer darauf trainiert hätten, mit Würde zu verlieren, gäbe es heute keine Drachen mehr auf Austar IV.

Er durfte nicht zulassen, dass sein Roter tötete. Ein guter Kämpfer musste den Geruch des Blutes lieben, ja. Aber das Töten machte die Drachen unbeherrschbar und wild. Plötzlich erschien in seinem Kopf das Bild seines Vaters, der unter den um sich schlagenden Klauen eines wilden Wurmes starb. Jakkin hörte einen Schrei und dachte erst, es sei das Echo der Stimme seiner Mutter gewesen, bis er erkannte, dass es seine eigene Stimme war.

Er warf sich gegen die Flanke seines Roten. „Nein, nein", schrie er zu ihm hinauf und trommelte mit den Fäusten gegen den Körper des Drachen. „Beschmutzt Eure Klauen nicht mit seinem Tod." Er versuchte, so weit wie möglich nach oben zu fassen, und hielt den Hals des Roten fest umklammert. Obwohl die scharfen Schuppen seine linke Handfläche zerschnitten, ließ er nicht los.

Es war diese Berührung, mehr als seine Stimme oder seine Gedanken, die den jungen Roten schließlich einhalten ließ. Er drehte sich langsam, fast schwerfällig zu dem Jungen um, als erwachte er aus einem Traum. Jakkin ließ seinen Hals los und fiel zu Boden. Durch diese Bewegung wurde Feuerwassers Konzentration unterbrochen. Im nächsten Moment hatte das Geschrei aufgehört und der besiegte Drache wurde ohnmächtig.

Der Rote liebkoste Jakkin mit der Schnauze. Seine Augen waren undurchdringlich und seine Gedanken blieben immer noch hinter einem Nebel verborgen. Der Junge stand auf. Er machte sich gar nicht erst die Mühe, den Staub von seinen Kleidern zu klopfen, und lobte seinen Drachen in Gedanken: *Ihr seid ein wahrhaft großartiger Erstkämpfer.*

Der Rote erfüllte seinen Kopf plötzlich mit triumphierenden Sonnenstrahlen, drehte sich um und stürzte sich blitzschnell durch das offene Tor zu seiner Box und dem vollen Trog mit Brennwurz, der von den Arenabesitzern dort für ihn bereitgestellt worden war.

Während Jakkin bewegungslos dastand, zu müde, um auch nur einen Schritt zu tun, liefen Mekkle und zwei seiner Freunde mit bösen Blicken zwischen den Sitzen der Tribüne hindurch und sprangen in die Arena. Sie hievten den bewusstlosen Drachen auf einen niedrigen Karren und zogen ihn am Schwanz zu dem geöffneten Robo-Tor. Dort schoben sie ihn hinein.

Erst dann ging auch Jakkin wieder zu den Plätzen am

Ring zurück. Die Hand mit der zerschnittenen Handfläche hielt er vor sich. Langsam spürte er die Schmerzen.
Likkarn, der immer noch an der Brüstung stand, hatte sich bereits ein kleines Büschel Pustelkraut angezündet. Während der rote Rauch um seinen Kopf kreiste, starrte er mit leerem Gesichtsausdruck vor sich hin.
„Ich bin dir etwas schuldig", sagte Jakkin langsam zu ihm. Er hasste es, das zugeben zu müssen. „Ich habe den Narrenstolz nicht rechtzeitig erkannt, als ich ihn sah. Noch einen Augenblick länger und der Rote hätte nur noch für die Garküchen getaugt. Wenn ich jemals einen Zweiten Kampf bekomme, werde ich dir etwas von dem Gold abgeben. Dein Beutel ist noch nicht voll."
Für Jakkin war der letzte Satz nicht mehr als eine Floskel gewesen, aber Likkarns Augen flammten plötzlich in wildem Kräuterzorn auf. Seine Hand fuhr an seinen Beutel. „Du schuldest mir gar nichts", sagte der Alte. Er hielt den Kopf nach oben, sodass sich die Alterslinien an seinem Hals wie Narben überkreuzten. „Gar nichts. Du schuldest alles dem Herrn. Ich brauche niemanden, der mich daran erinnert, dass ich ein Knecht bin. Schon gar keinen Jungen. Ich kann meinen Beutel selbst füllen."
Nach diesen beleidigenden Worten des alten Mannes beugte Jakkin den Kopf. „Lass mich noch die Wunden des Roten versorgen. Dann kannst du mit mir machen,

was du willst." Er verbeugte sich und schlüpfte, ohne eine Antwort abzuwarten, durch das Robo-Tor und glitt den Schacht entlang nach unten.

Als Jakkin die Box erreichte, war der Rote gerade dabei, sich zu putzen und seine Schuppen mit Feuer und Speichel zu polieren. Der Junge legte ihm den Eisenring um den Hals und kniete sich neben den Drachen. Energisch streckte er die Hand aus und berührte den verwundeten Flügel, damit die Untersuchung beendet war, wenn Likkarn nach unten kam. Bei der Berührung zog sich der Rote zurück und schickte ihm in Gedanken eine malvenfarbige Landschaft mit tropfenden grauen Tränen.
„Nur ruhig, kleiner Flammenzüngler", beruhigte Jakkin ihn summend und sang die Melodie des Lieds, das er erfunden hatte, um den Schlüpfling in den Dünen in den Schlaf zu wiegen. „Ich werde Euch nicht wehtun. Ich möchte nur helfen."
Aber der Rote wich noch weiter vor ihm zurück und kauerte sich gegen die Wand.
Verwundert zog Jakkin seine Hand zurück. Der Drache drängte sich jedoch immer weiter in die Ecke, und ein gelbroter Flammenstrahl schoss aus seinen Nüstern.
„Doch nicht hier, Feuerlunge", sagte Jakkin ärgerlich. „Sonst fängt die Box an zu brennen."
Eine grobe Hand schob ihn zur Seite. Es war Likkarn. Er befand sich nicht länger in seinen Kräuterträumen,

sondern hatte sich in jene unkontrollierbare Wut hineingesteigert, die den Kräuterrausch krönte. Der Drache, dessen Bewusstsein wegen der Schmerzen an seiner Wunde und dem Ausgang des Kampfes noch weit geöffnet war, hatte Likkarns wachsenden Zorn aufgenommen und reagierte nun darauf.

„Du weißt nichts von Wunden, Junge", grollte Likkarn. „Wie könntest du auch? Ich werde dir zeigen, was ein echter Trainer weiß." Er griff nach dem verwundeten Flügel des Drachen und hielt ihn fest in seiner Hand. Bevor Jakkin ihn aufhalten konnte, legte er mit einer schnellen Bewegung seinen Mund an den schartigen Schnitt.

Aufgeregt und schmerzerfüllt bäumte sich der Drache auf und versuchte, mit dem Schwanz um sich zu schlagen. Doch die Boxen waren absichtlich klein gebaut worden, um eine solche Bewegung zu verhindern. Der Schwanz kratzte an der Mauer entlang, erreichte den Mann jedoch nicht. Jakkin griff mit beiden Händen nach Likkarns Arm und riss ihn wütend vom Flügel seines Drachen los.

„Ich bringe dich um, du verdammter Krauter", schrie er. „Kannst du nicht warten, bis ein Drache in der Garküche landet, bevor du ihn frisst? Ich bring dich um!" Er schlug mit seinen Fäusten und Füßen nach Likkarn, obwohl er genau wusste, dass der Kräuterzorn des Mannes sich nun gegen ihn wenden und ihn vielleicht sogar töten würde. Das war ihm jedoch egal.

Plötzlich wurde Jakkin von hinten in die Luft gehoben, sodass seine Beine hilflos durch die Luft strampelten und traten. Der starke Arm eines Mannes hielt seine Taille fest umklammert, während gleichzeitig auch Likkarn nach hinten gegen die Wand gestoßen wurde.

„Halt ein, Junge, Halt ein. Er war wirklich einmal ein guter Trainer – früher."

22. Kapitel

Jakkin drehte sich, so weit es ging, nach hinten und erblickte den Mann, vor dessen Anblick er sich am meisten gefürchtet hatte: Master Sarkkhan persönlich, gekleidet in einen rotgoldenen Lederanzug, den Farben seiner Drachenfarm. Sein roter Bart war frisch aufgebürstet, wodurch er doppelt so buschig aussah wie sonst, und seine Augen blickten grimmig.

„Halt ein", sagte er noch einmal. „Und hör mir zu. Likkarn hat Recht. Das ist die beste Art, eine Verletzung am Flügel zu behandeln. Ein offene Wunde voller Drachenblut verbrennt einem natürlich die Zunge. Aber die Zunge eines Mannes heilt schnell und menschlicher Speichel enthält etwas, das kleinere Risse in der Drachenhaut verschließt."

Sarkkhan setzte Jakkin wieder auf den Boden, hielt ihn aber nach wie vor mit seiner großen Hand fest.

„Andersherum funktioniert es auch", hörte Jakkin seine eigene Stimme eilig hervorstoßen. „Der Drache hat einmal meine Wunden geleckt und sie sind sauber verheilt."

„Nun, das habe ich selbst noch nie erlebt, aber auch der Volksglaube hier in der Gegend spricht davon.“ Sarkkhan strich sich das Haar aus der Stirn. Sie war von Blutnarben verziert, die in so regelmäßigen Abständen auf der Haut verteilt waren wie die Glieder einer Knechtskette. „Und nun versprich mir, dass du diesen alten Mann einen Blick auf den Flügel des Roten werfen lässt.“
„Nein, das werde ich nicht“, sagte Jakkin hitzig. „Er ist ein Krauter und er könnte den Flügel ebenso gut noch schlimmer machen anstatt ihn zu heilen. Und der Rote hasst ihn – genauso sehr wie ich.“ Jakkin erkannte plötzlich, mit wem er redete, und legte hastig die Hand vor den Mund.
Likkarn drehte sich zu ihm, hob die Faust und zielte auf Jakkins Kopf. Doch bevor er zuschlagen konnte, hatte der Drache seine Kette aus der Wand gerissen und den Trainer mit der Schnauze zu Boden gestoßen. Er stellte eine seiner Vorderklauen auf ihn, sodass der Alte sich nicht mehr bewegen konnte.
Master Sarkkhan nahm die Hand von Jakkins Schulter und betrachtete den Roten einen Augenblick lang nachdenklich. „Likkarn“, sagte er schließlich und nickte dem alten Mann zu, „ich glaube, der Junge hat Recht. Der Drache wird sich von dir nicht anfassen lassen. Er ist zu sehr mit dem Jungen verbunden. Schon als ich seine Bewegungen in der Arena sah, habe ich mich darüber gewundert. Und das hier bestätigt es.

Wünschte, ich wüsste, wie Jakkin das geschafft hat. Eine so enge Verbindung sieht man selten. Ich beherrsche meine Drachen bis zu einem gewissen Grad. Aber ein junger Drache und sein Trainer sind sich normalerweise nie so nahe. Es braucht Jahre, bis ein solches Band entsteht. Aber das ist jetzt nicht so wichtig. Der Jungen und ich sollten dies unter uns regeln."

Jakkin nickte und sagte: „Lasst ihn gehen, mein Wurm."

Bei diesen Worten hob der Drache langsam seine Klaue.

Likkarn stand unbeholfen auf und klopfte sich die Kleider aus. Ein Knopf an seinem Hemd fehlte und der Knechtsbeutel war während des Gerangels herausgerutscht. Jakkin war überrascht, als er sah, dass das Säckchen zu mehr als zur Hälfte mit klingenden Münzen gefüllt war. Wie hatte Likkarn es geschafft, in weniger als einem Jahr seinen Beutel so zu füllen? Mit Wetten? Vielleicht hatte er seine knechtsfreien Tage nicht mit Rauchen verbracht, sondern in der Arena von Krakkow auf die Drachen gewettet.

Likkarn bemerkte Jakkins Blick und stopfte ärgerlich den Beutel zurück unter sein Hemd. Dann deutete er mit einem vom Kräutersaft rot gefärbten Finger auf den Umriss von Jakkins dünnem, leeren Beutel. „Und wie viel hast du darin, Junge? Das reicht doch nicht einmal für eine Kinderportion, möchte ich wetten." Damit stiefelte er so würdevoll wie möglich davon und hockte sich auf die Treppenstufen im Gang, um sie zu beobachten.

Sarkkhan, der die beiden nicht weiter beachtet hatte, kniete neben dem Drachen und ließ ihn seinen Geruch aufnehmen. Er streichelte den Kopf und den Hals mit seinen großen, vernarbten Händen. Langsam tastete sich der Mann bis nach hinten zu den Flügeln vor, während er dem Drachen leise beruhigende Worte zuflüsterte und seine Schuppen glättete. Dabei schaute er ihm fortwährend in die Augen. Langsam schlossen sich erst das obere und dann auch untere Lid über den Augen des Roten und der Drache entspannte sich. Erst dann legte Sarkkhan seine Hand über den verwundeten Flügel. Der Drache zuckte ein wenig zusammen, blieb aber ansonsten ganz still liegen.

„Dein Roter hat gut daran getan, seine Wunde am Licht auszubrennen. Hast du ihm das beigebracht?"

„Nein", gestand der Junge.

„Natürlich nicht. Wie dumm von mir. Wie könntest du auch. In den Dünen gibt es keine Lampen. Dann sind es also seine guten Erbanlagen", sagte Sarkkhan mit einem kleinen, stolzen Lachen. „Und ich muss es ja wissen. Schließlich ist Herzgeliebte, die Mutter deines Drachen, mein bester Wurm im Stall."

„Ihr ... Ihr wusstet es also schon die ganze Zeit?" Jakkin war plötzlich so durcheinander wie ein blutender Erstkämpfer.

Sarkkhan stand auf und streckte sich. In der Enge der

Box schien er riesengroß zu sein und wirkte wie ein rotgoldener Gigant. Jakkin fühlte sich auf einmal viel kleiner als seine fünfzehn Jahre.

„Drachendreck, Junge, natürlich wusste ich es", antwortete Sarkkhan. „Auch wenn ich nicht anwesend bin, weiß ich über alles Bescheid, was auf der Farm passiert. Alles. Das gehört zu meiner Aufgabe als Farmbesitzer."

Jakkin ließ sich neben seinem Drachen zu Boden sinken und legte den Arm um ihn. Akki. Es musste Akki gewesen sein, denn wer außer ihr hatte über ihn Bescheid gewusst? Sie hatte ihn an Sarkkhan verkauft und das war der Preis, den er zahlen musste: Das Wissen, dass sein Eintritt in die Männerwelt das Geschenk eines Mädchens mit einem spöttischen Grinsen und ihres rotbärtigen Liebhabers gewesen war. Was hatte sie noch gesagt? „Ich habe mein Versprechen gehalten – wenn nicht in Worten, dann doch in Taten." Auch in diesem Moment hatte sie ihn belogen. Und er hatte jede ihrer Lügen geglaubt, weil er sie glauben wollte und weil sie aus dem Mund der dunkelhaarigen Akki stammten. Aber er wollte nun nicht länger darüber nachdenken. Es war zu beschämend und schmerzte zu sehr.

Als Jakkin endlich wieder etwas sagte, klang seine Stimme ganz kleinlaut: „Warum habt Ihr mich gewähren lassen? Wolltet Ihr, dass ich in Schwierigkeiten komme? Wolltet Ihr mich ins Gefängnis bringen?

Oder hat es Euch einfach nur amüsiert, Euer eigenes, kleines Privatvergnügen?“
Der Mann warf den Kopf in den Nacken und brüllte vor Lachen. Die Drachen in den benachbarten Boxen stampften bei diesem Lärm unruhig und sogar Likkarn blickte auf. Sechs Stallboxen entfernt knurrte ein Trainer missbilligend. Sarkkhan blickte auf den Jungen herunter: „Es tut mir Leid, Junge, ich vergesse immer, wie jung du noch bist. Habe noch nie jemanden getroffen, der in diesem jungen Alter schon einen Schlüpfling mit Erfolg trainiert hat. Aber jeder von euch bekommt die Gelegenheit, ein Ei zu stehlen. Man könnte sagen, dass es sich um eine Art Prüfung handelt. Die einzige Möglichkeit, der Knechtschaft zu entkommen. Einige sind zum Knecht bestimmt, andere zum Herrn. Wie sonst soll man sie voneinander unterscheiden? Likkarn hat es versucht, unzählige Male, aber er schafft es einfach nicht, was, alter Junge?“
Der Master warf Likkarn einen Blick zu, in dem fast so etwas wie Zuneigung lag, doch dieser starrte ihn nur zornig an. „Stiehl ein Ei, und versuche dein Glück. Das Einzige, was du nicht stehlen darfst, sind ein schlechtes Ei oder Vorräte aus der Kammer deines Herrn.“ Sarkkhan schwieg eine Minute und dachte nach. Langsam strich er dem Roten mit der Hand über den Rücken, während dieser zufrieden an seinen Brennwurzblättern kaute und kleine, graue Rauchfäden aus seiner Nase aufstiegen.

„Natürlich stehlen die meisten schlechte Eier oder sie haben nicht die Geduld, den Schlüpfling zu trainieren. Stattdessen lassen sie sich auf ein schnelles Geschäft mit den Garküchen ein, sodass am Ende doch nur einige wenige Münzen in ihren Beuteln klimpern. Und es geht zurück in die Knechtschaft, noch ehe ein Monat vergangen ist."
Jakkin unterbrach den Redefluss. „Aber ich habe kein Ei gestohlen, Herr."
„Ich weiß, Junge. Ich habe immer große Hoffnungen auf dich gesetzt. Du hast dich von den anderen fern gehalten. Hast so eine gewisse Entschlossenheit an dir gehabt. Einen Traum, den du nicht für die billigen Vergnügungen der Jugend aufgeben würdest. Deine Münzen fielen in deinen eigenen Beutel, nicht in den eines anderen. Du hast deinen Beutel selbst gefüllt. Das gefällt mir. Ich bewundere das. Darum habe ich einen der späteren Schlüpflinge nicht mitgezählt, nur für den Fall. Ich wusste, dass du lesen kannst – und zählen. Ich hatte große Erwartungen und du hast mich nicht enttäuscht, obwohl du eine Woche in der Krankenstation gelegen bist. Und habe ich nicht Likkarns Beutel geleert, dafür, dass er Blutsbruder tötete und dich fast umbrachte? Aber du bist wieder aufgestanden. Hast einen Schlüpfling von meinem besten Weibchen gestohlen. Wahrscheinlich den besten Schlüpfling aus dem ganzen Haufen. Kein falsches Mitgefühl mit einem Schwächling oder einem mit einem verletzten Flügel.

Du hast dir sofort den besten herausgesucht. Das gefällt mir. Ich hätte es ebenso getan.“
Jakkin wollte etwas sagen, aber Sarkkhan fuhr bereits fort:
„Ich hoffe nur, dass du mir nicht noch mehr gestohlen hast. Diejenigen, die Vorräte klauen, landen im Gefängnis. Und beim zweiten Mal werden sie für immer vom Planeten verbannt.“
„Dann wollt Ihr mich nicht ins Gefängnis werfen? Oder den Roten in die Garküchen bringen? Denn das würde ich niemals zulassen. Auch wenn es Euer Befehl ist“, sagte Jakkin.
„Einen Erstkämpfer, einen Gewinner noch dazu, in die Garküchen schicken? Drachendreck, Junge. Wo bleibt dein Verstand? Hast du etwa Pustelkraut geraucht?“
Mit diesen Worten hockte sich Sarkkhan neben den Jungen.
Jakkin schaute nach unten auf seine Sandalen. Seine Füße waren schmutzig vom Staub der Arena. Er befahl seinem Magen, sich zu beruhigen und erhielt von dem Drachen einen stummen Regenbogen der Ruhe als Antwort. Da kam ihm plötzlich ein eigenartiger Gedanke in den Sinn.
„Habt Ihr auch ein Ei stehlen müssen, Master Sarkkhan?“
Der große, rotbärtige Mann lachte wieder und hielt Jakkin ganz unvermittelt seine rechte Hand unter die Nase. Jakkin zuckte zurück, aber Sarkkhan streckte

lediglich zwei Finger in die Höhe und wackelte damit vor seinen Augen.

„Zwei! Zwei habe ich gestohlen. Ein Männchen und ein Weibchen. Bluttraum und Leichtes Herz. Und das war nicht nur Glück. Ich konnte den Unterschied bereits erkennen. Noch im Ei. Ich wusste es einfach. Ich kann ihr Geschlecht schon im Ei spüren und auch wenn sie Schlüpflinge sind. Noch bevor die erste Paarung den Unterschied offenbart. Das ist der Grund, warum ich der beste Züchter auf Austar IV bin." Er erhob sich unvermittelt und streckte dem Jungen seine Hand entgegen. „Doch genug jetzt. Dem Roten geht es gut und du wirst oben erwartet." Er zog Jakkin auf die Füße und schien auf einmal seine Freundlichkeit wieder zu verlieren.

„Oben?" Jakkin hatte keine Ahnung, was das hieß. „Ihr sagtet doch, dass ich nicht ins Gefängnis muss. Ich möchte bei meinem Roten bleiben. Ich will –"

„Wurmwurz, Junge, hast du nicht zugehört? Du musst diesen Drachen registrieren lassen. Ihr einen Namen geben. Sie als Erstkämpfer und als Siegerin eintragen lassen."

„Sie?" Jakkin verstand nur dieses eine Wort.

„Ja, eine Sie. Du wirst doch nicht an meinen Worten zweifeln? Meinen Worten? Ich werde mit dir kommen und mein Gold abholen. Ich habe einen Beutel auf deine Rote gesetzt – auf Likkarns Empfehlung hin. Er sagte, sie sähe gut aus, und manchmal glaube ich ihm."

Jakkin zog seine Hand zurück. „Likkarn? Likkarn hat uns beobachtet? Aber es war doch Akki. Es muss Akki gewesen sein. Ihre Fußabdrücke. Akki, die sagte ...“ Seine Stimme verlor sich in einem verwirrten Schweigen.
Sarkkhan schüttelte den Kopf. „Dieses kleine Luder. Genau wie ihre Mutter. Aber wenn sie erst einmal erwachsen ist, wird sie eine ganz besondere Frau sein. Das kann ich dir sagen. Oh, ich wusste, dass sie sich heimlich hinausgeschlichen hat, um bei dir zu sein. Wie ich schon sagte, ich erfahre fast alles, was auf der Farm passiert. Und als Likkarn mir das erste Mal davon berichtete, dass du die halbe Nacht draußen geblieben bist und mit meinem Mädchen angebändelt hast ...“
Jakkin wollte protestieren, aber Master Sarkkhans Stimme übertönte seine Worte. „Nun, du kannst darauf wetten, dass ich schon drauf und dran war, deinen Hintern mit einem einzigen Tritt zwischen deine Ohren zu befördern, bis dein Knechtshemd deinen Rücken emporschnellt wie ein Rollladen. Ich bin kein umgänglicher Vater, wahrhaftig nicht.“
„Vater!“
„Und dann ihre Weigerung, sich offiziell anerkennen zu lassen und es in die Bücher zu schreiben: Akkhina von Rakki und Sarkkhan James. Sie möchte nicht, dass ich jemandem davon erzähle. Hat ganz schön Temperament, die Kleine. Wie ihr Vater.“ Er lachte. „Wollte

nichts mit mir zu tun haben. Mit mir! Dem besten Züchter des gesamten Planeten. Gibt vor, ein Knechtsmädchen zu sein und trägt immer noch diesen dämlichen Beutel, obwohl ich sie aus der Knechtschaft freigekauft habe. Narrenstolz ist das, sonst nichts. Und verflucht dämlich ist es noch dazu. Es gibt Herren und es gibt Knechte auf dieser Welt und niemand bittet freiwillig darum, ein Knecht zu sein. ‚Lass sie versuchen, ihren Beutel alleine zu füllen', sagte Likkarn. ‚Dann wird sie schon wieder zurückgekrochen kommen', sagte er. Und manchmal höre ich auf ihn. Manchmal. Ich stehe immer noch in seiner Schuld. Denn er hat mich einmal aufgenommen und mir alles beigebracht."
Die Überraschungen an diesem Tag schienen kein Ende mehr zu nehmen. Jakkin ertappte sich ständig dabei, wie er Sarkkhans letzte Worte wiederholte wie eine Spottechse, die ihren Gegner bei einem Angriff einfach nachäffte und in der darauf folgenden Verwirrung oftmals entwischen konnte. Nur schien sich Jakkin von Sarkkhans endlosem Strom an Enthüllungen nicht fortreißen zu können. „Ihr steht in seiner Schuld? Likkarn? Er hat Euch unterrichtet?"
„Drachendreck, Junge, du klingst ja wie eine Spottechse. Ja, ich stehe in seiner Schuld. Er hat mich damals gefunden, einen Knechtsjungen auf der Flucht, draußen in den Dünen bei Rokk mit zwei Eiern. Habe versucht, sie mithilfe meiner eigenen Körperwärme auszubrüten.

Bin dabei während der Mondhelle fast erfroren. Er hat mich gefunden, in eine Schutzhütte gebracht und mit seinen Kleidern gewärmt. Und er hat mich nicht verraten, obwohl er sich mit der Belohnung hätte freikaufen können. Dafür nahm er drei meiner Schlüpflinge, als die beiden Drachen sich paarten. Das war das erste Mal, dass er ein Herr war. Ich stehe in seiner Schuld."
Sarkkhan ging in Richtung der Treppe, wo der alte Trainer immer noch auf ihn wartete.

Er und Jakkin machten kurz Halt bei Likkarn, der mittlerweile in einem weiteren Kräutertraum schwebte. Sarkkhan nahm den dünnen Kräuterstummel aus der Hand des Alten. Er warf den Stumpen zu Boden und trat ihn wütend in den Staub. „Er wurde nicht als Krauter geboren, Junge. Und er hat noch nicht alles vergessen, was er einmal wusste. Aber er wird nie ein richtiger Mann sein. Ihm fehlt der Mumm für ein Leben außerhalb der Knechtschaft. Ich hoffe, dass du da anders bist." Mit diesen Worten kletterte Master Sarkkhan kopfschüttelnd die Treppen hinauf und winkte dem Jungen ungeduldig, ihm zu folgen.

Eine Faden von Farbperlen zog durch Jakkins Gedanken. Er drehte sich um und warf einen Blick auf die Drachenbox. Dann schluckte er und sprach hastig zu Sarkkhans Rücken: „Aber sie ist stumm, Master Sarkkhan. Sie hat diesen Kampf zwar mit einer List gewonnen, aber sie ist stumm. Und niemand setzt auf einen Drachen, der nicht brüllen kann."

Der Züchter packte Jakkins Hand und zog ihn durch die Türöffnung die Treppen hinauf. Sie nahmen zwei Stufen auf einmal. „Du bist wirklich ein Haufen Wurmgezücht“, sagte Sarkkhan und unterstrich seine Sätze jedes Mal mit einem weiteren Schritt. „Warum, glaubst du wohl, schicke ich einen halbblinden Krauter, damit er sich nachts in den Dünen herumschleicht und dich beobachtet, wie du einen Frischling trainierst und mit meinem Mädchen herumpoussierst? Etwa, weil ich den Verstand verloren habe? Drachendreck, Junge. Likkarn war der einzige Knecht, bei dem ich darauf vertrauen konnte, dass er schweigt. Und ich muss wissen, was mit jedem verdammten Drachen geschieht, den ich gezüchtet habe. Die letzten fünfundzwanzig Jahre über hatte ich eine Ahnung und eine Hoffnung und habe Drachen mit leisen Stimmen miteinander gepaart. Ich wollte einen Stummen züchten. Denk doch einmal darüber nach: ein stummer Kämpfer, der nichts verrät, weder seinen Gegnern in der Arena noch den Wettern auf der Tribüne. Ein stummer Kämpfer und sein Trainer ...“ Bei diesen Worten blieb Sarkkhan auf den Stufen stehen und schaute hinunter zu dem Jungen. „Nun, sie würden die Arenen beherrschen, Junge.“
Sie kletterten die restlichen Stufen nach oben und gingen den Gang entlang. Sarkkhan eilte voraus und Jakkin musste doppelt so schnell gehen, um mit den großen Schritten des Mannes mithalten zu können.

„Master Sarkkhan –“, sagte er zaghaft zum Rücken des Mannes.
Sarkkhan verlangsamte seine Schritte nicht, sondern grollte nur: „Ich bin nicht länger dein Herr, Jakkin. Du bist jetzt selbst ein Herr. Ein Trainer. Dieser Drache wird nur mit dir sprechen und nur auf deinen Befehl hin handeln. Denk daran und benimm dich entsprechend. Habe wirklich noch nie eine solch enge Verbindung gesehen wie zwischen dir und deinem Wurm. Es ist wirklich ein Wunder. Wenn ich ein eifersüchtiger Mann wäre … Aber das bin ich nicht.“
Jakkin zwinkerte zweimal und berührte seine Brust. „Aber … aber mein Beutel ist leer. Ich habe kein Gold, um ihn zu füllen. Ich habe keinen Sponsor für meinen nächsten Kampf. Ich …“
Sarkkhan wirbelte herum und zeigte seine wilden Augen. „Ich bin dein Sponsor für den nächsten Kampf. Ich dachte, dies zumindest wäre mittlerweile klar. Und wenn dein Beutel voll ist, wirst du mir kein Gold geben, um dich freizukaufen. Stattdessen möchte ich aus dem ersten Gelege einen Schlüpfling aussuchen, wenn die Rote sich paart – mit einem Bullen meiner Wahl. Sollte sie wirklich vollkommen stumm sein, dann ist sie möglicherweise reinrassig und dann muss ich einen Schlüpfling von ihr haben.“
„Oh, Master Sarkkhan“, rief Jakkin, der nun mit einem Mal erkannte, dass all seine Träume in Erfüllung gegangen waren und dass es keinen verborgenen Preis

gab, den er dafür bezahlen musste. „Ihr dürft Euch auch aus den ersten drei Eigelegen einen Schlüpfling aussuchen." Er griff nach der Hand des Mannes und schüttelte sie voller Dankbarkeit.

„Drachendreck!", rief der Mann und erschreckte damit einige vorbeilaufende Passanten. Er schüttelte die Hand des Jungen ab. „Wie willst du jemals ein Wetter werden, wenn du alles schon im Vorfeld verrätst? Du musst deine Gefühle etwas besser verbergen. Biete mir eine Auswahl aus dem dritten Gelege an. Wehre dich. Lass mich für das, was ich bekomme, auch arbeiten."

Leise sagte Jakkin versuchsweise: „Die Auswahl aus dem dritten Gelege."

„Aus den ersten zwei", entgegnete Sarkkhan ebenso leise und langsam kehrte das Lächeln wieder in sein Gesicht zurück. Dann brüllte er: „Oder ich werfe dich ins Gefängnis und stecke die Rote in die Garküchen."

Eine Menschenmenge begann sich um sie zu versammeln, die sofort auf den Ausgang dieses ungleichen Wettstreits Wetten abschloss. Sarkkhan war ein gern gesehener Gast bei den Drachenkämpfen, während der Junge in geflicktes Leder gekleidet war. Offenbar war er nur ein Knecht, ein Unbekannter, nichts als Wurmgezücht.

Auf einmal fühlte sich Jakkin so, als würde er wieder an der Umzäunung der Arena stehen. Er fühlte, wie die Gedanken des Roten in seinen Kopf strömten, ein Regenbogenstrahl, der ihm neuen Mut schickte. Es war also alles nur ein Spiel, nichts weiter als ein Spiel. Ein Herr zu sein, ein Mann zu sein – das bedeutete nichts weiter, als die Regeln dieses Spiels zu lernen und herauszufinden, wie weit man gehen konnte. Und spielen konnte er. „Vom zweiten Gelege", sagte Jakkin und lächelte zurück. „Schließlich ist Herzblut ein Erstkämpfer und eine Siegerin. Und", zischte er Sarkkhan noch leise zu, sodass nur sie beide es hören konnten, „außerdem ist sie stumm." Dann stellte er sich aufrecht hin und sagte so laut, dass es auch die Umstehenden hören konnten. „Ihr könnt Euch glücklich schätzen, wenn Ihr Euch aus dem zweiten Gelege einen Schlüpfling aussuchen dürft."

Sarkkhan stand stumm da, als würde er sowohl über den Jungen als auch über die Menge nachdenken. Dann strich er das Haar aus der Stirn und entblößte damit seine Blutnarben. Schließlich nickte er. „Einverstanden", sagte er. „Ein harter Handel." Er hob die Hand, wuschelte Jakkin durch das Haar und fügte hinzu: „Und außerdem übergebe ich dir mit Freuden meine Tochter Akki. Sie braucht einen starken Herrn."

Gemeinsam gingen sie weiter.

Die Menge verteilte die Wetten und machte ihnen Platz.

„Ich habe mir schon gedacht, dass du schnell lernst", sagte Sarkkhan zu dem Jungen. „Also wird es das zweite Gelege sein. Allerdings …", bei diesen Worten kicherte er leise, „und das solltest du dir merken: Im ersten

Gelege befinden sich fast nie brauchbare Nachkommen. Das hat auch Likkarn nie begriffen. Das zweite Gelege ist bei weitem das Beste."
„Das wusste ich nicht", sagte Jakkin.
„Woher auch?", entgegnete Sarkkhan. „Schließlich bist du nicht der beste Züchter auf Austar IV, sondern ich. Aber mir gefällt der Name, den du ausgesucht hast. Herzblut aus Herzgeliebte. Das passt."
Zusammen gingen sie durch die Tür, um die Rote zu registrieren und Jakkins Beutel mit seinem schwer verdienten Drachengold zu füllen.

23. Kapitel

Die Zwillingsmonde warfen Schatten in den Sand, die wie Blutmale aussahen. Jakkin hockte in einer kleinen Vertiefung und lauschte. Im Innern der aus Holz und Stein gebauten Drachenstation konnte er das Wimmern und Kratzen der Schlüpflinge hören, die sich aus ihren Eiern herauspickten. Noch eine Nacht oder vielleicht zwei und das Schlüpfen war vorbei.

Neben der Zuchtscheune stand ein neues, kleineres Gebäude. Darin war Herzblut fernab der anderen Weibchen untergebracht. Sie war immer noch zu jung für die Zucht, obwohl sie und Jakkin unter Sarkkhans Anleitung noch zwei weitere Kämpfe gewonnen hatten. Sarkkhan sagte, dass Herzblut noch wenigstens zehn Mal in einer Reihe von kleineren Arenen kämpfen sollte, um die besten Preise für die Zucht zu erzielen. Und wenn sie danach eine Meisterschaft in einer Großarena gewinnen konnte, würde sie in der ganzen Welt bekannt werden.

Schlaf, mein Wurm, dachte Jakkin, erhob sich und ging an der Scheune vorbei. Als Antwort schlängelte sich ein kühler Fluss aus grünen Farbtönen durch seinen

Kopf. Er wusste, dass Likkarn im Knechtshaus schlief. Es waren keine anderen Beobachter auf ihn angesetzt worden. Sarkkhan vertraute ihm. Und Jakkin würde dieses Vertrauen nicht missbrauchen. Das Verwischen der Spuren auf dem ersten Kilometer seines Wegs würde Likkarn oder Sarkkhan nicht von seinem geheimen Platz fern halten können, aber wenigstens konnten dadurch die anderen Knechte die Oase nicht finden. Er brauchte immer noch einen Ort, an den er sich zurückziehen konnte. Und er hoffte, dass Akki vielleicht dort auf ihn wartete.

Er erinnerte sich an seinen ersten Ausflug in die Oase, mehrere Wochen nach dem Kampf mit Feuerwasser. Er wollte die Überbleibsel der Kraut- und Wurzpflanzen ernten, um seine Schulden bei Sarkkhan möglichst niedrig zu halten, und hatte die Halme sorgfältig von ihren Blättern befreit. Nach nur ein paar Minuten Arbeit vernahm er ein vertrautes spöttisches Lachen. Er hatte sich umgedreht und Akki erblickt, die neben der kleinen Hütte stand und die Hände auf die Hüften stützte.

„Ich habe gehört, du hast gewonnen“, sagte sie. „Ardru hat den Kampf gesehen. In der Herrenloge. Hast du ihn auch gesehen? War es aufregend? War es das Risiko wert?“

Langsam war er zu ihr gegangen. „Warum bist du nicht zur Farm zurückgekehrt?“, fragte er.

„Musst du eine Frage immer mit einer Gegenfrage be-

antworten?“, entgegnete sie. Daraufhin hatten sie beide gelacht.
Später sagte sie ihm, dass sie nie wieder auf die Farm zurückkehren würde. „Ich bin nur so lange dort geblieben, um dir zu helfen. Weil du einen Traum hattest, genau wie ich. Träumer müssen sich gegenseitig helfen, sonst … Aber nachdem dein Traum nun Wirklichkeit wurde, war es Zeit für mich zu gehen. Ich gehöre eigentlich nicht auf eine Drachenfarm. Nicht mehr. Ich bin beides, eine freie Frau und ein Knechtsmädchen“, sagte sie. „Und kein Mann wird meinen Beutel füllen.“
Dann fügte sie noch so leise hinzu, dass man es kaum hören konnte: „Ich habe das Gold, das Sarkkhan damals für meinen Knechtsbeutel bezahlte, auf sein Kopfkissen gelegt.“
„Ich weiß, dass Sarkkhan dein Vater ist“, sagte er leise.
„Dafür kann ich nichts.“
„Aber warum musst du weggehen?“, fragte er.
„Das habe ich dir doch gerade erklärt“, sagte sie. „Hast du nicht zugehört?“
„Jetzt hast du meine Frage mit einer Gegenfrage beantwortet“, flüsterte Jakkin. „Ich möchte nicht, dass du gehst.“
Sie sagte nichts, sondern sah ihn nur seltsam an und ging.

Das zweite Mal war sie tagsüber gekommen, als Jakkin mit Herzblut einen Spaziergang machte, um in der Wüste mit ihr zu trainieren. Das Drachenweibchen wurde oft unruhig, wenn sie zu lange in der Enge der Scheune saß. Sie musste ab und zu in großen Bögen über der Oase kreisen. Jakkin hatte jedes Mal das Gefühl, eine sehr wichtige Prüfung bestanden zu haben, wenn der Drache wieder zu ihm zurückkehrte.
Herzblut spürte als Erste, dass Akki kam und ließ das Bild einer goldenen Gestalt in seinem Kopf aufleuchten. Er konnte Akki sofort erkennen, obwohl es noch viele Minuten dauerte, bevor sie tatsächlich in Sichtweite kam.
„Woher weißt du, wann ich hier draußen bin?“, fragte er.
„Das weiß ich doch gar nicht. Manchmal komme ich auch, wenn du nicht hier bist“, antwortete sie. „Dann lege ich mich neben das Wasser und erinnere mich. Oder versuche zu vergessen.“
Er wollte gerne fragen „An was erinnerst du dich? Was willst du vergessen?“, tat es aber nicht. Stattdessen legte er sich in den Sand, den Kopf an die Flanke des Drachen gelehnt. Akki setzte sich neben ihn. Sie hielten sich an den Händen. An diesem Tag sprachen sie fast gar nicht miteinander.

Das letzte Mal sah er Akki in einer Nacht, als er ganz allein zum Nachdenken in die Oase gekommen war.

Er machte sich wegen eines bevorstehenden Kampfes Sorgen und seine Nervosität hatte sich auch auf Herzblut übertragen. Deswegen war er abends allein in die Dünen gewandert und erwartete keinen Besuch.
Es war eine Nacht der vielen Winde gewesen und die wirbelnden Muster des Sandes hatten sich immer wieder verändert wie ein Kaleidoskop, dessen Stücke vom Wind durcheinander geschüttelt wurden.
Jakkin war mit geschlossenen Augen bei der Hütte gesessen, als er plötzlich Akki neben sich spürte. Ohne Warnung kam sie ganz nah zu ihm und legte die Hände auf seine Wangen. Ihre Handflächen an seinem Gesicht fühlten sich so heiß an wie Drachenblut.
Sie zog ihn zu sich und küsste ihn langsam und zart. Sie schien genau zu wissen, was sie tat, und er ließ sich in der Süße ihres Kusses fast versinken. Doch dann zog sie sich plötzlich zurück und sagte: „Ich muss gehen. Diesmal muss ich wirklich weggehen."
Er hatte nervös aufgelacht und gesagt: „Das geht nicht, weißt du. Du gehörst hierher. Zu mir. Dein Vater hat dich mir gegeben. Er sagte, du bräuchtest einen Herrn."
Sie erhob sich. „Manchmal bist du wie ein kleiner Junge, Jakkin Stewart. Ein richtiges Kind. Genau wie er."
Sie wandte sich um und ging.
Jakkin war ihr hinterhergeeilt, aber sie war ihm über den Sand davongelaufen. Er versuchte ihr zu folgen, und hörte vor sich plötzlich das Brummen eines Mo-

tors. Das Einzige, was er später noch fand, waren tiefe Reifenspuren im Sand.

Jakkin kam in die Oase und lauschte. Dabei streichelte er den Knechtsbeutel, den er immer noch um den Hals trug. Er war voller klingender Münzen. Jakkin hatte in den drei Kämpfen genug verdient, um Sarkkhan seine eigenen Knechtspapiere und auch die von Errikin abzukaufen. Er schuldete Sarkkhan immer noch: Gold für die Scheune und das Futter und die freie Wahl aus dem zweiten Gelege. Aber er schuldete es ihm als freier Mann, von Herr zu Herr. Er war nun sein eigener Herr und brauchte keinen Beutel mehr zu tragen.
Aber Jakkin hatte sich geschworen, dass er seinen Beutel trotzdem weiter um den Hals behalten würde, bis er das Gold, das darin klingelte, in Akkis Hände schütten konnte und sie ihn als Herrn und als Mann akzeptierte. Dieses Versprechen hatte er sich selbst gegeben und er war ein Mann, der seine Versprechen hielt. Er hoffte nur, dass er nicht zu lange warten musste.